braumüller

Patrick Tschan

SCHMELZWASSER

Roman

braumüller

Mit einem disziplinierten Hüpfer setzte die Buchhändlerin an Land.

„Hallo, Sie! Ja, Sie! Das geht nicht, das geht gar nicht!“, rief ihr der Schiffsschaffner nach.

Festen Boden unter den Füßen drehte sie sich zu ihm um, lächelte ihn an, machte auf dem Absatz kehrt, fasste die Häuserzeile vor ihr ins Auge und ging schnurstracks zum Gasthof „Seesicht“, in dem ihr der Kœnig ein Zimmer reserviert hatte.

Sie wollte unbedingt vor dem Anlegen der Fähre ankommen. Der Sprung vom Schiff auf das Festland war ihr wichtig gewesen: für den Rhythmus der kommenden Jahre, für die Festigkeit ihrer Zuversicht, ihre neue Lebensaufgabe umzusetzen. Es war die einzige Ankunft, die ihr möglich erschienen war. Außer, der See wäre gefroren gewesen. Sie wäre zu Fuß von einem Ufer zum anderen marschiert. Der Rock hätte im bitterkalten Wind geflattert, das Eis geknirscht und manchmal dumpf gekracht. Sie hätte in der Mitte des riesigen Eisfelds angehalten, sich umgeschaut, eingehüllt von flimmerndem Eisdampf kein Ufer mehr erkennen können, sich für einen Augenblick der Illusion hingegeben, übers Meer zu wandeln, bis sie, eingedenk der Kälte, die Arme vor der Brust verschränkt, sich gegen den Frost gestemmt hätte und entschlossenen Schrittes in Richtung des kleinen Städtchens geeilt wäre.

Aber es war gut so, wie es war. Die vom See gekühlte Frühlingswärme des Jahres 1947, die sie bei diesem kleinen Hüpfer verspürt hatte, war genau richtig gewesen, um im Süden anzukommen.

Sie betrat die dunkle Gaststube der „Seesicht", stellte ihre Tasche vor der Theke ab, rief „Hallo?!", aber der Raum blieb stumm.

Als sich ihre Augen an das wenige Licht gewöhnt hatten, erblickte sie einen Schlüssel mit einem Zettel auf dem Tresen. „Reber, Zimmer 7, 2. Stock."

Sie steckte Schlüssel und Zettel ein, stieg die Treppe hoch, fand Zimmer 7 auf Anhieb, betrat den sauberen, hellen Raum, stellte die Tasche ab, öffnete sofort die Fenster, sah auf den See und die gegenüberliegende Halbinsel, atmete tief ein, schüttelte vor Freude für einen Augenblick den Kopf und sagte leise zu sich: „Süden, Meer – in meiner Sprache."

Sie blickte kurz in den Spiegel, glättete den Rock, atmete tief ein, verließ Zimmer und Gasthaus und machte sich auf den Weg zu Fritz Zängler, einem Beamten der Stadtverwaltung. „Ein Einheimischer", mehr konnte ihr Kœnig, der oberste Verwalter des gesamten französischen Besatzungsgebiets, nicht über Zängler sagen.

Der ungewöhnlich braun gebrannte, sportliche Beamte begrüßte sie bereits am Ende der Treppe, geleitete sie hinkend in sein Büro und wies ihr einen Stuhl zu.

„Sie hinken ja, haben Sie sich verletzt?"

„Ist schon eine Weile her ... schwerer Bootsunfall."

„Das tut mir leid."

„Man kann damit leben. Aber jetzt zu Ihnen: Sie sind also die Frau, die hier Bücher verleihen und möglicherweise sogar verkaufen will."

„Ja, die bin ich. Sie sind ja bestens informiert. Und Sie sind schon ganz schön braun für diese Jahreszeit."

„Segeln, auf meinem Meer. Der Frühling ist mild, die Sonne bereits kräftig, der Wind ab Mittag meist gut."

„Es muss wunderbar sein, da draußen auf dem Wasser, fast wie auf dem Meer."

„Das schwäbische Meer. Wir nennen meinen See das schwäbische Meer."

„Ich weiß. Es gab auch mal eine Seeschlacht auf dem schwäbischen Meer, nicht?"

„Ja, aber das ist lange her, Dreißigjähriger Krieg. Der Schwertletanz erinnert noch daran. Haben Sie den mal gesehen?"

„Nein. Ich werde ihn ja sicher bald sehen. Es ist gut, hier zu sein."

„Es sind viele gerne hier. Ist auch einzigartig, unser kleines Städtchen. Aber jetzt zeigen Sie mir Ihre Papiere, damit ich sehe, welches Haus der Kœnig für Ihre Leihbibliothek mit Lesestube vorgesehen hat."

Emilie Reber zog eine graugrüne Kartonmappe aus ihrer Handtasche und legte ihren Pass und die Berechtigung zum Bezug des Hauses an der Leuchtturmgasse 14 auf den Tisch.

Fritz Zängler nahm das Papier, las, schaute Emilie Reber erstaunt an, legte es zurück auf den Tisch und sagte mit nicht zu verbergender Verwunderung in der Stimme: „Aber das ist ja das alte Parteihaus."

„Sie sagen es."

„Aber das gehört doch …"

„Beschlagnahmt. Zu Recht."

„Aber Sie können doch nicht einfach …"

„Ich nicht, aber die Franzosen. Bitte, Herr Zängler, beachten Sie die Unterschrift." Sie zeigte mit dem Finger an die Stelle, an der das Dokument unterschrieben war. „Er kann das."

„Kœnig … der Kœnig?"

„Ja, der Kœnig! Entnazifizierung auf Französisch sozusagen", sagte sie keck und gab sich nicht viel Mühe, das Schmunzeln zu unterdrücken.

Der Beamte lehnte sich zurück und sah auf den See. Ein leichter Dunst lag über ihm, es waren weder Schiffe noch Boote zu erkennen. Nur der dunkelgrüne Hügelzug der Konstanzer Halbinsel. Nach einer Weile drehte er sich wieder zu ihr um und fragte: „Springen Sie immer von anlegenden Schiffen?"

„Nein, nur wenn ich ankommen will. Aber warum wissen Sie das überhaupt?"

„Ich habe Sie kommen sehen", wies der Mann auf das offene Fenster. „Man muss schon wissen, wer kommt."

„Sie sind bereits entnazifiziert, oder?"

„Wegen dem alten Parteilokal?"

„Ja, man muss schon wissen, zu wem man kommt."

„Aber bitte, selbstverständlich bin ich entnazifiziert", antwortete der Beamte, „und zwar noch nach dem amerikanischen Verfahren!"

„Einfacher Mitläufer?"

„Nein, natürlich nicht. Sonst hätte ich diese Stelle ja nicht bekommen."

„Na wunderbar. Dann steht ja einer Übergabe der Liegenschaft Leuchtturmgasse 14 nichts im Wege. Haben Sie den Schlüssel gleich hier?"

„Welche Bücher werden Sie denn anbieten? Unterhaltungsromane? Lebenshilfen? Erbauende Literatur?"

„Bücher, die während der Nazizeit nicht gelesen werden durften, Bücher über die Nazizeit, die noch geschrieben werden, Bücher, die klug unterhalten und gerade der Jugend Menschlichkeit vermitteln, Bücher, die helfen, zukünftig mit Rückgrat zu leben, Bücher, die zum Denken anregen, um wieder eine geistig gesunde Gesellschaft aufzubauen. Das wird es in etwa so sein, das Programm der Leihbibliothek, des Antiquariats und der Buchhandlung Emilie Reber. Gut so für das kleine Städtchen, nicht, Herr Zängler?"

Fritz Zängler blickte wieder auf den See. Der Dunst schien sich zu verdichten, das Schweizer Ufer war nicht zu sehen. Er stand auf und schloss das Fenster, lehnte sich an den Fenstersims, schaute Emilie Reber in die Augen und sagte eindringlich: „Frau Reber, die Menschen hier, Sie und ich auch, wir haben alle eine schwere Zeit hinter uns. Was wir brauchen, ist ein wenig Ruhe, damit wieder ein geordnetes Leben entstehen kann, damit wir wieder ein geordnetes Deutschland aufbauen, damit wir wieder ein Leben fern von Hunger und Entbehrungen führen können und auf diese Weise wieder unsere Menschenwürde zurückgewinnen. Dafür müssen gewisse Dinge auch ein wenig ruhen, bis man genügend Übersicht hat, was eigentlich wirklich geschehen ist. Dafür büßen alle genug, verstehen Sie?"

„Ich verkaufe Bücher. Bücher für den Hunger, die Entbehrung und fürs Büßen. Alles andere überlasse ich Ihnen."

„Mmmh ... wo waren Sie eigentlich während des Krieges?"

„Auf der Flucht."

„Oh, das tut mir leid." Zängler nahm wieder hinter seinem Schreibtisch Platz.

„Das muss Ihnen nicht leidtun. Geben Sie mir jetzt den Schlüssel?"

„Ich habe ihn nicht hier. Ich muss ihn holen."

„Gut, bringen Sie ihn mir bis heute Abend. Sie wissen ja, wo ich einquartiert bin."

„Ich werde sehen, was sich machen lässt."

„Ich möchte Marie-Pierre Kœnig, Militärgouverneur der französischen Besatzungszone, nicht mit einer Rechnung für Ersatzschlösser belästigen."

„Also bitte, Frau Reber!", entrüstete sich Zängler.

„Gut, Sie bringen mir den Schlüssel in den Gasthof Seesicht. Bis heute um 18 Uhr. Besten Dank, Herr Zängler. Und segeln würde ich wirklich gerne mal", verabschiedete sie sich noch im Sitzen, griff nach ihren Papieren, steckte sie in den Umschlag, verstaute diesen in ihrer Handtasche, stand auf und verließ das Büro. Sie hörte kaum noch, wie Zängler ihr hinterherrief: „Eine Leihbibliothek mit Lesestube! Kein Antiquariat! Keine Buchhandlung!"

Der Schlüssel lag am anderen Morgen auf der Theke der Gaststube. Emilie Reber machte sich auf, um ihre zukünftige Leihbibliothek, aus der so rasch wie möglich eine Buchhandlung mit Antiquariat werden sollte, auf Vordermann zu bringen.

Im Erdgeschoss befanden sich zwei große Säle, die ein Mittelgang trennte. Die Wände des linken Saals waren bis auf Kopfhöhe mit dunklem Holz verkleidet, die Decke mit ihren massiven Balken war getäfelt, in der Mitte stand ein langer Tisch, um den gepolsterte Kaffeehausstühle gruppiert waren, und über dem Türsturz verriet ein weißes Viereck, von wo aus Adolf

Hitler zwölf Jahre grimmig in den Saal geschaut hatte. Der Raum stank nach abgestandenem Rauch, widerlicher Männerbündelei und Durchhalteparolen.

Drei ungleichmäßige Treppenstufen führten in den gegenüberliegenden Saal hinunter. Im Gegensatz zum anderen Raum war dieser vollständig leer, viel heller, hatte feinen, weißen Verputz an den Wänden und roch nur wenig nach Feuchtigkeit. Die gewölbte, gotische Decke wurde von zwei Säulen aus dem örtlichen Molassesandstein getragen, die im Abstand von etwa drei Metern mitten im Raum standen. Dieser ältere Teil des Gebäudes wurde wie der andere Saal zur Straße hin durch einen Halbbogen mit großen Fenstern abgeschlossen.

Am Ende des Mittelgangs führte eine abgetretene Steintreppe in die oberen Stockwerke, wo sich die eigentliche Gaststube befand. In diesen ufernahen Stadtteilen wurden die erdgeschossigen Räume als Remisen, Abstellkammern oder Lager schnell zu verschiebender Ware benutzt. Gelebt wurde in den oberen Stockwerken. Das Wasser des Sees war eine allgegenwärtige Bedrohung.

Die Gaststube wirkte, als wäre die letzte Runde gestern Nacht ausgegeben worden. Verschmutzte Biergläser standen noch auf den Tischen, die Aschenbecher gefüllt, schmutzige Teller mit Schimmelwolken in der Durchreiche zur Küche und auf dem Herd stand eine schwarze, stählerne Bratpfanne mit verbrannten Fettresten.

Ein Küchenbuffet aus schwerer Eiche, in dem die Zunftweinbecher verstaut waren, hatte als Abschluss einen pseudobarocken Zwerchgiebel, in dem ein geschnitzter Reichsadler eingelassen war. Unter dem Ausschank stapelten sich Biergläser, Kaffeetassen, Krüge und Schüsseln.

Emilie Reber ging auf den Dachboden. Schlitten, Wäschekörbe, Koffer und sonstiges Gerümpel lagen herum. An einer Wäscheleine hingen noch Tischdecken und Handtücher. Hinter den Tüchern waren zwei große Schränke versteckt. In einem fand sie drei Porträts Adolf Hitlers und im Wäscheschrank zwei Bronzebüsten des Mannes mit dem Fliegenbärtchen. Scheinbar wäre er den Flüchtigen zu einer zu schweren Last geworden.

Auf den unteren Regalblättern befanden sich sorgfältig gebügelte und gefaltete Tischdecken, zwischen diesen versteckte sich eine verdreckte SS-Uniform. Ganz unten war der Schrank vollgestopft mit nationalsozialistischen Schriften, Broschüren und Kampfblättern, die von einer Schicht Taubendung überzogen waren. Dies war ihr dann doch zu viel.

Augenblicklich lief sie zum braun gebrannten Beamten, hieß ihn, im Türrahmen verharrend, das abscheuliche Zeug bis heute Abend wegzuräumen, ansonsten würde sie bei Kœnig vorstellig werden, da es die städtische Verwaltung versäumt hätte, wie von den Besatzungsmächten angeordnet, das ganze Nazikrempel zu entsorgen, was sicherlich kein gutes Licht auf die Entnazifizierungsanstrengungen der neuen städtischen Verwaltung werfen würde.

Dies zeigte sofortige Wirkung, standen doch bereits eine Stunde später vier kräftige Burschen vor ihrer zukünftigen Antiquariatsbuchhandlung, die sich gleich anschickten, den ganzen Dreck auf einen alten Heuwagen aufzuladen und spätabends damit irgendwo hinzufahren.

Ein sich im ruhigen Seewasser spiegelnder Feuerschein beim ehemaligen KZ-Stollen war bis in die frühen Morgenstunden zu sehen.

Vier Tage später hielt ein zerbeulter, grauer Citroën TUB Traction Avant mit französischem Militärkennzeichen vor der Eingangstüre an der Leuchtturmgasse 14, und zwei junge Soldaten halfen Emilie Reber die fast zehn Jahre eilends versteckten Bücher der Deutschen Freiheitsbibliothek in den Saal mit der Mittelsäule hineinzutragen.

Im Spätherbst 1939 hatten Emilie Reber, Heinrich Mann sowie zwei Mitstreiter die literarischen Bestände der Freiheitsbibliothek in ein sicheres Versteck gebracht. Die Bibliothek war nach der Bücherverbrennung gegen das Vergessen und zum Erhalt der von den Nazis verfemten Deutschen Literatur 1934 von Exilanten unter dem Präsidenten Heinrich Mann in Paris gegründet worden.

Und jetzt waren die Bücher wieder hier, bei ihr. Mit Argusaugen achtete sie darauf, dass die Soldaten die

Bücher sorgfältig behandelten, wies sie an, alle vorerst auf einem Tisch zu stapeln, zog weiße Handschuhe an, prüfte den Zustand eines jeden einzelnen Buches, freute sich über dieses und jenes, strich versonnen über die halblederne Erstausgabe von Thomas Manns „Zauberberg", wog Goethes in einem Schuber gefasste Gesamtausgabe wie ein Neugeborenes in ihren Armen, konnte noch immer kein abschließendes Urteil über „den heiligen Trinker" Joseph Roths fällen und legte Kafkas „Prozess" liebevoll zur Seite, um ihn abends mit nach Hause zu nehmen und endlich wieder den Satz *Das Gericht will nichts von dir. Es nimmt dich auf, wenn du kommst, und es entläßt dich, wenn du gehst* lesen zu können. Das Gericht hatte sie für lange Zeit aufgenommen, nun war sie wieder ein freier Mensch.

*

In den nächsten Tagen trafen vier weitere Kleinlastwagen mit deutschen Büchern sowie Brettern für Regale und einem großen Tisch ein. Aus den Brettern ließ sie sich beim örtlichen Tischler Regale auf Maß anfertigen. Nebst dem Einrichten der künftigen Antiquariatsbuchhandlung besichtigte sie verschiedene Häuser, die ihr die französischen Behörden zuwiesen. Sie entschied sich für ein kleines Haus im „Dorf", wie die Kleinstädter dieses Quartier nannten.

Das „Dorf" lag oberhalb der eigentlichen Stadt am See, außerhalb der ältesten Stadtmauer. Es wurde beim Bau einer weiteren Mauer in den Bann der Stadt integriert – zum Schutz der Weingärten. Wein und Korn waren die wichtigsten Handelsgüter der seit dem Ende des 14. Jahrhunderts reichsfreien Stadt. Der Handel über den See – nach Konstanz, an die Ufer der Besitzungen der Fürstabtei St. Gallen, im Süden mit der Salzmacht Lindau – bescherte der Stadt großen Reichtum. Er machte den Ort so reich, dass die Einwohner aus Übermut den Mörtel für den Bau eines Kirchturms mit Wein anstelle von Wasser anrührten. Nach gut neunzig Jahren war das Mauerwerk derart alkoholisiert, dass der Turm in sich zusammenfiel. Seither bauten sie wieder mit Wasser.

Die „Greth", ein riesiges Speicher- und Umschlaghaus, direkt am See gebaut, mit Einfahrluken zum Beladen und Löschen der Fracht der Lastkähne sowie einem riesigen Dachstock ist das markanteste Gebäude zur Seeseite hin. Es war ein weit sichtbares Symbol für die einstige Macht des Städtchens als Handelsplatz. In seinen gewaltigen Speichern im Dachstock konnten die Bürger weitaus größere Mengen an Waren länger lagern als die anderen Seeanrainer. Ein Umstand, der ihnen Dominanz über die Korn- und Weinpreise rund um den Bodensee verlieh.

Es kam den Kleinstädtern zugute, dass die Natur es auf der Schweizer Seite des Bodensees weniger gut mit Topografie und Bodenbeschaffenheit meinte, sodass den Untertanen der Grafen von Thurgau und des Klosters St. Gallen rasch einmal das Getreide ausging. Sie sperrten den Dachstock der Greth so lange zu, bis die Eidgenossen am anderen Ufer des Sees gezwungen waren, die überhöhten Preise zu bezahlen. Danach öffneten sie die Speicher, und die Menschen auf der anderen Seite des Sees konnten wieder Brot backen und die Stadtoberen einen weiteren Maler beauftragen, der ihnen einen der noch blanken Flecken der Ratshauswände verschönerte. Oder man hieß ihn zu übermalen, was oder wen man künftig nicht mehr sehen wollte.

An die innere wie äußere Stadtmauer hatten sich während der Jahrhunderte mehr und mehr Häuser angeschmiegt. Für eines von ihnen entschied sich Emilie Reber.

Es war ein kleines Haus mit fünf Zimmern, davon waren zwei so winzig, dass gerade ein Bett, ein Stuhl und eine Kommode darin Platz fanden, dafür verfügte es über eine großzügige Küche, die sich gegen eine überdachte Veranda öffnete, und einen großen Garten. Man sah über die Dächer, deren Biberschwanzziegel von den stadttypischen Staffelgiebeln zusammengehalten wurden, den See und das gegenüberliegende Ufer. Und an klaren Tagen das Alpsteinmassiv in seiner ganzen bedrückenden Pracht und den ewigen Schnee des Säntis.

Im Garten wollte sie hauptsächlich Lilien pflanzen. Lilien hatten etwas Aristokratisches. Und etwas Aristokratisches gebührte einer Buchhändlerin, einer Handelsfrau des Geistes, der Muse der Geschichten der menschlichen Seele, egal, ob durchdrungen von Hass oder getränkt in Liebe. Vielleicht würde sie auch ein bisschen Salat, den sie von Jahr zu Jahr kampfloser den Schnecken überlassen würde, sowie ganz sicher Basilikum, Rosmarin, Thymian und Lavendel anpflanzen. Der Geschmack der Kräuter würde sie ans Mittelmeer erinnern, als in den dunklen Stunden deren Duft, vermischt mit der Brise vom Meer, die ausgezehrte Hoffnung genährt hatte, irgendwann endgültig vom Gericht entlassen zu werden.

Das Haus wurde nach und nach mit Bauhausmöbeln ausstaffiert, und als endlich wieder Corbusiers Chaiselongue mit Fohlenfell ihr Wohnzimmer zierte und der Biedermeiertisch ihrer Oma, umgeben von den unverkennbaren Marcel-Breuer-Freischwingerstühlen aus dem Hause Thonet, in der Küche stand, war das Gericht weit weg, und sie fühlte sich endgültig von ihm entlassen und bereit, den Kampf gegen dessen noch vorhandenen Chimären anzutreten.

Das aktuelle Angebot ihrer Antiquariatsbuchhandlung verbreiterte sich nur zögerlich: Junge Autoren waren rar und die Amerikaner wie Ernest Hemingway oder Thomas Wolfe mit ihren „Storys“ ihr suspekt. Sie fragte sich, wie Hans Werner Richter in der ihr zu politischen und zu wenig literarischen Zeitschrift „Der Ruf“: *Warum schweigt die Jugend?*

Wo sind sie, all diese jungen Männer, die von der Hölle berichten könnten? Die dem Grauen tagtäglich in die Augen geschaut hatten? Die auf Befehl unvorstellbare Verbrechen begangen hatten? An der Front, hinter Stacheldraht, in Kellern oder an Schreibtischen? Wo waren die, die trotz Gewehrkugeln, Granatsplittern und Henkersstricken einen Rest streng gehüteter Menschlichkeit gegenüber den Opfern bewahrt hatten? Wo waren sie? Und wer von ihnen wollte überhaupt schreiben? Konnte schreiben – noch schreiben?

Doch da, plötzlich, war ein lauter, verzweifelter Schrei zu hören. Ein Hörspiel, das am 13. Februar 1947 vom Nordwestdeutschen Rundfunk ausgestrahlt, danach von Radiostation zu Radiostation bis in den tiefsten Süden Deutschlands getragen wurde und letztlich am 16. November auch Emilie Reber, zuerst sitzend, dann stehend und schließlich aufgewühlt vor dem Radioempfänger auf und ab gehend, erreichte.

Sie wusste sofort: Dieser junge Wolfgang Borchert, der war sie. Die Stimme dieser verlorenen, für immer gebrandmarkten Generation junger Männer, deren Heimat sich in geistigem Irrsinn und apokalyptischem Bombenhagel unwiederbringlich aufgelöst hatte.

Dieses Stück, „Draußen vor der Tür“, war das erste Werk seit langer Zeit, das für Emilie Reber wieder unter die Kategorie „Deutsche Literatur“ fiel. Gut, mit der Prosa ihrer Lieblinge Thomas Mann, Franz Kafka oder auch Theodor Fontane konnte sich die Sprache dieses jungen Mannes natürlich nicht messen. Diese ständigen Wiederholungen *Seit gestern. Seit gestern heiße ich nur noch Beckmann. Einfach Beckmann. So wie der Tisch Tisch heißt* oder *Beckmann – sagte meine Frau zu mir. Einfach nur Beckmann. Und dabei war man drei Jahre weg. Beckmann sagte sie, wie man zu einem Tisch Tisch sagt. Möbelstück Beckmann. Stell es weg, das Möbelstück Beckmann* missfielen ihr, waren nicht ihre Welt, diese verkrüppelten Sätze wie die verkrüppelten Körper mit den schamlos exponierten Geschlechtsteilen von Egon Schiele. Andererseits spürte sie die Kraft, die von diesen Wiederholungen ausging. Das war eine neue Stimme, das war 1947, der Krieg war aus, die todbringende Nazi-Ideologie besiegt, das waren die Worte gebrochener Kinder, wiederholt verwundet, eiternd, todgeweiht, ohne Zuhause – Sterben zwischen Schutthalden.

Das waren die Eindringlichkeit und die Kraft gesprochener Texte. Diese Eindringlichkeit rief Bilder in ihr hervor, die sie unkontrolliert vor dem Radio umhergehen ließen. Diesen Text musste sie sofort haben. Dieser Text war es, der auf eine neue, kommende Deutsche Literatur hinwies. Diesen Text brauchten die Bewohner des Städtchens. Dieser Text war wie Medizin. Bittere, wirksame Medizin!

Nur woher sollte sie ihn bekommen? War er überhaupt schon gedruckt? Wenn nicht, würde das sicher bald geschehen. Um diesen Text müssten sich die lizenzierten Verleger doch reißen? Aber würden sie für diesen Text überhaupt ein Papierkontingent bekommen?

Am anderen Tag telefonierte sie sich durch die französische Besatzungsverwaltung, bis ihr der Konstanzer Militärgouverneur Marcel Degliame versicherte: Der Rowohlt Verlag habe die Rechte am Text. Man habe sich erfolgreich darum bemüht, dass ein so wichtiger Text in der französischen Besatzungszone gedruckt werde. Und ja, Papier sei zugeteilt.

So bestellte sie gleich vierzig Stück bei Rowohlt in Stuttgart, obwohl das definitive Erscheinungsdatum noch unbekannt war, wie sie vom Verlag erfuhr. Das war ihr egal, wusste sie doch genau, wer diesen Text zu lesen hatte.

Als das schmale Bändchen mit dem Untertitel „Ein Stück, das kein Theater spielen und kein Publikum sehen will" endlich geliefert wurde, wollten es die Kleinstädter nicht kaufen. Sie dekorierte ihr Schaufenster damit, legte es im Laden an mehreren Orten auf, versuchte jede und jeden, die oder der ihre Antiquariatsbuchhandlung betrat, von dieser einmaligen neuen Stimme zu überzeugen, und davon, wie wichtig dieser Text gerade für die Heimkehrer sei. Er erzähle eingehend von deren seelischen Verwundungen und davon, wie zurückgestoßen sie sich fühlten, keinen Platz mehr in ihrem Zuhause fänden, weil man es ihnen weggenommen habe und man ihnen kein neues geben wolle. Man müsse sich dem stellen, was der Autor eindringlich tue, nur so könne man Schritt für Schritt diese schreckliche Vergangenheit bewältigen, was schleunigst zu tun sei, da sonst die notwendige Reinigung von der Nazi-Ideologie zu langsam vor sich gehe, sprach sie sich bei manchen Kunden den Mund fusselig. Einzig die Besitzerin eines Kleiderladens, von der ihr nur die grellrot geschminkten Lippen in Erinnerung blieben, und ein junger, schmächtiger Gymnasiallehrer kauften das dünne Bändchen. Die übrigen Kleinstädter winkten ab und fragten nach Unterhaltungsromanen.

Borcherts entsetzlicher Schrei schien die Herzen der Kleinstädter nicht zu erreichen. Niemand hörte ihn, niemand hörte Emilie Reber, versuchte sie Borcherts Ruf noch zu verstärken. Sie blieb auf dem eingekauften Posten sitzen. Nach zwei Jahren nahm sie das letzte Exemplar aus dem Schaufenster. Sie hatte auch ihren Stolz. Ignorantenpack.

*

„Sagen Sie mal, Frau Reber, die Bücher, na ja, und die Wohnung und, na ja, die Lokalität im alten Parteilokal, na ja, unter der Wirtschaft, Sie wissen schon, was ich meine, nicht?“

„Nein.“

„Na ja, dass Sie so einfach zu allem kommen, während unsereiner, na ja, Sie wissen schon.“

„Nein.“

„Na gut, dann lassen wir es.“

„Nein.“

„Also gut, Frau Reber, unser Bürgermeister, also der damalige Bürgermeister Spreng, der hat schon geschaut, dass es den Juden hier gut ging … also soweit das möglich war. Zwei haben den Krieg unversehrt überstanden. Und im KZ-Stollen, da waren längst keine Juden mehr dabei. Das waren alles Italiener, also die meisten, die anderen Russen, Slawen, zwei, drei Franzosen, aber keine Juden. Die Franzosen haben die verwesten Leichen aus dem Massengrab im Wald geholt und sie auf dem Adolf-Hi… also auf dem Landungsplatz ausgestellt. Die haben uns gezwungen, das anzusehen, gestunken hat das. Zwei Tage später mussten wir auch noch an der Trauerfeier teilnehmen, obwohl wir mit der ganzen Geschichte nichts zu tun hatten.“

„Ich nehme die zwei Eier da, dann geben Sie mir bitte noch von den frischen Zwiebeln und von diesem Kohl.“

„Der ist nicht mehr so frisch, den schenke ich Ihnen.“ Die Bäuerin rupfte die verwelkten Blätter ab und gab ihr den Kohlkopf.

„Aber, na ja, Sie können doch so gut mit den Franzosen."

„Die Franzosen sind immer Menschen geblieben", antwortete Emilie Reber streng.

„Ja, na ja", zupfte sich die Bäuerin ihre verwaschene blaugraue Schürze zurecht, „das waren wir doch auch."

Emilie Reber bezahlte, verweigerte das Wechselgeld mit einem barschen „Ist recht so" und machte sich auf den Weg in ihre Antiquariatsbuchhandlung.

Der Vorfall hatte sich in der Kleinstadt herumgesprochen, bevor Emilie Reber die Türe zu ihrer Antiquariatsbuchhandlung aufsperren konnte.

Am Nachmittag kam der sportliche Beamte Züngler bei ihr vorbei, tat so, als würde er sich für Stefan George interessieren, fragte, ob sie auch Heimatdichter führe, und meinte dann trocken: „Sie sollten nicht überall gleich mit der Türe ins Haus fallen."

„Seit wann gibt es auf dem Markt Türen? Falls Sie das meinen?"

„Seien Sie doch einfach ein bisschen netter. Das stünde Ihnen gut, glauben Sie mir."

„Wie bitte?"

„Ja, stoßen Sie die Menschen hier nicht gleich vor den Kopf. Was meinen Sie, warum Sie bislang noch keinen Borchert verkauft haben?"

„Es war ein kalter Winter. Mit klammen Fingern zu lesen, ist keine gute Voraussetzung. Wollen Sie ein Exemplar?"

Zängler winkte ab.

„Der Text täte Ihnen aber gut!"

„Sehen Sie."

„Ich bin nett genug. Waren Sie nett genug zu den Stollenhäftlingen?"

„Wir wurden nicht gefragt."

„Sie kennen sich in diesen Räumlichkeiten aus, nicht?"

„Hören Sie mal!"

„Wie Sie die drei Treppenstufen hinuntergestiegen sind – nahezu … hinkend schlafwandlerisch."

„Jetzt reicht's … Sehen Sie, genau das meine ich."

„Was meinen Sie denn?"

„Dass Sie immer jeden darauf hinweisen müssen."

„Worauf denn? Auf das Hinken."

„Ach was, auf das, was war. Wir müssen zur Ruhe kommen, das habe ich Ihnen Deutsch und deutlich gesagt. Haben Sie verstanden?"

„Leben Sie eigentlich schon immer hier am Bodensee?"

„Was soll das jetzt?"

„Leben Sie eigentlich schon immer hier am Bodensee?"

„Ja."

„Und wenn er frieren würde?"

„Die letzte Seegfrörne war 1880."

„Und wenn er frieren würde?"

„Über den Rhein würden die Wasser immer noch hineingetragen werden, sie würden tief unter dem See durchfließen und über den Seerhein wieder abfließen. So, wie sie es seit Tausenden von Jahren tun. Und daran können auch Sie mit Ihrer Fragerei nichts ändern."

Emilie Reber drehte ihm den Rücken zu und ordnete eine soeben angelieferte Neuauflage von „Jugend ohne Gott" unter H im Regal ein.

„Wie eine Leihbibliothek mit Lesestube sieht es hier aber nicht gerade aus."

„Soll ich Ihnen einen Tee bringen, während Sie in der Lesestube, im Sessel, dort in der Ecke, den Borchert lesen?"

„Man kann nichts daran ändern, auch Sie nicht mit Ihren Franzosen. Also bleiben Sie bei Ihrer Leihbibliothek. Verleihen Sie romantische Unterhaltungsromane, die brauchen die Menschen jetzt, und richten Sie eine Kinderecke ein, dann wird alles gut", sagte Zängler, stieg die drei Treppenstufen hoch und ließ die Türe ins Schloss knallen.

Am Abend schrieb Emilie Reber einen Brief an den Militärgouverneur der französischen Besatzungszone Marie-Pierre Kœnig, man solle sich doch mal mit einem Fritz Zängler genauer beschäftigen. Und – fügte sie an – sie wolle eine richtige Buchhandlung aufmachen und werde ein Doppel des entsprechenden Antrags dem Leiter der Abteilung für öffentliche Bildung, Raymond Schmittlein, zukommen lassen.

In den nächsten Wochen wurde sie öfter auf der Straße gegrüßt, in den Läden und an den Marktständen überhöflich bedient und die Kleinstadtverwaltung erfüllte jeden ihrer Wünsche. Sobald sie aber außer Hörweite war, den Laden verlassen oder die Türe der Beamtenstube hinter sich geschlossen hatte, zerrissen sich die Kleinstädter das Maul über sie: „Kommt daher und führt sich auf wie der Großherzog von Baden." – „Das war eine Fahnenflüchtige, die war sicher in Frankreich versteckt." – „Nein, sie war sogar in der Résistance, das hat mir ein Franzose gesagt." – „Sicher Jüdin, die denkt, jetzt könne man es uns zeigen, aber nicht mit uns."

Natürlich kam ihr all das dumme Geschwätz zu Ohren, und sie machte sich einen Spaß daraus, die Gerüchte zu befeuern: Da bestätigte sie, dass sie Jüdin sei, dort, dass sie Zeugin Jehovas gewesen sei und daher hätte flüchten müssen, der Marktfrau erzählte sie, dass sie in Frankreich einen Wehrmachtsversorgungstrupp samt Besatzung und drei Mannschaftswagen in die Luft gesprengt hätte, oder der Bäckersfrau, dass sie am Grundlsee die Führerbibliothek betreut hätte und daher den Alliierten wichtige Tipps zur Ergreifung von Göring hätte geben können.

Anfänglich bereitete ihr das Spiel noch Vergnügen, dann gingen ihr die Ideen aus, und letztlich war sie sich auch nicht mehr sicher, ob sie damit nicht zu viel Verwirrung stiftete und sich selbst nur Schaden zufügte. Schließlich waren die Menschen hier ja ihre zukünftigen Kunden, und nochmals den Ort zu wechseln, kam für sie nicht infrage. Sie war angekommen, tief im Süden, wo man aber noch ihre Sprache sprach. Zwar nur am schwäbischen Meer, aber am Meer.

So setzte sie eine Woche später ihr Sonntagsgesicht auf, ging von Laden zu Laden, von Marktstand zu Marktstand und in die Bäckerei, entschuldigte sich, dass sie den Kleinstädtern keinen reinen Wein eingeschenkt habe, und nahm sich vor, damit rasch die ganze Stadt davon vernahm, der Bäckersfrau und der Friseurin Bruchstücke ihrer Geschichte zu erzählen: „Ich bin 1933 nach Paris emigriert und habe dort Arbeit in der Deutschen Freiheitsbibliothek gefunden, deren Präsident Heinrich Mann war. Als die Wehrmacht Paris besetzte, mussten sich alle deutschen Emigranten melden und wurden nach Geschlechtern getrennt in Radrennstadien gepfercht. Drei Wochen verbrachten wir da, dann wurden wir in den Süden, in das Konzentrationslager Gurs, gebracht. Von dort gelang mir die Flucht, und so lebte ich mehr oder weniger versteckt an der Küste von Südfrankreich. Eine traumhafte Gegend, sage ich Ihnen. Und das Meer, das Meer … aber der Bodensee ist auch schön, wirklich. Wie dem auch sei, als die Wehrmacht ganz Frankreich besetzte, ging ich in den Untergrund und schloss mich der Résistance an. Und jetzt bin ich hier, weil ich eine Buchhandlung eröffnen wollte, im Süden, am Meer, in meiner Sprache."

„Aber es ist doch eine Leihbibliothek?", fragte die Bäckersfrau.

„Jetzt noch. Es wird aber eine richtige Buchhandlung werden. Mit Antiquariat, solange wie nötig. Der Antrag ist bereits unterwegs."

„In dem Haus, in dem Sie jetzt sind?"

„Ja, das eignet sich perfekt. Meine Bücher werden den geistigen Schmutz, der sich über die Jahre angesammelt hat, nach und nach vertreiben."

„Wissen Sie, wir hatten ja sehr viel Glück, dass wir nicht zerbombt worden sind. Ein wenig bei der Eisenbahn vorne, der Gustav hat da sein Leben gelassen, aber sonst sind wir wohl davongekommen. Jetzt hoffen wir einfach, dass nicht noch mehr Flüchtlinge in unser Städtchen kommen. Die Schlesier, Sudeten, Siebenbürger sind nicht wie wir. Die haben auch viel zu viel getan für den Krieg. Die will niemand mehr."

„Aber Sie haben Glück gehabt? Und immer noch. Ihnen geht es ja gut?"

„Ja, wir haben auch alle nicht so recht mitgemacht. Auch mit den Juden haben wir nichts gemacht. Ja, wir haben schon ein Glück gehabt. Wir machen wieder mal ein Milchbrot. Soll ich Ihnen ein Stück reservieren?"

„Ja gerne."

„Verleihen Sie auch Unterhaltungsromane oder Liebesgeschichten? Wir könnten ja ein Tauschgeschäft machen. Buch gegen Milchbrot! Was meinen Sie, Frau Reber?"

„Kommen Sie doch einfach bei mir vorbei, es wird sich sicher was finden."

„Das ist gut, man braucht jetzt auch wieder mal was fürs Gemüt und die Seele."

„Genau, darum bin ich da. Können Sie eine Zucker- anstelle einer Brotmarke gebrauchen? Ich selbst brauche praktisch keinen Zucker."

„Oh", strahlte die Bäckerin, „da wird das Milchbrot gleich viel besser."

*

„Ist das Wasser warm genug?", fragte die Friseurin.

„Ja, wunderbar!", antwortete Emilie Reber.

„Da haben Sie aber ein gefährliches Leben gehabt."

„Ja, manchmal wurde es richtig ungemütlich."

Die Friseurin war noch in der Lehre, ein junges, hübsches Mädchen mit Händen, die beim Einmassieren der Seife durch die Kopfhaut fast bis in die Seele greifen konnten. Emilie Reber gab sich ganz dieser wohltuenden Kopfmassage hin.

„Schlafen Sie mir aber nicht ein", hörte sie die Friseurin wie in einem Traum sagen. „Daher hatten Sie auch gleich eine Menge Bücher, als Sie hierherkamen. Von dieser Freibücherei …"

„Freiheitsbibliothek."

„Dieser Freiheitsbibliothek."

„Nicht ganz, die Nazis haben zerstört, was wir nicht in Sicherheit bringen konnten."

„Aber wie kamen die Bücher denn alle nach Paris? Nach einem Jahr schon 11.000 Stück, 11.000, das haben Sie doch gesagt, oder nicht?"

„Ja, die haben halt viele, die Deutschland verlassen mussten, mitgebracht, geschmuggelt."

„Aber 11.000 Stück, die alle verboten waren, in einem Jahr?"

„Es gibt Menschen, viele Menschen, die hegen ihre Bücher wie einen Schatz. Sie lieben sie, als wären es die eigenen Kinder. Sie sind wie Kinder: ein Fenster, durch das man die Welt anders sehen kann. Vorausgesetzt natürlich, man ist offen dafür."

„Also ich habe nie viel gelesen. Die Landserhefte, die meine Freundinnen gelesen hatten, waren doch immer das Gleiche, genau wie die Fliegergeschichten. Ich habe auch den Führer nie richtig gemocht, obwohl ich ihn doch hätte lieben müssen. Aber wie kann man einen lieben, der ein ganzes Radio zum Bellen bringt, wenn er spricht."

„Man muss nie, nie jemanden lieben müssen. Das geht gar nicht."

„So, jetzt können Sie aufstehen und auf dem Frisierstuhl Platz nehmen."

„Kommen Sie mal vorbei, ich habe sicher etwas für Sie, das Ihnen gefallen tät."

„Was für eine Frisur wünschen Sie eigentlich?

Einfach ein wenig nachschneiden? Oder so, dass Sie die Haare gut wachsen lassen können?“

„Einfach nachschneiden. Die bleiben kurz, für immer.“

„Aber kurz tragen wenige.“

„Ist bequem. Musste ich in der Résistance so tragen. Man wusste ja nie, wann man plötzlich ein Mann sein sollte.“

„Wollten Sie schon mal ein Mann sein?“

„Nein. Oder vielleicht ein, zwei Mal, als es mir an körperlicher Kraft fehlte.“

„Ich bin froh, dass ich kein Mann bin. Sonst hätte ich mit einem krummen Karabiner in der Hand noch das zerbombte Friedrichshafen verteidigen müssen.“

„Wir bleiben Frauen. Auch mit kurzen Haaren. N’est-ce pas?“

„Oui! Das Einzige, was ich auf Französisch kann“, lachte die Friseurin. „Aber sagen Sie, Frau Reber, ich weiß nicht so recht, ob ich für die Bücher, die Sie ausleihen, gescheit genug bin.“

„Jede und jeder ist gescheit genug, um ein gutes Buch zu lesen. Man muss es nur wollen.“

*

Es war der langersehnte Brief, den ihr der Postbote an diesem regnerischen Tag überbrachte. Er war von der

„Direction de l'Éducation Publique", von General Raymond Schmittlein persönlich.

Die Direktion versicherte ihr, dass ihr Antrag zur Führung einer Buchhandlung von der französischen Militärverwaltung grundsätzlich gutgeheißen würde, aber es gebe noch einige ansässige Stimmen in der Stadt, die ihrem Vorhaben kritisch gegenüberstünden, wie sie aus beiliegender Briefkopie entnehmen könne.

Fünfzehn Minuten später knallte sie die beigelegte Kopie Zängler auf den Tisch.

„Sie kennen dieses Schreiben. Haben Sie das geschrieben? Haben Sie geschrieben: ‚Frau Reber hat mit Täuschungen und Umgehung der Bestimmungen ihren Laden zu einem Buchverkaufsladen gemacht und vorzeitig geführt.' Oder: ‚In den vergangenen Jahren wurden Anträge von Personen, die politisch und fachlich einwandfrei sind, abgelehnt mit der berechtigten Begründung, dass kein Bedarf vorhanden sei. Und jetzt soll plötzlich Bedarf da sein?'"

Fritz Zängler starrte sie schweigend an.

„‚In der Zeit vor Weihnachten war der Laden Reber keine Leihbibliothek mehr, sondern eine Buchhandlung. Die Leihbibliothek war immer nur Tarnung und Täuschung!'"

Fritz Zängler schwieg. Emilie Reber ging ans Fenster, schaute durch den Regen auf den See, dessen Oberfläche zu tanzen schien.

„Wahrlich kein Segelwetter", hörte sie Zängler sagen.

Emilie Reber drehte sich um, ging zu Zänglers Schreibtisch, stützte sich darauf und sprach ihn leise an: „Sie werden das jetzt aus der Welt räumen, und ich werde meine Leihbibliothek mit Lesestube in eine Buchhandlung mit Antiquariat umwandeln. Und sollte ich das dafür notwendige Papier nicht in den nächsten Tagen erhalten, werde ich die französische Militärregierung bitten, jede noch so kleine Aktennotiz, auf der Ihr Name steht, zu suchen und diese so lange hin und her zu drehen, bis sie etwas gegen Sie gefunden hat."

Sie nahm den Brief von Zänglers Pult, steckte ihn ein und verließ Zänglers Büro, ohne die Tür hinter sich zu schließen. Was sie noch hörte, war, wie er wütend in den Gang hinaus nach einer Schreibkraft rief.

Seit sie zwei Tage nach ihrem Auftritt bei Zängler die Bewilligung zur Führung einer Buchhandlung erhalten, die Durchschrift davon an ihr Schaufenster geklebt sowie die Kleinstädter mit einer glaubhaften Geschichte ihrer Vergangenheit gefüttert und damit einen schlüssigen Nachweis ihrer Privilegien geliefert hatte, wuchs das Zutrauen zwischen den Bewohnern der Kleinstadt und Emilie Reber nicht gerade zügig, aber doch stetig.

So bewegte sich Emilie Reber in der beinahe unzerstörten mittelalterlichen Kleinstadt, die in der Renaissance eine italienische Note in Form einer neuen Marktplatzgestaltung und einem großen Palais bekommen hatte, immer lieber und selbstverständlicher. Auch die Kleinstädter legten mehr und mehr ihre Scheu ab, betraten in kontinuierlich steigender Zahl ihr Geschäft und ließen entweder die Gier nach der von den Nazis verbotenen Literatur stillen oder sich die Angst davor nehmen.

Anfänglichen Enttäuschungen über bei ihr nicht erhältliche Unterhaltungsromane überwand sie mit geschickten Einführungen über, wie sie es nannte, leichte Literatur. Zum Beispiel über den einige Jahre am See wohnhaften Hermann Hesse, den sie – bis auf den „Steppenwolf“ – als ewig pubertierenden Kitschautor betrachtete, oder über die Kinderbücher und Gedichte von Erich Kästner, der in Berlin zugesehen hatte, wie die Nationalsozialisten seine Werke ins Feuer geworfen hatten, aber auch über die wunderbaren Reisereportagen von Egon Erwin Kisch, welche die Kleinstädter zum Träumen brachten.

Wer was kaufte oder auch nicht, vermerkte sie auf sorgsam angelegten Karteikarten. Pro Person legte sie drei Karten mit folgenden Überschriften an: „Persönlichkeit“, „Verknüpfungen“ und „Leseweg“.

Unter „Persönlichkeit“ beschrieb sie den Charakter des Kunden, so wie sie ihn empfand. Dabei schreckte sie weder vor Einträgen von Mutmaßungen über Gefühlslage und Vergangenheit noch vor psychologischen Interpretationen zurück. Diese Einträge wurden bei jedem Besuch der Kundin oder des Kunden ergänzt, falsche Eindrücke korrigiert oder sich in ihrer Wahrnehmung als richtig erweisende vertieft. Bei manchen konnte sie nicht widerstehen, körperliche Merkmale wie „fehlt ein Bein", „hat sehr eng stehende Augen", „trägt das Haar zu lang" bis geradezu frivole Bemerkungen wie „trägt links" oder „hat einen hübschen Hintern" zu notieren. Letztere allerdings in einer stenografischen Geheimschrift, die außer ihr und ein paar Résistanceveteranen wohl niemand lesen konnte.

Auf der Karte „Verknüpfungen" notierte sie verwandtschaftliche, berufliche sowie freund- und feindschaftliche Beziehungen innerhalb der Kleinstadt.

„Leseweg" unterteilte sie in drei Rubriken: „Bereits gelesen", „Gekauft" und „Zu lesen". Sie erkundigte sich bei allen Kunden zuerst immer nach bereits Gelesenem, was gefallen hatte, was begeistert hatte, und warum sowie was bereits nach wenigen Seiten weggelegt worden war. Unter „Gekauft" fielen die Bücher, die sie verkauft hatte, und unter „Zu lesen" wurden Titel aufgelistet, welche die jeweilige Person als Nächstes lesen sollte.

Waren mehrere Kunden gleichzeitig im Geschäft, ließ sie sich dadurch nicht abhalten, nach jedem Verkauf oder jeder Beratung fein säuberlich in ihren weißen Handschuhen ihre Notizen zu machen. So viel Geduld musste aufbringen, wer von ihr auf der individuell vorgezeichneten Via Dolorosa zu Thomas Manns Sanatorium Berghof auf dem Zauberberg geführt werden wollte.

Schon nach kurzer Zeit wusste sie über die Leserinnen und Leser der Stadt mehr oder weniger Bescheid. Dazu kamen noch die Urlaubsgäste, die von Jahr zu Jahr zahlreicher wurden, und Menschen, denen es aufgrund ihres persönlichen Schicksals oder ihrer Rolle in Nazideutschland ratsam erschien, fernab von alten und neu entstehenden Zentren ein möglichst ruhiges und unauffälliges Leben zu führen.

Die Stadt wie auch die gesamte Bodenseeregion hatte eine große literarische Tradition. Viele Schriftsteller, Dichter und Dramatiker hatten an den Gestaden des schwäbischen Meers Inspiration, Melancholie oder anders gestaltete Lebensentwürfe gesucht. Genauso wie Maler, Tänzer, Bildhauer, Musiker, aber auch Sekten, Naturheilkundler, Veganer und Esoteriker, kurz das ganze wahrheitssuchende Treibgut, welches aus den tiefgeistigen Strömungen rund um die Jahrhundertwende aufgetaucht und letztlich an die Ufer des Bodensees gespült worden war.

Unter diesen Kreisen verbreitete sich schnell die Kunde, dass es in der Kleinstadt eine neue Buchhandlung – übrigens von einer Frau geführt, die vor dem Krieg die Sekretärin von Heinrich Mann gewesen war – gebe. Eine erstklassige, so eine habe schon lange gefehlt, mit vielen geretteten Büchern aus der Freiheitsbibliothek Paris. Heinrich Mann habe ihr persönlich die Bücher schicken lassen, damit sie sich hier eine neue Existenz aufbauen könne, da sie viel für die Deutsche Literatur und Kunst getan habe. Ja, sie habe auch selbst publiziert, ein gewichtiges Werk: „Silbermond nach der Bartholomäusnacht“. Darum habe sie Heinrich Mann auch angestellt, da er in dieser Zeit an „Henri Quatre“ geschrieben habe.

Solche und weitere Gerüchte – sie sei bei der Landung der Alliierten dabei gewesen oder mit amerikanischen Fallschirmspringern hinter der deutschen Front abgesprungen – befeuerten die Neugier der kulturell Arbeitenden und Interessierten rund um den Bodensee, die sich auch nach und nach in Emilie Rebers Buchhandlung einfanden.

Naturgemäß kamen zuerst die Schriftsteller. Es gab viele an den Gestaden des Bodensees. Die meisten hatten ihre beste Zeit während der Zwischenkriegsjahre gehabt, als die Landschaft am Bodensee zahlreiche durch den Ersten Weltkrieg Versprengte der unterschiedlichen Reformbewegungen wie magisch angezogen hatte. Sie schrieben hier über Gärten und Rosen, philosophierten über die Kultur und Geistesgeschichte oder die soziale Ausbeutung und brachten gute wie schlechte Romane zu Papier. Im Wochenrhythmus inspizierten Lokalgrößen aus Meersburg, Gaienhofen, Salem, Lindau oder Konstanz die Buchhandlung, welche die Regale auf der Suche nach den eigenen Werken endlos auf und ab wanderten.

Wurden sie nicht fündig, was regelmäßig der Fall war, schlichen manche, ohne sich zu verabschieden, davon, andere wiederum fragten scheu nach ihren Büchern, ohne sich als deren Autor erkennen zu geben, während wiederum andere sich unverschämt laut – wenn gerade keine weiteren Kunden in der Buchhandlung waren – oder leise, aber umso eindringlicher beschwerten.

Schriftsteller, die in Emilie Rebers Augen ernst zu nehmen waren, suchten keine Auslagen und Regale nach den eigenen Büchern ab, sondern äußerten sich, nachdem sie das gesamte Angebot mit geschultem, bei diesem und jenem Titel kurz innehaltendem Auge geprüft hatten, begeistert darüber, dass es endlich wieder eine Buchhandlung mit einem klugen und auch angesichts der Umstände geradezu weitreichenden Sortiment gebe.

Die Karteikarten der wenigen von Emilie Reber als Schriftsteller akzeptierten Autoren, erhielten unter „Persönlichkeit" die Überschrift: „Schriftsteller". Derweil die vielen unbegabten Lokalschreiberlinge, je nachdem, wie sie sich ihr gegenüber aufgeführt hatten, mit den Attributen „Alkoholiker", „tintenscheu" oder einfach „Schießbudenfigur" ausgestattet wurden.

Es gab auch noch ein paar ganz Große in der Kleinstadt und Umgebung: Friedrich Georg Jünger, der über dem Kleiderladen „Zum bunten Tuch" seine Dichterklause hatte, direkt am Ufer, mit wunderbarem Blick über den See. Sein Bruder, der Stahlgewitter-Ernst, hatte vor dem Krieg in der Kleinstadt gewohnt. Die „Marmorklippen" waren hier entstanden. Beide erhielten den Vermerk: „Nah-Nazi. War nicht in der

Reichsschrifttumskammer.“ Allerdings verzieh sie den beiden nie, dass sie Thomas Manns „Deutsche Ansprache“, die sich gegen die Nazis wandte, am 17. Oktober 1930 gemeinsam mit SA-Leuten gestört hatten. Was bei beiden auf der Karte „Persönlichkeit“ als „begehen Dummheiten“ eingetragen wurde.

Die Person Friedrich Schnack ertrug sie weitaus schlechter als den in den Zwanzigerjahren sehr erfolgreichen Autor Friedrich Schnack. Nachdem dieser seine schwülstige Romantrilogie, welche 1936 unter dem Titel „Die brennende Liebe“ zusammengefasst worden war, geschrieben hatte, verlegte er sich auf gestelzte Gartenprosa. Dieser weichstimmige Feldprediger des botanischen Weltgeistes, der Gott in jedem Sauerampfer suchte und dabei mit einer in die Körperhaltung eingegangenen Denkerpose, die sogar im Gehen sein Kinn in drei gestreckte Finger schmiegt, den See entlang stolzierte, war ihr so zuwider, dass sie, nachdem er sich bei ihr beschwerte, dass sie keines seiner Werke im Sortiment führe, das „Gelöbnis treuester Gefolgschaft“ im Schaufenster aufhängte und den Namen Friedrich Schnack als Einzigen der 88 Unterzeichnenden dick unterstrich. Dazu schrieb sie: „Diese 88 Dichter und Schriftsteller gelobten dem Führer nach dem Austritt Deutschlands aus dem Völkerbund und nach der Gleichschaltung der Deutschen Presse am 26. Oktober 1933 treueste Gefolgschaft.“

Als sie ein paar Tage später von Fritz Zängler, der sich als Freund Schnacks ausgab, gebeten wurde, die

Liste aus dem Schaufenster zu entfernen, antwortete sie knapp: „Noch eine solche Frage und ich hänge auch die Liste der Teilnehmer von Goebbels ‚Weimarer Dichtertreffen' darunter. Da war der Schnack als einziger Bodenseeler auch dabei."

Ein anderer Fall war Hans von Savigny. Er litt wie ein Hund an seiner berühmten Abstammung und unter seiner katholisch bigotten Mutter, welche die Wände seines Kinderzimmers mit Heiligenbildchen und handgeschriebenen Verbotstafeln zu tapeziert hatte. Dagegen hatte er sich mit Frauen und Alkohol beholfen. Die Frauen waren gegangen, der Alkohol geblieben. Und mit ihm das Mitleid und die Anklage an den Weltenherrscher, der ihm nie antwortete. Die innere Verzweiflung von Savigny ergoss sich in wiederkehrenden Fehden, Streit und der dadurch zunehmenden Abwendung der Mitmenschen. Nach einem ziemlich wüsten Zwischenfall, als er sich wie ein Berserker darüber ereiferte, dass sie sein Standardwerk „Irrenlieder" nicht führe und, falls sie es nicht gelesen habe, *nichts, aber auch gar nichts von der Liebe verstehen könne,* und dabei ein paar Bücher von einem Tisch wischte, verwies sie ihn des Geschäfts. Ihr Eintrag auf seiner Karteikarte lautete danach: „Finsteres Herz hinter Flaschen."

Leopold Ziegler dagegen, der feinsinnige, zerbrechliche Philosoph, der sich den Menschen ohne religiöse Grundlage nicht vorstellen konnte, war ihr ans Herz gewachsen. Der Vaterunser-Exeget wurde zweimal ausgebombt: das erste Mal 1945, als der Bahnhof zerstört worden war, und das zweite Mal 1947, als die Franzosen die Eingänge des KZ-Stollens unter seinem Heim gesprengt hatten.

*

Im November 1950 besuchte sie ein Vertreter des Rowohlt Verlags und stellte ihr die neueste Errungenschaft aus den USA vor: das Taschenbuch. Der Vertreter pries sie stolz als „Rowohlts Rotations-Romane" an. Kein Schutzumschlag, kein Leineneinband, einfacher dicker Karton und schreiend auffällige Titelbilder. Er fächerte die vier ersten „Bände" vor ihr auf. Hans Fallada: „Kleiner Mann – was nun?", Graham Greene: „Am Abgrund des Lebens", Rudyard Kipling: „Das Dschungelbuch", Kurt Tucholsky: „Schloß Gripsholm".

Sie schnappte nach Luft – ein glückliches Liebespärchen auf einer Parkbank zierte die Titelseite vom „Kleinen Mann". Ein Vögelchen zwitscherte „rororo" dazu. Bei Greene war eine junge Frau mit Kurzhaarfrisur abgebildet. Sie legte den Kopf mit koketter Lebensmüdigkeit auf ihre Arme, die ihrerseits auf einem Pier lagen. Der Rest des Körpers musste im Wasser vermutet werden. Oder das „Dschungelbuch", in ihren Augen sowieso ein Kinderbuch, mit einem Jungen, der auch ein Mädchen sein konnte, dem schwarzen Panther und der freundlich, aber lasziv giftgrünen Schlange – mein Gott, das touchierte schon die Grenze zur Obszönität. Und dann der Tucholsky: ein Luftschloss in den Wolken. Die haben aber gar nichts verstanden, geschweige denn begriffen. Sie kochte vor Wut.

Gut, vor drei Jahren kamen sie mit den Zeitungsdrucken, Tucholsky auf Zeitungspapier, und ja, sie hatte ein wenig Verständnis wegen der Papierrationierung, aber trotzdem, aber bitte, sie verkaufte Bücher, Literatur und keine Zettelwirtschaft und schon gar nicht solche geleimten, kleinformatigen Schundbüchlein. Die konnte sie ja gleich unter der Theke verkaufen!

Ihr drehte es den Magen um, es würgte sie. Der Vertreter fragte, ob ihr unwohl sei. Sie stürmte nach draußen, holte tief Luft, ging einmal ums Häusergeviert, kam zurück, blickte dem verdutzten Mann streng in die Augen und zischte: „Raus!"

„Aber die gehen hervorragend, und das Format spart enorm viel Papier …"

„Raus. Ich verramsche keinen Tucholsky im geleimten Kleinformat. Nicht für eine Mark neunzig. Auch wenn die ausgezeichnet gehen werden, in meiner Buchhandlung wird keines gehen. Nur Sie gehen jetzt! Sofort!"

Da der Vertreter auf diesen Rausschmiss im nächsten Wirtshaus einen Schnaps und, um seiner

Aufregung endlich Herr zu werden, noch einen und noch einen brauchte, erkundigte sich die Wirtin einfühlsam, was ihm denn Schreckliches widerfahren sei, worauf der Herr laut ins Wirtshaus rief: „Sie will keinen Tucholsky für eine Mark neunzig verkaufen", und die Wirtin leise fragte, ob denn ein Tucholsky etwas Teures sei. Jetzt endlich beruhigte sich der Vertreter, die Wirtin setzte sich zu ihm, und er erzählte ihr, was er gerade erlebt hatte, so etwas sei ihm wirklich noch nie widerfahren.

„Sie ist einfach eine Komische, auch wenn sie das gut macht mit den Büchern", meinte die Wirtin.

„Macht sie eben nicht", erwiderte der Vertreter. „Sonst hätte sie den Tucholsky als Taschenbuch auch genommen."

„Man merkt halt, dass sie nicht von hier ist."

Bis zum Abend wusste die ganze Kleinstadt, dass die Reber einen Zeitungsvertreter in den Bodensee geschmissen hatte, der ihr einen von den Amerikanern abgesegneten Kutochsky, einen Grünen und zwei andere, an deren Namen sich aber niemand mehr erinnern konnte, für eine Mark neunzig andrehen wollte.

Am anderen Morgen betrat Fritz Zängler die Antiquariatsbuchhandlung von Emilie Reber. Er blieb vor dem großen Sortimentskatalog stehen, hinter dem Emilie Reber auf einer Art Tresenhocker mit Rundlehne saß.

„Frau Reber", hob Zängler an, „denken Sie nicht

auch, dass das Geschwätz über einen in den Bodensee versenkten Zeitungsvertreter keine gute Werbung für unsere kleine Stadt ist? Zumal diese Stadt, wie Sie übrigens auch, mehr als ein Zubrot mit Touristen verdient?“

Emilie Reber war sprachlos. Dass sich dieses Ereignis so rasch bis zu Zängler herumgesprochen hatte?

„Und zudem: bei dem günstigen Preis. Das könnten sich ja Menschen leisten, die nie so ein Buch lesen würden. Ein Taschenbuch ist ein Volksbuch. Dem können Sie nicht im Wege stehen.“

Sie hatte ihm gar nicht zugehört und sagte: „Tucholsky im Kleinformat, geleimt, nein, ich bitte Sie, das geht einfach nicht.“

„Aber es gibt ihn ja schon. Da muss man doch nicht einen so anständigen Herrn dermaßen vergraulen. Wissen Sie, wie der über unsere Stadt reden wird?“

„Ja, ja, sie werden auch noch Goethe, Schiller, Büchner, Fontane, Kafka und, Gott behüte, die Manns im Kleinformat bringen. Sollen sie, aber nicht in meiner Buchhandlung. Bei mir ist ein Werk ein Werk, gebunden, in Leinen oder Leder gefasst.“

„Aber denken Sie nicht, man müsste den Menschen in diesem Städtchen, gerade in diesen entbehrungsreichen Zeiten, den Zugang zu einer anderen Welt erleichtern, wenn nicht sogar fördern? Meinen Sie nicht auch?“

„Ich möchte nicht in einer Welt leben, die Tucholsky im Kleinformat und geleimt liest.“

„Aber man wird das nicht aufhalten können. Die Menschen werden, wenn sie dann überhaupt noch Tucholsky lesen, ihn in ganz anderen Formen lesen. Denn preiswertere Druckverfahren werden Tucholsky noch vielen Menschen näherbringen. Zu erschwinglichen Preisen. Das ist doch gut so, vor allem für unsere Stadt, nicht?"

„Entschuldigung, Herr Zängler, aber Sie sind wohl nicht dazu befugt, mir vorzuschreiben, was ich in meinem Sortiment zu führen habe und was nicht!"

*

„Eine unmoralische Frisur! Haben Sie so was schon einmal gehört: eine unmoralische Frisur! Eine unmoralische Frisur als Entlassungsgrund. Ich fass es nicht", empörte sich Friseurin Ilse Krechter und ließ sich in den Stuhl neben dem Stehpult fallen.

„Ich weiß nicht, was an meiner Frisur unmoralisch sein sollte", antwortete die Buchhändlerin amüsiert.

„Genau, das ist es. Sie sind unmoralisch", sagte Ilse, den Kopf gesenkt und zwischen ihren gespreizten Beinen auf den Boden blickend.

„Das wird es wohl sein", bestätigte die Buchhändlerin. „Aber warum?"

„Weil Sie nicht so sind wie die anderen hier. Weil Sie fremd sind und sich etwas zutrauen."

„Das reicht?“

„Fremd sein reicht immer.“

„Möchten Sie einen Tee … fremden Tee, Earl Grey aus London, milder Rauchgeschmack? Ich trinke nur diesen, auch im Kaffeehaus.“

Ilse musste lachen. „Danke, gern.“

Die Buchhändlerin senkte den Tauchsieder in einen Krug Wasser und fragte mit dem Rücken zu Ilse: „Warum haben Sie sich die gleiche Frisur wie ich machen lassen?“

„Weil es mir gefällt, weil es neu ist und weil es so kurz vor allem im Sommer bequem ist. Und überhaupt: Ich kann mit meinen Haaren machen, was ich will!“

„Wie alt sind Sie?“

„Ende des Jahres werde ich zwanzig.“

„Ein Weihnachtskind?“

„Sonnenwende, einundzwanzigster.“

„Ein schöner Tag, um geboren zu werden.“

„Ja, schon, aber was mache ich jetzt? Wo soll ich jetzt Arbeit finden?“

„Es gibt doch genügend Friseurgeschäfte hier.“

„Schon, aber da wird mich niemand nehmen, dafür wird sie schon sorgen.“

„Dann halt anderswo. Gehen Sie weg! Es ist wichtig, dass man was anderes sieht in jungen Jahren.“

„Würde ich gerne, aber ich kann meine Mutter nicht allein lassen. Wir leben … lebten … von meinem Lohn.“

„Und Ihr Vater?“

„Vermisst. Vielleicht gefallen, vielleicht in russischer Gefangenschaft. Vielleicht, vielleicht, vielleicht."

„Haben Sie ihn gerngehabt?"

„Ja, er war ein toller Mann. Als Kind war es immer lustig mit ihm, und auch der Krieg konnte ihm seine Lebensfreude nicht nehmen. Sie war nur gedämpfter, hatte irgendwo einen dunklen Fleck. Und er versuchte stets tapfer die Tränen zu verbergen, wenn er wieder in den Krieg musste. Aber er ist nicht da."

Es schüttelte sie, Tränen stiegen ihr in die Augen, sie versuchte sich zu wehren, aber es gelang ihr nicht. Emilie Reber nahm den Stuhl hinter ihrem Schreibtisch hervor, stellte ihn neben Ilse, setzte sich und legte behutsam den Arm um sie. Ilse warf sich an sie und heulte jetzt hemmungslos. Die Buchhändlerin drückte sie fest an sich und strich ihr sanft übers Haar, bis sie sich beruhigte.

„Alles wegen mir, alles wegen meiner Unmoral", brach Emilie Reber das Schweigen.

Ilse löste sich von der Buchhändlerin, die aufstand, um ihr ein Taschentuch zu holen. Die Friseurin schnäuzte sich nochmals und beschwichtigte: „Nein, es ist sicher nicht Ihre Schuld. Ich wollte ja die gleiche Frisur wie Sie."

„Aber warum denn?"

„Weil Sie so mutig sind. Und anders."

„Eine Frisur macht einen noch nicht mutig."

„Aber es erinnert einen daran, mutiger zu sein.

Und zwar jeden Tag, wenn man vor dem Spiegel steht oder sich durchs Haar streicht."

Emilie Reber gab ihr das Taschentuch und blieb vor ihr stehen. „Und, werden Sie jetzt mutig sein?"

„Wie? Ins Geschäft zurückgehen, ihr Schere und Kamm vor die Füße werfen und ihr sagen, was für eine gottsjämmerliche, schlecht frisierte Kuh sie sei?"

„Ja, das wäre eine Form von Mut. Aber der würde nicht lange anhalten."

„Dann sage ich es ihr halt zwei oder drei Mal."

Emilie Reber konnte sich ein Lachen nicht verkneifen. Ilse wollte zuerst wütend werden, musste dann auch lachen.

„Dumm, nicht?"

„Nicht nur, es würde Ihnen ja guttun. Vier, fünf, hundert Mal. Dann kann es nicht dumm sein."

„Meine Mutter hätte jetzt gesagt, ich sollte mich unterstehen, nur an so was zu denken."

„Ihre Mutter hat es sicher nicht leicht gehabt all die Jahre."

„Sie hatte immer Angst. Hat sich immer geduckt. Wollte es immer allen recht machen. Bis sie krank wurde."

„So waren und sind viele Frauen. So will man uns haben."

„Ja, aber da kommen Sie und sind so anders. So wie man uns nicht haben will. So den Kopf über die anderen haltend. Wissen Sie, wie ich meine?"

„Nein. Ich halte meinen Kopf nicht über die anderen."

„Doch, weil Ihr Kopf unabhängig ist. Weil Ihr Kopf auf der richtigen Seite war. Und das macht die anderen wütend und argwöhnisch."

„Apropos Kopf: Warum machen Sie keinen eigenen Salon auf?"

„Wie bitte?"

„Machen Sie doch einen eigenen Salon auf."

„Das wäre jetzt doch ein bisschen viel Mut. So plötzlich."

„Ja, klar. Aber irgendwann muss man Mut zeigen. Lieber zu früh als zu spät. Sonst zieht zu viel Leben an einem vorbei."

„Aber ich habe kein Geld. So bekomme ich nie ein geeignetes Lokal."

„Das Lokal wird kein Problem sein."

„Aber das Geld für die Einrichtung, Stühle, Spiegel, Trockenhauben, Spülbecken, Wasseranschlüsse und, und, und …"

„Wie viel?"

„Wieso?"

„Einfach wie viel?"

„Na ja, ich müsste mich mal schlaumachen."

„Dann machen Sie das mal. Ich kümmere mich unterdessen um ein Lokal."

*

Nach zwei langen Gesprächen in diesem milden Winter 1950/51 auf einer Parkbank, mit dem Blick auf den mal dunstigen, mal von Nebelschwaden bedeckten See, entschied sich Ilse, das Geld von Emilie Reber anzunehmen.

Ein geeignetes Lokal wurde mithilfe der französischen Besatzungsmacht zu günstigen Konditionen gefunden. Ilse kaufte drei gebrauchte Friseurstühle – „Wieso drei?“, fragte Emilie Reber. „Weil zum Beispiel bei einer Kundin die Farbe einwirken muss, eine zweite unter der Haube sitzt und ich der dritten inzwischen die Haare schneide.“ –, drei Kommoden mit Rückwärtswaschbecken inklusive Brausen und großen Spiegeln, zwei Trockenhauben, zwei Haartrockner, ein kleines Pult und eine Registrierkasse. Emilie Reber kümmerte sich um Magazine und Illustrierte – „Aber, Frau Reber, es liest doch keine Frau beim Friseur den ‚Spiegel‘. Wir brauchen ‚Quick‘, ‚Die Frau‘, ‚Constanze‘, ‚Libelle‘ oder die ‚Neue Revue‘, das liest die Frau unter der Trockenhaube“ –, ließ Klempner und Schreiner kommen und überzog das Budget mit den restlichen Utensilien wie Kämmen, Scheren, Ondulierеisen, Haarschneidemaschinen und Lockenwicklern nicht allzu knapp.

Die Einweihung war wunderbar, viele alte Kundinnen aus dem vormaligen Salon kamen und brachten Geschenke und Lob für ihren Mut, ja sogar die ehemalige Chefin schaute vorbei und schenkte Ilse ihre Lieblingsschere, die sie stets benutzt hatte.

Zwar besuchten zwei alte Kundinnen gleich nach der Eröffnung den Salon, aber anfänglich verbrachte Ilse mehr Zeit in der Buchhandlung, als dass sie Frisuren hochtürmte und mit der Brennschere hantierte. Die ansässigen Frauen wagten es nicht, den neuen Friseursalon zu betreten. Nicht, dass sie etwas gegen Ilse gehabt hätten, sie als zu jung und unerfahren erachteten oder ihren Künsten misstrauten, im Gegenteil, viele ließen sich lieber von ihr als von der Chefin bedienen, aber sie gerieten in einen Treuekonflikt. Sie wollten die alteingesessene Stadt-Friseurin nicht verletzen, indem sie zu Ilse gingen, zumal alle wussten, dass die Reber dahinterstand.

Hingegen steigerte sich der Umsatz von Emilie Rebers Antiquariatsbuchhandlung von Monat zu Monat, da bald die gesamte Bodenseeregion und sogar darüber hinaus zu ihr fand. Manchmal war der Laden derart gerammelt voll, dass sie die Übersicht zu verlieren drohte und Kunden sich über die langsame Bedienung beschwerten. Ilse half, wann sie konnte, hatte aber oft gerade in den Stoßzeiten ein bis zwei eigene Kundinnen. So übersah Emilie Reber beinahe den Mann, der immer öfter in der hintersten Ecke der Buchhandlung bei den Leihbüchern saß und eifrig in Kladden schrieb.

Seine Haltung und seine Art, den Stift vom Blatt

zu heben, wenn er nachdachte oder so tat, als denke er nach, erinnerte sie an ähnliche Gesten des einen oder anderen Schriftstellers damals im Kaffeehaus in Berlin. Auch sein grauer Anzug, nach der Mode der Zwanzigerjahre geschnitten, erinnerte sie an ihre guten, jungen Jahre.

Aus einer Laune heraus und da gerade keine Kundschaft in der Buchhandlung war, kochte sie zwei Tassen Earl Grey Tee und brachte eine dem Mann, der etwas älter als sie zu sein schien, so Mitte fünfzig vielleicht, aber wer konnte das schon genau schätzen, hatte doch der Krieg viele Gesichter grauer und älter gemacht als sie waren.

„Danke."

„Sie verbringen viel Zeit bei mir."

„Ja. Und ich bin Ihnen sehr dankbar dafür, dass Sie mich hier sein und schreiben lassen."

„Warum schreiben Sie eigentlich gerade hier? Warum nicht zu Hause? Im Café?"

„Ich brauche Bücher um mich herum, um zu schreiben. Ich habe das immer so gemacht."

„Ja, haben Sie denn keine Bücher zu Hause?"

„Zwei. Den ‚Bahnwärter Thiel' und Fontanes ‚Effi Briest'."

„Das ist nicht viel."

„Eben. Vor zwei dünnen Bändchen auf einem in die Wand eingelassenen Regal kann man schlecht schreiben. Hier – Sie haben viele der Bücher, die ich auch hatte –, hier lebt ein Stück meiner alten Heimat, der Geruch der Bücher, die feine Staubschicht auf Tausenden von Worten, Gefühlen und Geschichten. Diese Ecke habe ich jetzt als meine Schreibstube auserkoren."

„Sie könnten ja mal ein Buch kaufen. Immerhin ist es eine Buchhandlung."

„Von meinem nächsten Honorar werde ich mir ein Buch kaufen."

„Für welchen Verlag schreiben Sie?"

„Für keinen. Ich habe nie für einen Verlag geschrieben. Ich habe Szenen und Dialoge für Filme geschrieben. Bis Sommer 33, dann war Schluss. Dann haben sie mich rausgeschmissen, Bücher verbrannt, und ich ging, bevor sie mich verbrannten."

„Ich bin auch gegangen."

„Wohin?"

„Frankreich."

„Und nach der Besetzung?"

„In den Süden, untergetaucht. Und Sie?"

„USA. Hollywood. Bin mit den GIs als Übersetzer zurückgekommen."

„Ich kam mit der Résistance zurück."

„Rachegefühle?"

„Nein, doch, ach, ich weiß nicht."

„Ja, es ist schwierig. Und ich möchte es auch nicht ergründen. Es ist, wie es ist, wie die Amerikaner sagen."

„Ich habe es Ihnen angemerkt."

„Ja?"

„Ja."

„Darum haben Sie mir den Tee gebracht. Darum haben Sie mich sitzen und schreiben lassen, obwohl ich noch kein Buch ausgeliehen, geschweige denn eines gekauft habe."

„Gut möglich. Aber, was schreiben Sie jetzt, wenn ich fragen darf?"

„Da ein Gedicht für das ‚Südblatt', Reklametexte und ab und zu kleine Geschichten."

„Darf ich eine Geschichte lesen?"

„Nein. Ich sage Ihnen, wenn das ‚Südblatt' etwas bringt. Oder wenn eine Maggi-Reklame für Suppenwürfel erscheint. Entschuldigen Sie, ich habe mich gar nicht vorgestellt. Ignaz Franck."

„Emilie Reber, aber das wussten Sie wohl schon."

„Reber ja, Emilie nein."

Sie schwiegen einen Augenblick, Emilie Reber rückte den „Untertan" von Heinrich Mann zurecht und nahm einen Schluck Tee.

„Darf man hier rauchen?", fragte Ignaz Franck.

„Nein."

„Würden Sie mich begleiten und am See mit mir eine rauchen?"

„Wie bitte?"

„Ob Sie mit mir an den See kommen, sich mit mir auf eine Parkbank setzen und eine Zigarette mit mir rauchen würden?"

„Ich rauche nicht. Nur einmal habe ich das getan, am Vorabend meines ersten Résistance-Einsatzes. Mit Blick auf das Meer."

„War es gefährlich?“

„Ich musste beim Wehrmachtsposten vorbeigehen, und falls viele Soldaten im Vorhof der Villa waren, ein Taschentuch fallen lassen. Ein wachhabender Wehrmachtssoldat ist mir kurz nachgerannt und hat es mir aufgehoben. Mir ist das Herz in die Hose gerutscht. Drei Minuten später war er tot.“

„Krieg.“

„Krieg.“

„Kommen Sie mit? Mit Blick auf den See?

„Und das Geschäft?“

„Bin gleich zurück!“

Emilie Reber nahm ein Stück Karton, schrieb „Bin gleich zurück!“ darauf und ging mit Ignaz Franck zum See eine rauchen.

Sie hustete, ihr wurde schwindlig, und sie schwor sich und Ignaz Franck, dass dies die einzige Zigarette bis zu ihrem Ableben bleiben würde.

Ein Segelboot glitt vorbei, Fritz Zängler winkte nahezu überschwänglich zu ihnen herüber.

*

„Sie waren mit einem Mann unterwegs. Und Sie haben geraucht. Wusste gar nicht, dass Sie rauchen. Die ganze Stadt dachte, Sie würden nicht rauchen. Und jetzt weiß die ganze Stadt, dass Sie rauchen.“

„Ich rauche nicht. Das war meine zweite Zigarette in meinem ganzen Leben."

„Und wann war die Erste?"

„Also bitte, bin ich hier in einem Kreuzverhör, nur wegen dieser Quatschbude Zängler?"

„Ach bitte, erzählen Sie es mir. Ich finde so wenige, nur in ganz bestimmten Momenten gerauchte Zigaretten unglaublich romantisch."

„Die war nicht romantisch, die war tödlich. Krieg."

„Und der Mann?"

„Der, der immer dasitzt, mit dem alten Anzug, in der Ecke bei den Leihbüchern und schreibt."

„Er ist mir nie aufgefallen."

„Sie gehen ja auch nie zu den Leihbüchern, die sind ja im anderen Teil."

„Ist er nett?"

„Ja."

„Sehr nett?"

„Fräulein Ilse, ich bin keine vierzehn mehr, wenn Sie das meinen."

„Ja, ist ja gut. Ist trotzdem spannend."

„Tee?"

„Ja gerne, kann ich gebrauchen. Es kommen einfach zu wenige, viel zu wenige. Sie schneiden mich wegen der Alten."

„Er hat etwas gesagt."

„Wer hat etwas gesagt?"

„Ignaz Franck, so heißt der Mann."

„Der Mann?“

„Ja.“

„Ihr habt über mich geredet?“

„Ja, Ihr Friseursalon sehe alt aus. So wie vor und während dem Krieg. Darum kämen keine Jungen.“

„Der Mann hat gut reden. Soll er doch mal das bezahlen, soll er doch mal die Schere in die Hand nehmen.“

„Er hat etwas Kluges gesagt.“

„Ist das klug, wenn er meinen Salon alt schimpft?“

„Er meint ja nur, die Zeiten hätten sich geändert. Ein Friseursalon könnte heute anders aussehen.“

„Ihre Buchhandlung sieht ja auch aus wie vor und während dem Krieg.“

„Das stimmt nicht. Und bei einer Buchhandlung ist das nicht so schlimm, da ja dauernd neue Bücher kommen. Aber in einem Friseursalon werden immer Haare geschnitten. Darum muss das Drumherum anders sein.“

„Ja, und was meint der Ignaz Franck denn zum ‚Drumherum‘?“

„Anders, amerikanisch?“

„Und was ist amerikanisch?“

„Bunter, knallig und vielleicht noch etwas anderes.“

„Was anderes?“

„Vielleicht französische Frisuren. Und amerikanische Frisuren. Auf alle Fälle keine Bodensee-Frisuren. So wie alle hier herumlaufen – außer ich“, lachte Emilie Reber.

„Ja was soll ich denn machen? Allen einen Haarschnitt verpassen, wie Sie ihn tragen?"

„Ich bestelle ‚Das Friseurhandwerk', da steht sicher Neues drin. Haben Sie keine Zeitschriften?"

„Daran habe ich noch nicht gedacht."

„Und dann schauen wir mal, was Herr Franck meint. Er war schließlich lange genug in Amerika."

*

Ein paar Tage später betraten Emilie Reber und Ignaz Franck, ausgestattet mit Farbe und bunten Glühbirnen, Ilses Friseursalon.

„Franzosen", hob Emilie Reber die Farbkessel hoch, in denen kleine Fläschchen mit Farbe standen.

„Amerikaner ...", zog Ignaz Franck zwei Ausgaben des „American Hairdresser Magazine" sowie die neueste Ausgabe von „Vogue France" aus seiner Ledermappe, „... und Franzosen."

„Und jetzt?", fragte Ilse mit den Armen in die Hüften gestemmt.

„Jetzt gestalten wir einen Friseursalon, wie ihn die Welt noch nicht gesehen hat", sagte Ignaz Franck, ging vor die Türe und kehrte mit einem Kessel mit drei breiten und zwei schmäleren Pinseln zurück.

„Und, Fräulein Ilse: Rosa, Gelb oder Violett?"

„Also, wenn Sie so fragen: alle!"

Emilie Reber holte draußen noch Tücher, die sie auf einem Leiterwagen mitgebracht hatte. Es wurden der Boden, die Möbel und die Stühle abgedeckt, die Spiegel, Plakate und Bilder von den Wänden genommen, es wurde Farbe angerührt, alles abgewaschen, die Decke in einem hellen Violett, die Wände in einem knalligen Rosa und dort, wo die Spiegel hingehörten, leuchtende Gelbflächen aufgetragen.

Die Zeit, in welcher der Anstrich trocknen musste, nutzte man für einen Schweinsbraten und Spätzle, trank eine Flasche sauren Einheimischen, lachte viel, und Ilse verlor mehr und mehr Vorbehalte gegenüber Ignaz Franck.

„So, jetzt brauchen wir noch eine Idee, die den Salon von allen anderen abhebt", warf Ignaz Franck in die Runde.

„Ein Friseursalon ist ein Friseursalon ist ein Friseursalon. Es gibt einen für Damen und einen für Herren", sagte Ilse bestimmt.

Ignaz Franck nahm einen Schluck, setzte das Glas ab und blickte zuerst Ilse und dann Emilie Reber an: „Frauen und Männer, das könnte es sein."

„Was meinen Sie?", fragte Emilie Reber.

„Zusammen, ein Friseursalon für beide, für Frauen und Männer. Das wäre neu. Hier sogar ganz neu. Würden Sie sich das trauen, Fräulein Ilse?"

Ilse schaute ungläubig Richtung Emilie Reber, die keine Wimper verzog. Dann wandte sie sich an Ignaz Franck: „Das meinen Sie ernst? Können Sie sich vorstellen, wie sich die alten Heuschrecken die Mäuler zerreißen werden? Die werden mich schon wegen dieser Farben meiden."

„Aber meiden sie Ihren Salon nicht bereits? Was verlieren Sie damit überhaupt?", gab ihr Emilie Reber zu bedenken.

„Sie müssen an ein neues Publikum denken, an ein junges wie Sie, welches genug von all dem Mist, dieser verlogenen Moral und dem Nazitum hat, das immer noch in den Knochen viel zu vieler steckt. Machen Sie was Neues, Frisches, etwas für Leute in Ihrem Alter, eine neue Idee."

„Sie sind ja ein richtiger Verkäufer", konstatierte Emilie Reber.

„Die Karline, sie erschien, einst bei Maggi-Fridolin. Also, ich kann Suppen kochen, täglich andere, ein paar Wochen. Aber Fleisch, Gemüse, Fisch, Nudeln, Reis auf meinem Tisch, müssten noch verfeinert sein, doch was geb ich da hinein? Nun, ganz einfach und in Kürze: Feingeschmack gibt Maggis Würze."

„Von Ihnen?", fragte Emilie Reber mit einem Schmunzeln.

„Ja. Gut, nicht?"

„Für Suppenwürfel mag es gehen. Aber es ist natürlich keine Literatur."

„Es soll verkaufen."

„Tut es das?"

„Haben Sie Maggi-Würze zu Hause?"

„Ja, aber ich brauche es selten. In der französischen Küche braucht man das nicht, das ist zu penetrant, übertönt alle anderen Geschmäcker."

„Aber es verkauft sich. Auch in Frankreich."

„Ich habe es mir überlegt", ging Ilse dazwischen, „ihr habt recht, ich bin neu, wir sind neu, und alles andere ist alt."

„Sehr gut, Fräulein Ilse", sagte Ignaz Franck.

„Was braucht es noch?", fragte Emilie Reber.

„Ein Schild: Unisex, Frauen und Männer", meinte Ignaz Franck.

„Unisex?"

„Ja, so sagt man doch, nicht, Frau Reber?"

Emilie Reber schenkte sich einen großen Schluck Wein ein und leerte das Glas in einem Zug.

*

Die Schön-, Frei- und Wildgeister rund um den See bekamen zuerst Wind von dem neuen „Unisex-Salon". Sie stürzten sich wie Geier auf eine solch verwegene Idee, kamen mit ihren Gattinnen, Verlobten, Freundinnen und Geliebten zum gemeinsamen Haareschneiden, ließen ihre Frauen nach ihren Anweisungen frisieren oder erhielten von diesen einen ungewollten Mittelscheitel verpasst.

Um die Spiegel leuchteten Reihen gelber Glühbirnen, Ignaz Franck besorgte große Schwarz-Weiß-Fotografien amerikanischer Filmstars und bunte Filmplakate von Filmen mit Marlene Dietrich.

Bald wurde auch der Boden ausgewechselt und schwarze und weiße Fliesen in einem Schachbrettmuster gelegt. Der Salon sah nun wirklich aus, als würden hier täglich Hollywoodstars ein und aus gehen.

Als ein Hamburger Nachrichtenmagazin Ilses Geschäft als den „frivolsten Friseursalon Süddeutschlands" bezeichnete, kamen auch Kurgäste, Campingplatzbesucher und Tagestouristen zuhauf. Ilses Salon wurde zu einem gewichtigen Fremdenverkehrsfaktor, und sie musste bereits drei Monate nach der Eröffnung zwei Mitarbeiterinnen anstellen, um alle Kundinnen und Kunden bedienen zu können. Mann saß neben Frau und Frau neben Mann, ließen sich die Haare schneiden, toupieren, färben, Frisuren hochstecken und Brillantine in die Tollen streichen. Für beide Geschlechter waren die Gespräche plötzlich anders, Ehen, Verhältnisse und Seitensprünge bahnten sich an, und die drei Friseurinnen hielten mit ihrer ungezwungenen Art das Knistern der Atmosphäre stets am Köcheln.

Artig, wie es ihr Emilie Reber eingefleischt hatte, schrieb Ilse alles zu ihren Kundinnen und Kunden auf Karteikarten, fein säuberlich unterteilt in: „Persönlichkeit", „Verknüpfungen" und „Frisurenweg".

Emilie Reber ließ sich von Ilse mindestens einmal pro Woche die Haare frisieren und ihren Kurzhaarschnitt millimeterweise zurückschneiden. Wobei ihr dies nicht so wichtig war, sie wartete vielmehr Woche für Woche darauf, dass Ilse ihr die Haare wusch und ganz sanft ihre Kopfhaut massierte. Dann schloss sie die Augen, spürte Ilses Finger, und es war ihr, als würden diese ganz zart in sie hineindringen. Sie musste sich jeweils sehr viel Mühe geben, ihre Erregung nicht zu zeigen.

Die zwischenmenschliche Liebe war im bisherigen Leben von Emilie Reber erst zweimal an sie herangetreten. Man konnte aber nur schwerlich behaupten, dass die Buchhändlerin ihr mit Vehemenz entgegengetreten wäre. Die Furcht vom Verlust der Kontrolle von Körper, Geist und Haltung war bis auf wenige Ausnahmen – ein kleiner Schwips, ein spontaner Freudenschrei, ein nicht mehr zurückhaltbarer Tränenfluss – stets mächtiger als Gefühle und Leidenschaft. So war sie erzogen worden als einzige Tochter eines hohen kaiserlichen Beamten mit ständigem Zugang zu Seiner Majestät, Kaiser Wilhelm II., mit einer Mutter, welche die Etikette des Hauses keinen Moment aus den Augen verloren hatte und als Zögling eines protestantischen Mädcheninternats, dessen schmerzvolle Zucht keinen Zweifel hatte aufkommen lassen, was man alles zu tun hatte, um in den Himmel zu kommen.

Mit dem Ende des Krieges und der Abdankung

des Kaisers sank die Familie in die gesellschaftliche Bedeutungslosigkeit hinab, was für Emilie einer Befreiung gleichkam. Sie folgte ihrer einzigen Leidenschaft, die sie vom Internat mitgenommen hatte: der Literatur.

Sie nahm eine eigene Wohnung, las sich durch die gesamte Deutsche Literatur und als sie sich für belesen genug empfand, wagte sie sich tagsüber auf die ersten Erkundungszüge durch die Literatencafés der Stadt und bestaunte oder verachtete die Schriftsteller und Autoren aus sicherer Entfernung von einem versteckten Tischchen im jeweils hinteren Teil des Etablissements. Dabei schrieb sie ihre Beobachtungen zu diesem und jenem Dichter in einer Kladde sorgfältig nieder, sodass für Außenstehende der Eindruck entstehen konnte, sie schreibe auch, was dann prompt geschah und Kurt Tucholsky an ihren Tisch trat und fragte, ob sie denn an einem Roman schreibe?

Entgeistert schlug sie die Kladde zu, stand auf, setzte sich wieder, stand erneut auf, packte alle ihre Sachen in ihre Tasche, machte einen kleinen Knicks und stürzte zum Lokal hinaus. Sie ließ sich von den Massen auf den Gehsteigen mitreißen und suchte, als sie sich wieder einigermaßen beruhigt hatte, Zuflucht in einer Buchhandlung.

Zu ihrem Erstaunen wurde die Buchhandlung von einer etwa 35-jährigen Frau geführt und zu ihrer eigenen Verwunderung erzählte sie dieser Frau, was passiert war, wie überrascht sie gewesen sei, als Tucholsky sie angeredet habe, wie dumm sie sich benommen habe, was sie alles über die verschiedenen Literaten notiert habe, wie sie zur Literatur gekommen sei, dass dies ihr Lebensinhalt sei und sie keine Ahnung habe, wo sie sich jetzt gerade befinde und warum sie ihr das alles erzähle. Darauf stockte sie kurz, brach in Tränen aus, heulte Rotz und Wasser, sodass die Buchhändlerin mit dem Bubikopf nichts anderes wusste, als sie in die Arme zu nehmen und zu warten, bis sich die junge Emilie Reber ausgeheult hatte, was doch eine Weile dauerte. Und als diese sich gewahr wurde, dass sie ausgeheult hatte, dass sie in den Armen einer wildfremden Frau lag, löste sie sich aus der Umarmung, stand auf, entschuldigte sich und ging geradewegs zur Türe hinaus, orientierte sich und ging nach Hause, legte sich aufs Bett und schlief bis spät am anderen Morgen.

Erschrocken über diese Seite von ihr, die sich ihr aus dem Nichts eröffnet hatte und für die sie sich zu entschuldigen müssen glaubte, kaufte sie eine Packung feinen englischen Earl Grey Tee und brachte sie in die Buchhandlung. Diese Geste und das anschließende lange Gespräch mit der Buchhändlerin sorgten für eine erstmalige Erfahrung in Emilie Rebers Leben: Sie fand eine Freundin, mit der sie sich über alles unterhalten konnte, mit der sie sich sogar wieder in besagtes Café traute, um sich bei Tucholsky zu entschuldigen, der sich aber an nichts mehr erinnern konnte, und sie fand eine Anstellung in der Buchhandlung Levinger.

Die Buchhandlung Levinger war eine erstklassige Adresse in Berlin Mitte. Rahel Levinger führte sie in der Nachfolge ihres Vaters, der an den Folgen einer sich lange hinziehenden Tuberkuloseerkrankung gestorben war. Professoren, Lehrer und Beamte gehörten genauso zur Kundschaft wie Künstler, Schriftsteller und Schauspieler. Emilie Reber erlebte mit ihrer neuen Freundin und Chefin eine glückliche Zeit, übernahm deren strenge literarischen Qualitätskriterien und führte Buch über die Eigenarten, Marotten und Schrullen der Klientel. Ende der Zwanzigerjahre war sie so selbstsicher, dass sie sich ohne Scheu mit Heinrich Mann anfreundete, der, seit er in Berlin lebte, regelmäßig die Buchhandlung aufsuchte und Gefallen an der unglaublichen Belesenheit der jungen Frau fand. Und als am 31. Januar 1933 die Fackeln der Nazis an der Decke ihrer Wohnung wiederschienen, betranken sich die beiden Frauen, lachten über den spukhaften Aufmarsch der Hausmeister Deutschlands, weinten ob der gemeinsamen Vorahnung, dass dies der letzte unbeschwerte Abend sein könnte, beschworen, dass sie sich nie trennen würden, umarmten und küssten einander, wie sie noch niemanden umarmt und geküsst hatten, und als sie sich gegenseitig die Hand unter die Bluse und schließlich unter den Schlüpfer schoben, schien ihnen dies das Selbstverständlichste der Welt zu sein.

Im April schmierten die Nazis „Kauft nicht bei Juden“ auf das Schaufenster der Buchhandlung Levinger und am 10. Mai 1933 verbrannten sie die Bücher auf dem Opernplatz: „Gegen Dekadenz und moralischen Verfall! Für Zucht und Sitte in Familie und Staat! Ich übergebe der Flamme die Schriften von Heinrich Mann, Ernst Glaeser und Erich Kästner.“

Heinrich Mann emigrierte nach Paris und bewog Emilie, ihm zu folgen und am Aufbau der Deutschen Freiheitsbibliothek mitzuarbeiten.

Rahel Levinger bestieg kurz danach den Zug nach Le Havre, schiffte sich nach Amerika ein, wo sie fortan unter dem Namen Rahel Lee weiterlebte.

Das zweite Mal trat die körperliche Liebe an sie heran, als sie in den Pyrenäen in einer Höhle spürte, dass der Tod Witterung aufgenommen hatte, aber sie nicht wusste, wie nahe er tatsächlich war. Sie hatte mit einer ihr fremden, etwas jüngeren Frau aus dem Lager von Gurs flüchten können. Ihr Ziel war, über die Pyrenäen nach Spanien und weiter nach Portugal zu gelangen. Verfolger waren nicht zu befürchten, da die französischen Lageraufseher es nicht allzu genau nahmen. Aber in den Wäldern tummelte sich allerlei Gesindel, das von den Flüchtlingsströmen zu profitieren hoffte.

Die Geräusche des Waldes, Angst und Kälte trieben die beiden Frauen in die körperliche Liebe, und Emilie Reber erlebte zum ersten Mal einen Höhepunkt durch eine fremde Hand. Einen Höhepunkt, der ihr Sinne wie Atem raubte, der die Innenseiten ihrer Oberschenkel für Minuten erzittern ließ und der in ihr ein Gefühl nie gekannter Dankbarkeit hervorwühlte, das sie mit Schrecken erfüllte.

Mit einem Ruck löste sie sich von ihrer Gefährtin, lief kopflos in den Wald hinein, verlor die Orientierung vollends und landete nach vier Tagen des Herumirrens auf einem bescheidenen Bauernhof, dessen Besitzer, ein altes Ehepaar, sie freundlich aufnahmen und denen sie in den folgenden zwei Jahren kräftig zur Hand ging.

Nach und nach kam sie über den alten Bauern in Kontakt mit der Résistance, und als Nazideutschland Ende 1942 ganz Frankreich besetzte, reifte in ihr der Entschluss, sich dem Widerstand anzuschließen und gegen die Deutschen zu kämpfen.

Und jetzt Ignaz Franck. Und jetzt Ilse.

*

Ilse gewann zusehends an Selbstvertrauen, je mehr ihre Kundschaft wuchs. Nach einem Artikel, „Ein Hauch von Hollywood am Bodensee“, der im „Südblatt“ erschienen war, wurde sie zur kleinen lokalen Berühmtheit, die über die Kleinstadt hinausstrahlte. Dies zog natürlich Neider an, besonders als sie sich, als es die Einkünfte erlaubten, einen der ersten

Goggo-Roller, einen cremefarbenen mit roten Zierleisten, einer ledernen Doppelsitzbank und einer Reserveradhülle, beides im gleichen Rot gehalten, kaufte und damit in ihrem weißen und im gleichen Rot wie die Sitzbank ihres Goggo-Rollers getupften Petticoat mit passendem Gürtel und gelbem Seidenschal von Zahnlaubs Kleiderladen durch das Städtchen fuhr. So manche Stimme erklang hinter vorgehaltener Hand: Ilse solle sich lieber um ihre kranke Mutter kümmern, statt mit dem lärmenden Roller durch die Gassen zu rauschen. Wenigstens habe sie sich die Haare wieder wachsen lassen und sehe nicht mehr aus wie eine Kopie von der Reber.

Fritz Zängler war diese zur Schau getragene Lebensfreude ein Dorn im Auge. Früher hätte man einen solchen Friseursalon bereits am anderen Tag wegen „Zersetzung des Volkskörpers" geschlossen und Türe und Fenster vernagelt. Genauso die Buchhandlung der Reber, die nur Bücher führte, die der deutschen Seele schadeten, und dieser Ignaz Franck, der sich immer bei der Reber herumschlich, wäre schon längst irgendwo. Er würde damit aufräumen, dass war er der Stadt schuldig, das war die Stadt ihm schuldig. Schließlich hat er als Beamter gut für sie gesorgt, hat kleinere Vergehen da und dort gedeckt oder den Mächtigeren in die Hände gearbeitet. Wäre nur nicht dieser gottverdammte Motorradunfall dazwischengekommen. Aber es ist, wie es ist, und jetzt musste diesem Treiben ein Ende gesetzt werden.

Er ging so rasch, wie es sein verletztes Bein zuließ, zum jungen Stadtpolizisten und verlangte, er solle die Ilse jedes Mal strafen, wenn sie zu schnell durch die Gassen fahre, und sie sei immer zu schnell. Der Polizist lachte nur und sagte: „Ihre Frisuren sind auch schnell. Täte Ihnen vielleicht auch gut, Herr Zängler."

Ilses Mutter war krank. Als Kind war Ilse jeweils nur an Samstagen und Sonntagen vor dem Krieg glücklich gewesen. Damals hatte ihr Vater in Sindelfingen bei Mercedes gearbeitet und war nur am Wochenende zu Hause gewesen, und wenn er zu Hause war, machte ihm seine Frau, getrieben von krankhafter Eifersucht, stets Vorhaltungen, er treibe sich mit anderen Frauen herum. Irgendwann war er es leid zu widersprechen. Er unternahm mehr und mehr mit Ilse, zeigte ihr die Zeppelinwerke in Friedrichshafen, sie fuhren mit dem Schiff nach Lindau, Konstanz und Meersburg, besuchten das Freilichtpfahlbaumuseum, wanderten zwei Tage durch den Bregenzerwald und schwebten sogar mit der Luftseilbahn auf den Säntis, um dem Gezeter seiner Frau zu entkommen.

Unter der Woche, wenn der Vater wieder weg war, bezahlte Ilse den Preis dafür, war sie doch zur Zielscheibe der an den Vater gerichteten Anklagen und Vorwürfe geworden.

Es wurde schlimmer und schlimmer, die Mutter verbot ihr, Spielkameradinnen mit nach Hause zu bringen, sie musste einkaufen gehen, hatte die Wäsche selbst zu waschen und das Haus zu putzen. Fensterladen um Fensterladen schloss sich an dem kleinen Häuschen und dem spitzen Giebeldach, und manchmal sah man ein einsames Mädchen vor der Eingangstüre hocken, mit stumpfen Augen auf den Boden guckend, Ameisen zählend auf den Vater wartend.

Als der Vater zur Wehrmacht eingezogen wurde, eskalierte die Situation: Während eines handgreiflichen Streits schubste Ilse die Mutter die Treppe hinunter, wobei diese sich die Schulter und den Arm brach. Danach war Ilse an allem schuld, derweil der abwesende Vater mehr und mehr zum Heiligen wurde.

Die Vermisstenmeldung kam im Herbst 1943. Die Mutter errichtete noch am selben Tag einen das Wohnzimmer dominierenden Altar mit Fotos, Andenken und allerlei Nippes. Sie ersoff sich zunehmend in ihrem Selbstmitleid und nutzte Ilses Schuldgefühle schamlos aus.

Die Friseurin des Städtchens stellte Ilse, teils aus Mitleid, teils aus Berechnung, als Auszubildende an. Es war ein karger Lohn für viel Arbeit, Zurechtweisungen und Demütigungen vor den Kundinnen. Davon mussten Ilse und ihre Mutter leben. Und Ilse mit den Vorwürfen der Mutter, warum sie nur so wenig nach Hause brächte, sie zweige sicher Geld für Süßigkeiten oder noch schlimmer für schicke Kleider ab. Sie werde es schon herausfinden und dann Gnade ihr Gott.

Ilse litt so sehr unter ihrer Mutter, dass sie sich eine Türe bei der Treppe zum oberen Stock des Häuschens einbauen ließ. Betrat man das Haus durch die Eingangstüre, schritt man zunächst durch einen Windfang. Dort befand sich rechter Hand eine Garderobe, auf deren Ablage immer noch der graue Filzhut und eine braun karierte Schiebermütze des Vaters lagen, und linker Hand eine Toilette. Öffnete man die Türe des Windfangs kam man in einen Gang, der geradeaus zur Küche, rechts durch eine Türe ins Wohnzimmer und links über eine Treppe in das obere Stockwerk und über eine weitere Treppe in den Dachboden führte.

Die Türe zum oberen Stockwerk wurde auf dem vierten Treppentritt zwischen Mauer und Geländer eingefasst, dazu wurde noch eine Bretterwand bis zur Diele hochgezogen. Ilse ließ an der naturfarbenen Wand wie auch an der Türe Verstrebungen aus Eisen anbringen sowie Schloss und Scharniere aus Edelstahl anfertigen. Die massive Konstruktion sah neben der sonstigen Bauweise doch sehr eigenartig aus.

Aber es gab für sie keine andere Lösung mehr. Die Mutter durchwühlte immer wieder ihr Zimmer, suchte nach Beweisen, dass Ilse ihr Böses wolle oder Erinnerungsstücke absichtlich vor ihr verstecke. Ilses Schuldgefühle verhinderten, dass sie einfach ausgezogen wäre. Und in einer geschlossenen Anstalt wollte sie sie auch nicht unterbringen – immerhin war sie ihre Mutter. So trug sie das Los, das sie sich, wie sie sich einbildete, mit dem fatalen Stoß und dem anschließenden Treppensturz selbst zuzuschreiben hatte, mit Geduld und der Hoffnung, dass dies bald einmal ein Ende haben würde.

So hielt sie sich am liebsten in ihrem Salon auf, wies keine Kundin und keinen Kunden ab, die oder der auch kurz nach Feierabend noch bedient werden wollte, schaute zu, dass sich das unausweichliche Zusammensein mit ihrer Mutter auf das kürzest möglich Wesentliche beschränkte, und freute sich auf den Dienstagabend, den sie bei Proben im örtlichen Theaterverein, und noch mehr auf den Donnerstagabend, den sie stets bei Felchen, ein hochwertiger Speisefisch aus der Lachsfamilie, der hauptsächlich im Bodensee vorkommt, Saisongemüse, Pellkartoffeln und gut gekühltem Chablis bei Emilie Reber verbrachte.

Dass es der Donnerstag war, wurde von Emilie Reber so bestimmt. Die restlichen Abende waren strikt Lektüre und Hörspielen vorbehalten.

Bevor Emilie Reber den Fisch zubereitete, tauschten sich die beiden Frauen über den Geschäftsgang aus, den Umsatz, den aktuellen Stand der Finanzen, welche Veränderungen rasch umgesetzt werden sollten und welche noch Aufschub duldeten. Ilses Personal war stets ein großes Thema: Sorgen und Nöte, Anfragen für Lohnerhöhungen und in einem Fall sogar die Bitte um ein Darlehen. Auch der Umgang mit den Kunden wurde breit erörtert, Arten und Unarten der Friseurinnen, und es kam hie und da vor, dass Kündigungen beschlossen wurden. Dabei schälte Ilse die Kartoffeln und schnitt das Gemüse klein, während Emilie Reber die Fische entschuppte und ausnahm. Dazu leerten sie oft schon eine Flasche Chablis.

Den Chablis hatte Emilie Reber in Paris kennengelernt. Ab dem ersten Tropfen war es ihr Wein gewesen. In Südfrankreich gab es den Burgunder nicht, und die dortigen Weißweine waren nicht nach ihrem Geschmack. Als sie mit der Résistance in das befreite Paris kam, war das Erste, was sie tat, eine Flasche Chablis zu bestellen. Sie saß in der Sonne des Straßenbistros, der Garçon schenkte ein und Emilie Reber freute sich darüber, dass dies wieder möglich war.

Ein hoher Offizier setzte sich zu ihr, fragte, ob er mittrinken dürfe, wunderte sich über den exquisiten Geschmack der deutschen Mitkämpferin, dies sei sein absoluter Lieblingswein, und stieß mit ihr auf den wichtigen Etappensieg im Kampf gegen die Faschisten an. Dieser Offizier wurde später ein hoher Beamte in der französischen Verwaltung und blieb auch über die Besatzungszeit hinaus eine unversiegbare Quelle dieser Köstlichkeit.

Emilie Reber ließ bei all diesen Verrichtungen und Handgriffen wenige Gelegenheiten aus, Ilse unabsichtlich zu berühren. Was wiederum von Ilse bemerkt, aber weder als unangenehm noch als zudringlich empfunden wurde. Und plötzlich umarmte sie die Reber spontan, einfach um ihr zu zeigen, wie gern sie sie hatte und wie dankbar sie ihr für alles war.

„Darf ich Sie fotografieren?", fragte Emilie Reber Ilse aus einem Impuls heraus.

„Sie fotografieren?"

„Manchmal noch. In der Résistance musste ich oft fotografieren. Mit einer kleinen Leica. Stets versteckt. Eigentlich sollte ich wieder mehr fotografieren. Es ist immer so spannend, wie die Bilder wirklich herauskommen."

„Darf ich dann auch mal?"

„Ich hole die Kamera. Ich habe auch einen Blitz."

Als sie zurückkam, hatte sich Ilse auf der Corbusier-Liege schon in Pose geworfen. Emilie Reber drückte ab. Ilse wuschelte in den Haaren, zog einen Träger hinunter, zeigte eine nackte Schulter, warf einen Kussmund, verschränkte die Arme, schaute missmutig und skeptisch.

Ein geborenes Model, dachte Emilie Reber. Zwei Rollen verbrauchte sie, die letzten beiden Bilder ließ sie von sich machen, im Garten. Da es bereits stark dämmerte, mit Blitz.

Beim Essen wurde getratscht: Wer an der Fasnet mit wem angebandelt hatte, welche Dorfschönheiten sich an die Franzosen heranmachten, wessen Mann zwar noch in Gefangenschaft war, von dem man aber wusste, dass er noch lebte, und wer endgültig als verschollen galt. Und sie tauschten sich über all die Gerüchte über den „frivolen Salon" und die „gspinnerte Buchhändlerin" aus, die immer noch wöchentlich in Umlauf der Kleinstadt gesetzt wurden. Vieles von dem fand Eingang in die Karteikarten von Salon und Buchhandlung, und so wurde auch beratschlagt, wie man diese Dame oder jenen Herrn dazu bringen könnte, gute Bücher zu kaufen oder sich eine modernere Frisur schneiden zu lassen.

Emilie Rebers Gefühle für Ilse intensivierten sich von Donnerstagabend zu Donnerstagabend. Und als sie eines hochsommerlichen Donnerstagabends, nachdem Ilse gegangen war, noch in ihrer Bibliothek nach einer Einschlaflektüre stöberte und auf Thomas Manns Novelle „Tod in Venedig“ stieß, nahm sie das dünne, ausgelesene Bändchen mit ins Bett und las die Geschichte über die Greisenliebe des gestrengen Gustav von Aschenbach ein weiteres Mal. Das Abbild der eigenen Gefühle und Erregungen wuchs im Spiegel von Gustav von Aschenbachs Liebe zu dem goldgelockten Tadzio Seite für Seite. Und als das Morgengrauen erste Sonnenstrahlen freigab und *eine respektvoll erschütterte Welt die Nachricht von Gustav von Aschenbachs Tode* empfing, war Emilie Rebers Seelenleben so zerwühlt wie das von ihr und dem hereinfallenden Mond verschwitzte Bettlaken.

Sie stand unvermittelt auf, stürzte in ihren Garten, ging in Wirrgängen zwischen Beeten und Bäumen umher und als sie sich beruhigt hatte, setzte sie sich auf die Bank auf der Veranda. Nein, sie würde sich nicht der Lächerlichkeit preisgeben wie der greise Aschenbach, nein, sie würde sich nicht die Haare färben, und nein, sie würde sich nicht stärker schminken als bisher, nur um Ilse zu gefallen. Ja, sie hatte sich ein bisschen in Ilse verliebt, nicht mehr. Vielleicht würde sie dies unterdrücken, es gab auch noch Ignaz Franck. Vielleicht würde sie im Gegensatz zu Aschenbach einen Zipfel gelebter Liebe zu erhaschen versuchen, aber sie würde Ilse in keiner Weise drängen. Eine Abweisung wollte sie nicht erleben. Aber vielleicht würde es geschehen wie damals im Fackellicht des Nazi-Umzugs und in der feuchten Höhle in den Pyrenäen, auch diesmal würde sie alles zulassen, aber sie würde nicht mehr über das Nachher erschrecken, nicht mehr davonlaufen, sondern es genießen, falls es denn geschehen sollte.

Sie stand auf, wusch und schminkte sich, rief wie jeden Morgen das Taxi, fuhr frühmorgens in die Buchhandlung, zog die weißen Handschuhe an und arrangierte die Auslage im Schaufenster neu. Benn, Döblin, Tucholsky und Hesse mussten der Liebeslyrik von Ringelnatz, Rilke, Droste-Hülshoff, Morgenstern und Petzold weichen. Sie drapierte sie um den „Tod von Venedig“, den sie als einziges Werk aufrecht hinstellte.

Sie verließ die Buchhandlung, ging den See entlang, beobachtete Schwäne und Stockenten bei der Morgenwäsche, suchte das Café Walch auf und ließ sich heißes Wasser – den Earl Grey brachte sie im Teeei selbst mit –, Semmel und zwei Spiegeleier servieren.

Der See war das Meer, das als Spiegel Silhouetten von Hügeln, Häusern und Himmel zu einer einzigen Farbe verschmolz, die einen Horizont bildend in Dunst überfloss, der den Blick zu den gegenüberliegenden Ufern verschleierte. Nur der Pflasterer war an der Arbeit. Er hatte den Auftrag, den großen Platz an der Landungsstelle, den vormaligen Adolf-Hitler-Platz, neu zu pflastern und zu gestalten. Emilie Reber sah ihm gerne zu, wie er Stein für Stein in die Hand nahm, begutachtete, wenn nötig noch sorgfältig zurechtschlug und ihn mit der flachen Oberfläche nach oben einsetzte, wie er mit ruhiger Kraft das Werk vorantrieb. Ob es der Einsicht der Stadtregierung, die unrühmliche Vergangenheit zu überpflastern oder einer baulichen Notwendigkeit geschuldet war, konnte sie nicht einschätzen.

*

An einem Dienstag im Frühling 1954 so gegen halb zehn betrat Hildegard Zahnlaub die Buchhandlung. Sie schaute sich um, suchte nach etwas Bestimmtem, fand es aber nicht auf Anhieb, wandte sich an Emilie Reber und fragte nach einem Andersch, der ein Buch geschrieben habe, das sie interessieren würde. Der Titel sei etwas mit Äpfeln oder Birnen, auf alle Fälle etwas mit Früchten. Ob sie das habe?

Emilie Reber horchte auf. Nicht nur, weil die Zahnlaub nach sechs Jahren wieder einmal ihre Buchhandlung aufsuchte, sondern auch weil sie nach Andersch und dessen schmalem Büchlein über seine Desertation fragte. Sie hatte der Besitzerin eines Kleiderladens diesen Buchwunsch nicht zugetraut. Sie hatte sie zu den oberflächlichen Ignorantinnen gezählt, deren größte Sorge dem Halt der Frisur bei aufkommendem Föhn galt.

„Sie meinen ‚Die Kirschen der Freiheit' von Alfred Andersch?", entgegnete Emilie Reber in einem Tonfall, der ihr Erstaunen absichtlich nicht verbarg.

„Ja, genau. Das ist doch die Geschichte von diesem Kommunisten, der in Italien Fahnenflucht begangen hat?"

„Er beging nicht Fahnenflucht. Er desertierte", korrigierte Emilie Reber scharf.

Hildegard Zahnlaub ging nicht darauf ein. „In Umbrien, nicht? Ein Fahrrad spielt doch auch eine Rolle, wie in dem Film von dem Italiener."

„Sie meinen wohl die ‚Fahrraddiebe' von Vittorio De Sica. Ja, Andersch sieht in der Geschichte des Mannes, dem sein Fahrrad gestohlen wurde und dem dadurch der Verlust seiner Arbeit als Plakatkleber droht und der sich daher letztlich verzweifelt dazu entschließt, selbst ein Fahrrad zu stehlen, einen ähnlichen Gedanken der Freiheit wie in seiner Entscheidung zur Desertation."

„Ein Gesetzesbruch als Bedingung für die Freiheit."

„Ich denke, ein Bruch ist immer die Voraussetzung für die Freiheit."

„Genau, das brauche ich."

„Soll ich es als Geschenk einpacken?"

„Nicht nötig, es ist für mich", antwortete Hildegard Zahnlaub.

Emilie Reber hob eine Augenbraue.

„So, jetzt kommen Sie mal runter von Ihrem hohen Ross, Sie, mit Ihren weißen Handschuhen, Frau Reber. Wer hat Ihnen damals, es dürfte sechs oder sieben Jahre her sein, den einzigen Borchert abgekauft? Schon damals haben Sie die Nase gerümpft und von weit oben herab gefragt: ‚Soll ich es als Geschenk einpacken?' Dabei war es wahrscheinlich der einzige Borchert, den Sie in diesem Kaff verkauft haben. Die alten Schriftsteller am See wollten sich wohl nicht mit der Tatsache konfrontieren, dass ihre Zeit abgelaufen ist, und für uns war es kurz nach dem Krieg einfach zu starker Tobak."

„Der Krieg war damals seit beinahe drei Jahren zu Ende."

„Ja, für Sie. Sie gehören zu den Siegern, wir sind die Verlierer. Seit Sie da sind, lassen Sie uns das spüren. Mit Ihrem Gebaren, mit Ihrer Unabhängigkeit, mit Ihrem selbstverständlichen Leben als alleinstehende Frau zeigen Sie uns täglich die Freiheit, lassen uns aber nicht daran teilhaben. Das macht Sie für uns so anmaßend. Darum haben Sie damals auch keinen Borchert verkauft. Und in meinem Geschäft waren

Sie auch nie, obwohl ich alle Ihre Kleider bestellen könnte."

Emilie Reber setzte sich, schob ein paar Bücher zur Seite, damit sie Hildegard Zahnlaub ins Auge fassen konnte, und meinte dann trocken: „Also daher weht der Wind."

„Was meinen Sie damit?", fragte Hildegard Zahnlaub und setzte sich ebenfalls auf den Stuhl neben dem Stehpult.

„Weil ich nicht bei Ihnen eingekauft habe, haben Sie auch nicht bei mir eingekauft. Und wahrscheinlich die anderen Frauen der Stadt angehalten, auch nicht bei mir zu kaufen. Das kennen wir doch, oder?"

Hildegard Zahnlaub stand auf, trat ganz nah an das Pult, zischte leise „Sie sind und bleiben eine arrogante, dumme Kuh" und verließ die Reber'sche Buchhandlung in gerader Haltung.

Seit es den Taxidienst gab, war dies das einzige Mal, dass Emilie Reber zu Fuß nach Hause ging. Dort angekommen, legte sie sich noch im Mantel auf die Liege und erholte sich: von dem strammen Schritt, mit dem sie den steilen Berg hochgestürmt war, und von der Aufregung, welche die „arrogante, dumme Kuh" in ihr hinterlassen hatte. Sie hätte jetzt gerne Ilse bei sich gehabt, mit ihr über die Unverschämtheit der Lumpenhändlerin gelästert und sie gemeinsam ins Pfefferland geschickt. Aber da Ilse in der Theaterprobe war, blieb ihr nichts anderes übrig, als Zwiesprache mit der abwesenden Ilse zu halten.

Und Ilse hielt einen Monolog, begann zu erzählen, wie es sei, sich als Verlierer zu fühlen, mit so viel Schande und Schuld beladen, dass dessen Kinder und Kindeskinder über tausend Jahre mit diesem Mal gebrandmarkt sein würden, und wo immer sie in Europa hingingen, ihnen Hass entgegenschlüge, Herzlichkeit verwehrt würde oder dass sie auf ewig scheel angeschaut würden. Aber man könne sich nicht verkriechen, man müsse wieder lernen, aufrecht zu gehen, Schritt für Schritt und irgendwann einmal auch ohne Gehhilfen. Das heißt doch Leben? Das lebst du doch, oder?

Am frühen Morgen ging Emilie Reber zum einzigen Mal zu Fuß in ihre Buchhandlung, packte Alfred Anderschs „Kirschen der Freiheit“ in Geschenkpapier ein, spazierte auf einem kurzen Umweg dem dunstigen See entlang und betrat das direkt an der Uferpromenade gelegene Kleidergeschäft von Hildegard Zahnlaub. Als Hildegard Zahnlaub das Klingeln des Türglockenspiels hörte, vervollständigte sie noch einen Eintrag auf einer Kundenkarte und begab sich vom kleinen Nähzimmer in den Laden. Ihre Verwunderung war groß, als Emilie Reber, wie immer in ihrer perfekten Aufmachung, die an eine englische Landlady erinnerte, vor ihr stand.

„Sie?“

„Sie hatten recht. Ich war eine arrogante, dumme Kuh."

„So?"

„Ja. Ich möchte mich dafür bei Ihnen entschuldigen."

Hildegard Zahnlaub schwieg und wartete.

„Ich habe Ihnen ein Geschenk mitgebracht." Emilie Reber langte in ihre Tasche, zog den eingepackten Andersch hervor und überreichte ihn Hildegard Zahnlaub.

„Danke. Ich glaube, ich weiß, was drin ist. Soll ich es öffnen?"

„Ja, bitte. Aber … vorsichtig", sagte Emilie Reber leise.

„Wie bitte? Was haben Sie gesagt? Entschuldigung, ich habe Sie nicht verstanden."

„Entschuldigung … nichts … dass es Ihnen gefallen möge … ja, das habe ich gesagt."

Hildegard Zahnlaub blickte prüfend hoch und widmete sich dann weiter dem Öffnen des Päckchens. Als das Büchlein mit der Rückseite in ihren Händen lag, drehte sie es um, lächelte beim Lesen des Titels und sagte leise: „Danke. Ich glaube, es wird sehr wichtig für mich sein."

„Warum?"

„Haben Sie es schon gelesen."

„Ja, als es herausgekommen ist. Aber gewisse Bücher muss man zweimal lesen."

„Lassen Sie es mich vor Ihrem zweiten Mal lesen?"

„Gerne."

„Danke."

„Warum denken Sie, wird es wichtig für Sie sein?"

„Wenn es so ist, erzähle ich es Ihnen bei einem Kaffee. Abgemacht?"

„Abgemacht!"

Emilie Reber wollte bereits gehen, drehte sich aber nochmals um und fragte: „Könnten Sie den Jupe und die Bluse, die ich trage, bestellen?"

„Ja sicher. Darf ich rasch nach dem Fabrikat schauen?"

„Selbstverständlich", sagte Emilie Reber, folgte Hildegard Zahnlaub ins Nähzimmer, öffnete die obersten zwei Knöpfe an der Bluse und dem Jupe, sodass Hildegard Zahnlaub Fabrikat und Größe von der Textilkennzeichnung abschreiben konnte.

*

„Sie schaffen das bald nicht mehr alleine", sagte Ignaz Franck und nahm einen kleinen Schluck von seinem heißen Earl Grey Tee. „Sie sollten eine oder zwei Verkäuferinnen einstellen, deren Lohn spielen Sie mit den zusätzlichen Einkünften locker wieder ein. Vorausgesetzt, Sie nähmen endlich Taschenbücher ins Sortiment auf. Anderweitig laufen Sie Gefahr, von der Konkurrenz überholt zu werden."

„Taschenbücher? Niemals! Sie kennen meine Haltung zu diesem Ramsch", sagte Emilie Reber bestimmt.

„Der Inhalt der meisten Bücher ist aber kein Ramsch – Kafka, Roth, Goethe, Tucholsky, Mann."

„Mann gibt es nicht als Taschenbuch."

„‚Der Tod in Venedig' kam auch als Broschur heraus."

„Aber erst nach der Pergamentausgabe! Nachher! Eine Dummheit des Fischer Verlags."

„Der ‚Tod' ist aber auch dünn. Aus wirtschaftlichen Gründen bestens geeignet."

„Hohe Literatur kennt keine wirtschaftlichen Gründe."

„Aber der Buchhandel kennt wirtschaftliche Gründe. Wenn Sie sich diese nicht zu Herzen nehmen, kann ich bald nicht mehr schreiben, keinen so vorzüglichen Earl Grey trinken und am schlimmsten: Dann muss ich auf die Gespräche über Literatur mit Ihnen verzichten."

„Es wird auch ohne gehen, die Umsätze sind gut."

„Schauen Sie, Frau Reber, Sie könnten die Leihbibliothek, die sowieso nur alle drei Wochen von jemand anderem betreten wird als von mir oder von Ihnen, wenn Sie mir einen Tee bringen, ausräumen und hier ein schönes Taschenbuchsortiment aufbauen. Dazu Kochbücher, Reiseführer, Lebenshilfen und Eheratgeber zum Beispiel."

„Wohl gleich noch Romanheftchen und Lektüre für unter der Theke. Wo denken Sie eigentlich hin?!

Und Reiselektüre habe ich: Egon Erwin Kisch. Und noch was: Jeder gute Roman ist Reiselektüre", versuchte Emilie Reber das Gespräch zu beenden.

„Die Buchhandlung Levinger hatte diese Bücher auch geführt. Darunter ein ausgezeichnetes Kochbuch ‚Schichts Kochbuch', böhmische K.-u.-k-Küche, von der Mehlspeise bis zur Krankenkost, in mehreren Bänden. Broschur, notabene."

„Wie kommen Sie auf die Levinger?"

„Es war meine Buchhandlung in Berlin. Vielleicht haben Sie mich sogar einmal bedient. Obwohl sich die junge Chefin immer um mich riss", grinste Ignaz Franck.

„Ich kann mich an Sie nicht erinnern."

„Sie kamen mir bekannt vor. Allerdings dauerte es lange, bis ich auf die Levinger'sche Buchhandlung kam."

Emilie Reber musste sich setzen. Die Levinger, Rahel, wo sie wohl lebte, was sie wohl tat? Lebte sie überhaupt noch?

„Wissen Sie etwas über Rahel?"

„Ich habe nur gehört, sie heiße jetzt Lee und lebe in Los Angeles. Soll ich mich mal erkundigen?"

„Ja, bitte tun Sie das, Herr Franck."

„Ja, gerne: Und …", er schaute sie eindringlich an, „Taschenbücher. Rahel hätte viele davon verkauft. Wir wollen ihr doch keine Schande antun."

*

Beim nächsten Felchen-und-Chablis-Abend fragte Emilie Reber Ilse, ob sie mal nachsehen könne, was die anderen Buchhandlungen so in ihrem Sortiment führten. Und ob sie auch Reiseführer, Kochbücher, ja sogar Lebenshilfen oder Taschenbücher mit literarischem Inhalt im Angebot hätten. Sie selbst könne das nicht tun, da nach dem Einspruch der anderen örtlichen Buchhändler im Jahre 1948 gegen sie, sie mit keinem mehr von denen reden, geschweige deren Geschäfte betreten würde.

„Mache ich. Ich wollte den Italienern schon lange den Goggo zeigen. Einen Reiseführer ‚Mit dem Goggo-Roller durch Italien' wird sicher einer von denen haben."

Ilse besuchte die eine Buchhandlung, Anja, eine ihrer Angestellten, schickte sie in die andere. Es war alles da: druckfrisch. „Unser Kochbuch", „Das Volkskochbuch", „Ich helfe kochen", „Elektrisch Kochen" wiederaufgelegt; „Nagels Reiseführer Italien", die Baedeker- und Grieben-Reihen, Merian-Hefte; „Romantische Straße", „Paris", „Venedig" sowie der Guide Michelin für Frankreich, Ratgeber wie „Schön sein, schön bleiben", „Das Handbuch der guten Ehe", „Hausbuch des guten Tons" oder „Das praktische Haushaltsbuch".

„Und?“, fragte Emilie Reber am darauffolgenden Donnerstag, als sie die Felchen entschuppte.

„Sie haben alles“, antwortete Ilse, „sogar ‚Gigi‘ von Colette als Taschenbuch. Habe ich mir gleich gekauft.“

„So.“

„Und, werden Sie solche Bücher und Taschenbücher ins Sortiment aufnehmen?“

„Ich werde es mir überlegen“, antwortete Emilie Reber und schlug dem Felchen Kopf und Schwanz ab.

*

Die Bedienung servierte ein Kännchen Kaffee, dazu warme Milch sowie heißes Wasser. Emilie Reber brachte ihr mit Earl Grey gefülltes Teeei mit. Dazu gab es zwei Stück Badischen Käsekuchen. Sie versuchte sich anfänglich gegen die süße Versuchung zu wehren. Doch Hildegard Zahnlaub erzählte ihr, dass dieser Kuchen in Baden als Reifeprüfung für heiratswillige Frauen gelte und der vom Café Walch so gut sei, dass die Fräuleins den Kuchen hier kaufen, um ihn der zukünftigen Schwiegermutter vorzusetzen, bislang habe noch jede Heiratswillige mit einem Walch-Käsekuchen die Prüfung bestanden, und falls Sie in Baden heiraten möge, solle Sie den Kuchen kosten, damit Sie wisse, worauf Sie sich einlasse. Dieser

Argumentation, die mit leuchtenden Augen und fester, keine Widerrede duldender Stimme vorgetragen wurde, hatte sich letztlich auch Emilie Reber zu beugen.

„Ich habe Sie dreimal ganz gelesen, die ‚Kirschen der Freiheit', gewisse Stellen sogar zehnmal. Ein extrem wichtiges Buch. Wichtiger als Borcherts ‚Draußen vor der Tür'", zeigte sich Hildegard Zahnlaub begeistert.

„So?"

„Ja! So!"

„In gewissen Passagen ist es mir zu sehr Bericht, zu wenig Erzählung, zu wenig Literatur", meinte Emilie Reber.

„Ah, Sie haben es bereits gelesen?"

„Ja, als es herauskam. Aber das sagte ich doch."

„Trotzdem, es ist kein Gestotter eines Kriegsheimkehrers wie bei Borchert. Das ist der Bericht eines Mannes, der sein Schicksal, nein, seine Freiheit selbst in die Hand genommen hat."

„Es hätte viel mehr solche mutigen Männer geben müssen."

„Ja, das stimmt, aber bitte, lassen wir das doch jetzt. Sehen wir zu, dass es künftig mehr davon geben wird."

„Sie haben recht, der Käsekuchen hätte sogar mich als Schwiegermutter für das Mädel erweicht. Aber zum Glück habe ich keinen Sohn geboren. Wer weiß, ob er überhaupt noch da wäre."

„So gefallen Sie mir besser. Hätten Sie denn gerne Kinder gehabt?"

Emilie Reber stockte. Diese Frage war ihr noch nie gestellt worden. Und sie hatte sie sich selbst auch noch nie gestellt. Hätte sie denn gerne Kinder gehabt? Im Internat hatte sie die anderen Kinder gehasst. Und die hatten wohl sie gehasst. Emilie Reber mochte keine Spiele, keinen Sport und auch im Schwimmunterricht hatte sie sich nur knapp über Wasser gehalten. Sie scheute Nähe und gab keine.

„Nein, nicht. Ich habe Kinder nie wahrgenommen. Ich könnte mich auch nicht als Mutter vorstellen. Haben Sie Kinder?"

„Kinder? Mit diesem Mann? Nein, um Gottes willen."

„Was ist denn mit Ihrem Mann?"

„Nichts."

„Dann ist ja gut."

„Nichts ist gut. Es ist eben nichts mit ihm."

„Wo war er denn im Krieg?"

„Als Ingenieur bei Maybach-Motorenbau, Rüstungsbetrieb, bei Friedrichshafen. Hat irgendwelche Listen geführt, sagt er. Fragen Sie nicht mich, ich habe mich nie dafür interessiert."

„Für ihn interessiert?"

„Ja, wahrscheinlich schon. Wahrscheinlich nie. Obwohl, als wir noch jung waren, da war etwas da. Aber nur kurz. Den Rest tat ich für Vati und Mutti. Und ab dann hatte mein Mann nur noch seine Panzermotoren, seine Listen und den Endsieg im Kopf."

„Und jetzt?"

„Jetzt wird wiederaufgebaut, es werden wieder Motoren gebaut und er führt weiterhin Listen und hat nur noch die Niederlage und deren Schuldige im Kopf."

„Und darum haben Sie Borchert und Andersch bei mir gekauft?"

„Ja. Ich wollte wissen, wer diese Verräter, Abtrünnigen, Fahnenflüchtigen und Schlappschwänze sind, wegen denen wir den Krieg verloren haben – seiner Meinung nach."

„Wohl nicht wegen Hitler und der Nazi-Bonzen?"

„Nein, solche Männer wie Andersch. Der Geist dieser Männer, dieses Kommunistenpacks und Intellektuellengesindels, hätte die Wehrkraft zersetzt. Und zwar entscheidend. Solche Männer hätten Deutschland in die Niederlage geführt. Er habe alles gegeben. Unsere Panzer seien immer die besten gewesen. Mit den besten Motoren. Er habe immer an den Endsieg geglaubt und bis zum letzten Atemzug dafür gekämpft."

„Mit seinen Listen?"

„Ja", Hildegard Zahnlaub musste lachen, „wedelnde Listen als des Führers Wunderwaffe."

„Heiße Luft wäre doch auch was gewesen", sagte Emilie Reber in spöttischem Ton.

Die beiden Frauen lachten Tränen bei der Vorstellung, wie Millionen Deutscher Landser mit wedelnden Listen die Invasion der Alliierten an den Stränden der Normandie zu stoppen versuchten.

„Wahrscheinlich wäre es besser gewesen", nahm Hildegard Zahnlaub eine Lachträne wegwischend das Gespräch wieder auf.

„Bestimmt", antwortete Emilie Reber und stach sich ein Stück Kuchen ab.

„Es hätte mehr Andersch gebraucht."

„Er kam aber auch erst spät drauf. Und die Gelegenheit war günstig."

„Ah, haben Sie das Buch bereits zum zweiten Mal gelesen?"

„Von gestern auf heute. Nach Ihnen, wie versprochen."

„Aber Sie haben gesagt, dass Sie es gelesen hätten, als es herauskam?"

„Gewisse Bücher hat man erst gelesen, wenn man sie mindestens zweimal gelesen hat. Das sagte ich auch!"

Hildegard Zahnlaub nahm einen Schluck Kaffee und schüttelte den Kopf. „Ganz korrekt, selbstverständlich. Sie sind, wie Sie sind, nicht?"

„Nein, so weit bin ich leider noch nicht", antwortete die Buchhändlerin betrübt und erschrak augenblicklich ob der Ehrlichkeit, die aus ihr herausbrach. Sie nahm einen Schluck Tee, bestellte nochmals heißes Wasser, wartete, bis die Bedienung es brachte, und tunkte ihr Teeei hinein.

Hildegard Zahnlaub überbrückte die Pause, indem sie Puderdose und Lippenstift aus ihrer Handtasche nahm und ihr Make-up nachbesserte.

„Die Rechtfertigung mit dem geleisteten, aber nicht geltenden Eid fand ich ein wenig an den Haaren herbeigezogen", nahm Emilie Reber das Gespräch wieder auf.

„Ja", antwortete Hildegard Zahnlaub, „es wäre gar nicht nötig gewesen. Die Gedanken zur Freiheit, zur Entscheidung zu desertieren, sind stark genug. Das mit dem Eid ist wie ein schlechtes Gewissen Hitler gegenüber."

„Das glaube ich nicht unbedingt. Er argumentiert mit: *Der Schwur setzt die Freiheit des Schwörenden voraus.* Er war damals noch unfrei oder der Preis für die Freiheit war ihm damals zu hoch. Immerhin stand auf die Verweigerung des Eides die Todesstrafe. Bei der Desertation hatte er eine wirkliche Chance, am Leben zu bleiben. Das hat die Entscheidung zur Freiheit sicherlich enorm erleichtert. Aber dafür wäre die Argumentation mit dem Eid nicht notwendig gewesen."

Hildegard Zahnlaub nickte knapp, aß ein Stück Kuchen, trank den Kaffee leer und schenkte sich nach. Sie schaute zum Fenster hinaus, am Pflasterer vorbei auf den stillen See, und sagte leise: „Ich sollte mich auch mal für die Freiheit entscheiden."

„Sind Sie unfrei?"

„Sehen Sie, Andersch schreibt auch: *Es ist ein*

Leben denkbar, in dem die Freiheit niemals erfahren wird und das dennoch seinen vollen Wert behauptet. Ein wunderbarer Satz, finden Sie nicht auch?"

„Ja, er zeigt einen Grundrespekt gegenüber dem Menschsein. Der hat aber auch seine Grenzen. Wenn ich mich dafür entscheide, die Welt in den Abgrund zu stürzen und alle Menschen, die mir nicht in den Kram passen, systematisch zu ermorden, dann bleibt auch von diesem Grundrespekt nichts mehr übrig. Hier hätte ich von Andersch mehr erwartet als die Eidgeschichte. Gut, halten wir ihm zugute, es ist sein erstes, richtiges Buch."

„Mir hat es die Augen geöffnet. Dafür bin ich dankbar, Literatur, Formales und so weiter sind mir egal. Ich möchte die Freiheit erfahren, ja, Frau Reber, ich dürste danach. Ich muss nur noch den Mut zusammenkratzen, mich auch für die Freiheit zu entscheiden und nicht einfach mein Leben vor mich herzuschieben."

Emilie Reber rührte den Löffel in ihrem Tee, fragte sich, ob sie die Frage stellen solle oder ob sie sich dadurch zu sehr in ein Leben einmischen würde.

„Scheidung?"

Hildegard Zahnlaub strich sich eine Strähne aus dem Gesicht, blickte auf den See, sah einen Fisch, der nach einer Mücke schnappte, den Pflasterer, der seinen Rücken durchstreckte, und ein Linienschiff, das seit einiger Zeit abgelegt hatte und der nächsten Landestelle bereits näher war als der eben verlassenen.

„Der Zeiger der Waage muss endlich nach Mut ausschlagen."

„Wie schwer ist die Angstschale?"

„Machbar. Mit genug Mut." Sie senkte den Blick, schaute auf einen Kaffeefleck auf der Tischdecke und fuhr fort: „Mut, den Geschäftsrückgang, weil man nicht bei einer Geschiedenen kauft, zu überstehen, Mut, die Familie meines Mannes zu verlieren, Mut, meiner Mutter ins Herz zu stechen und sie dem stummen Kopfschütteln ihrer alten Freundinnen auszusetzen, Mut, der Einsamkeit zu trotzen, mit liebgewonnenen Gewohnheiten zu brechen, und überhaupt: Mut, die ganze Schuld auf mich zu nehmen, obwohl dem nicht so ist."

Emilie Reber schaute Hildegard Zahnlaub an, bis diese den Blick hob und ihr in die Augen sah, und sagte eindringlich: „Ich würde Ihnen helfen, wenn ich kann."

„Danke, ich würde darauf zurückkommen, wenn ich mich entschieden habe. Sie haben ja genug Erfahrung mit Entscheidungen."

„Da wäre ich mir nicht so sicher."

„Ja, aber Sie haben in Paris gelebt, sind im Widerstand gewesen, haben gekämpft, kämpfen auch hier …"

„Ja, aber ich bin mir nicht sicher, ob ich diejenige war, die dies alles entschieden hat."

„Sondern?"

„Ob ich nicht einfach Entscheidungen anderer oder Entscheidungen der Zeit folgen musste. Dann wäre Freiheit nach der Entscheidung nicht die, die Andersch meint, die Sie meinen."

„Aber als Sie Deutschland verlassen haben, da haben Sie und niemand sonst sich entschieden zu gehen."

„Wenn das Bleiben nur von der Angst beherrscht wird, ist der Mut, den es braucht zu gehen, das Gegenteil von Angst. Ich weiß nicht, ob dann Mut einfach eine andere Form von Angst ist. Manchmal, Frau Zahnlaub, manchmal habe ich das Gefühl, Angst und nicht der Mut ist der Faden, der sich durch mein Leben flicht. Ich habe Mut nie bewusst wahrgenommen. Bestenfalls als Teil der Angst."

„Aber, mein Gott, Sie sind doch frei. Niemand in diesem elenden Kaff bewegt sich so frei wie Sie. Niemand kümmert sich so wenig darum, was die anderen denken."

„Ich bin Buchhändlerin. Ich muss stets wissen, was die anderen denken könnten."

„Aber Sie tun es doch nicht. Ich merke jedenfalls nichts davon."

„Doch, doch. Ich schreibe sogar alles auf. Das nimmt mir ein wenig die Angst. Ich denke, dann wüsste ich ein wenig, was die anderen denken könnten."

„Sie schreiben auf, was die anderen über Sie denken könnten?"

„Nicht, was sie über mich denken könnten, sondern was sie denken könnten, sagen wir so, wozu sie fähig wären zu denken, aber nicht im negativen

Sinn. Im Guten, in dem Sinn, in dem es weitergehen könnte nach der erlebten Katastrophe. So weiß ich, was ihnen guttäte zu lesen."

„Das ist aber nicht dasselbe: Ich schreibe auch auf, was sie anhaben und welche Kleider sie tragen sollten. Ich meine, Sie kümmern sich nicht, was die anderen über Sie denken könnten."

„Ich bin fremd hier."

„Sie waren fremd hier."

„Trotzdem: Ich kann nicht wissen, was sie wirklich über mich denken."

„Weil es Ihnen egal ist. Wenn es Ihnen nicht egal wäre, wären Sie schon längst ein Teil von uns."

Emilie Reber folgte mit ihren Augen der Bedienung und als sich die Blicke kreuzten, verlangte sie nach der Zuckerdose, obwohl sie ihren Tee immer ohne Zucker zu trinken pflegte.

„Vielleicht haben Sie recht. Ich werde wohl nie Teil dieses Städtchens. Und wenn ich es mir so überlege, wäre das doch auch nicht auf Teufel komm raus erstrebenswert. Oder was meinen Sie?"

„Ich stamme von hier."

„Kann man nicht gleichwohl draußen bleiben? Alle Schriftsteller tun das. Sonst kann man nicht beobachten, den Menschen nicht mit allgemeingültigen Geschichten den Spiegel vorhalten."

„Was ist der Preis?"

„Weiß nicht? Fremdheit wahrscheinlich."

„Wärme, Mitgefühl, aufgehoben sein?"

„Ja, bestimmt. Im größeren Verbund."

„Sie meinen Gemeinschaft?"

„Gemeinschaft ist kleiner. Die geht auch zu zweit oder zu dritt."

„Egal, daheim sind Sie hier nicht."

„Nein, ich habe – bis auf eine Ausnahme – nie ein Daheim gekannt. Mein Zuhause sind die Bücher. Das ist gut so. Ich kann das nicht ändern."

„Sie wollen es nicht ändern, nicht?"

„Ja … nein … jetzt hören Sie mal … Sie wollen ja etwas ändern, sonst hätten Sie nicht den Andersch und nicht den Borchert gelesen, oder?"

Hildegard Zahnlaub schwieg. Dann rief sie nach der Bedienung, schickte sich an, zu bezahlen, wehrte die Einwände Emilie Rebers mit „Sie haben ja nur heißes Wasser gehabt" ab, verabschiedete sich von der Buchhändlerin, hängte ein Schild – „Wegen Inventur geschlossen" – an die Ladentüre und nahm die nächste Fähre nach Konstanz.

Kurz vor Ladenschluss betrat sie die Reber'sche Buchhandlung, küsste Emilie Reber auf beide Wangen, zog hinter ihrem Rücken einen bunten Frühlingsstrauß hervor und überreichte ihn der Buchhändlerin mit den Worten: „Danke. Zweimal sechs Jahre sind eine lange Zeit, um zu handeln."

„Nein … das ist nicht wahr … Sie, Sie haben es getan?", stammelte die überwältigte Emilie Reber.

„Nach unserem Gespräch nahm ich gleich die nächste Fähre, bin zu unserem alten Familienanwalt gegangen und habe mit ihm den Scheidungsantrag aufgesetzt. Und wissen Sie, was er gesagt hat, als ich zur Türe hereinkam?“

„Nein, nein!“

„Hildegard, dich habe ich schon längst erwartet.“

„Nein!“

„Er wusste es die ganze Zeit. Alle wussten es. Nur ich war zu blöd, es zu sehen.“

„Aber jetzt haben Sie es getan. Sie müssen stolz auf sich sein.“

„Ja, ja, ja, das bin ich. Das muss gefeiert werden. Gehen wir zusammen essen? Ich lade Sie ein.“

„Das geht leider nicht. Heute kommt die Ilse zu mir. Aber wissen Sie was: Ich lade Sie ein. Ilse wird sicher nichts dagegen haben.“

Und so sahen die Kleinstädter an jenem Donnerstag im Spätherbst des Jahres 1954 drei Frauen in einem Taxi den Berg hochfahren. Ein Anblick, an den sie sich gewöhnen würden.

*

„Als ich auf der Rückfahrt von Konstanz auf dem Vorderdeck gestanden bin, den doch noch kühlen Wind auf meinem Gesicht gespürt habe, der sich durch meine Haut in meine Seele gebohrt hat, dort aber diese nicht aufgewühlt hat wie sonst, sondern sie in eine wunderbar feste Ruhe getaucht hat, da habe ich mich bei mir gefühlt, so fest bei mir, wie ich das, glaube ich, in meinem ganzen Leben noch nie wahrgenommen habe“, erzählte Hildegard Zahnlaub und schenkte sich selbst ein weiteres Glas von diesem französischen Weißwein ein. Er schmeckte wunderbar, fein, nicht so grobschlächtig wie die hiesigen Weine.

„Das habe ich noch nie gespürt, also nicht, dass ich mich daran erinnern könnte“, warf Ilse ein.

„Und als du dich entschlossen hast, den eigenen Salon zu eröffnen?“, fragte Emilie Reber und legte ihre Hand auf ihren Arm.

„Hatte ich eine andere Wahl?“

„Ja klar!“, rief Hildegard Zahnlaub aus. „Du hättest dich ganz anders entscheiden können. Du hättest nach Konstanz, Friedrichshafen oder Meersburg gehen und dich dort einfach anstellen lassen können. Aber du hast dich für die Selbstständigkeit entschieden. Für ein Stück Freiheit, für ein Stück Unabhängigkeit – für deinen eigenen Weg.“

„Und für einen Goggo-Roller!“, lachte Ilse. „Spaß beiseite, es war nicht nur meine Idee. Frau Reber hat den Anstoß gegeben. Ohne das Wissen, dass sie mir helfen würde, hätte ich es nie gemacht.“

„Aber du hast es gemacht, nicht Emilie … Entschuldigung, Frau Reber.“

„Da ich die Älteste bin, schlage ich vor, dass wir uns angesichts unserer gemeinsamen Erlebnisse und der Aussicht, dass wir – hoffentlich – noch öfter in dieser Runde zusammenkommen, duzen. Ich bin Emilie."

„Schön, Hildegard."

„Ha, mich nennt eh jede und jeder Ilse. Übrigens, das hast du feierlich gesagt, Emilie."

Die drei Frauen stießen auf ihre neue Duzfreundschaft an.

„Aber um nochmals darauf zurückzukommen, Ilse", nahm Hildegard Zahnlaub das Gespräch wieder auf, „du hast das Risiko auf dich genommen, den Mut aufgebracht, den Salon zu eröffnen, und dazu noch mit einer geradezu, wie haben die das genannt, frivolen Idee. Das war deine Entscheidung. Hut ab!"

„Ja, die hat auch einiges gekostet, glaubt mir. Nicht nur Geld, auch Nerven ob all der Anfeindungen. ‚Hurensalon' ist noch das Netteste. Der Zängler beispielsweise, der spuckt mir immer noch jeden Tag vor die Türe."

„Was?", riefen Emilie Reber und Hildegard Zahnlaub im Chor.

„Ja, ich habe ihn bereits zweimal gesehen. Und einmal hat er mir auch auf den Goggo gespuckt. Seither stelle ich ihn hinten im Hof ab. Eklig, dieses Nazischwein."

„Ich denke, das hat er bei mir auch gemacht", meinte Emilie Reber.

„Er war schon eine Sau, als die Nazis noch am Ruder waren. Er hat immer mal wieder gedroht, er würde es der Gestapo melden, die würden dann sehen, dass man an den richtigen Ort käme, wenn ihm etwas nicht passte. Gegen Kriegsende war er oft betrunken. So auch beim Unfall, als die NSF-Kurz starb. Ich glaube, der ist nie dafür zur Rechenschaft gezogen worden", erzählte Hildegard Zahnlaub.

„NSF?", fragte Emilie Reber.

„Nationalsozialistische Frauenschaft", antwortete Hildegard Zahnlaub, „die Kurz war von Anfang an dabei und für die Bodenseeregion zuständig. Ihr Geliebter war ein richtig hohes Tier. Er erschoss sich bei Kriegsende an ihrem Grab."

Ein Moment der Stille legte sich zwischen die drei Frauen. Dann schenkte sich Ilse nach, leerte die Flasche gleich und nahm aus dem nigelnagelneuen Kühlschrank eine neue Flasche.

„Mit Eisfach. Hat sie extra für den Chablis gekauft", kam Ilse die Flasche schwenkend wieder an den Tisch, entkorkte sie, schenkte den anderen nach und stellte sie in den bereitstehenden Eiskübel.

„Warum ist der immer noch in der Stadtverwaltung?", fragte Emilie Reber.

„Er wird gedeckt. Von denen, die er früher gedeckt hat. Sein Vater hat das Städtchen über sein Baugeschäft im Griff und war über dreißig Jahre lang der Präsident des Segelclubs. Er ließ nie jemanden fallen. Jetzt lässt man auch seinen Sohn nicht fallen. Ewige Kameradentreue nennt man das dann wohl", sagte Hildegard Zahnlaub mit bitterem Unterton.

„Und wegen des Motorradunfalls ist ihm nie ein Prozess gemacht worden?“, fragte Emilie Reber.

„Verschleppt, Kriegsende, wohl auch bald verjährt. Und: Wer sollte schon Interesse daran haben?“, antwortete Hildegard Zahnlaub.

„Andere Verbrechen?“

„Man weiß nicht viel. Denunziationen sicher. Es wurden etwa Frauen, die sich mit polnischen Kriegsgefangenen eingelassen hatten, geschoren und mit einem Schild – ‚Polendirne‘ – um den Hals durch die Stadt gejagt, er hat sicherlich da und dort jemandem etwas zuleide getan – aber sonst, man weiß es nicht.“

„Im Grunde genommen, ist er ein armer Wicht“, meinte Ilse, „eine Schießbudenfigur, ein Kasperl seines Vaters, der ihn in die Verwaltung gehievt hat, damit da die Dinge so liefen, wie der Alte und seine Freunde es wollten, oder Hilde?“

„Sein Vater hat ihn bereits vor dem Krieg über den damaligen Kreisleiter in die Stadtverwaltung gesetzt. Einzige Qualifikation: Hitlerjugendführer! Das ist er heute noch, ein dummer Junge, dem der Führer fehlt. Hitlers Selbstmord und jetzt nur noch den Brei der braunen Tage im Kopf.“

„Es ist in vielen Köpfen nicht vorbei. Das geht nicht einfach so vorbei, solange solche Köpfe wie Züngler noch frei herumlaufen. Es gibt ja noch viel Schlimmere, da ist der Züngler ein Chorknabe gegen die anderen Hunderttausenden Mörder“, sagte Emilie Reber eindringlich.

„Es gibt auch in unserer Stadt noch viele Zänglers", sagte Ilse. „Der Zängler ist nur der Einzige, der sich traut, mir vor die Türe zu spucken."

„Was machen wir?", fragte Hildegard.

„Ich gestalte ein Schaufenster. KZ … KZ-Literatur, was ich finden kann. Mal sehen, was es zum Thema noch gibt, so unter dem Motto: ‚Die Mörder sind unter uns.' Ist zwar keine Literatur, aber dringend nötig."

„Ich hänge ein Schild an die Eingangstüre: ‚Spucken verboten.' Er soll wissen, dass ich weiß, wer da rumspuckt. Und ich erzähle es jeder und jedem, falls ich nach dem Schild gefragt werde", lachte Ilse.

„Und ich, ich verkaufe den Frauen neue Kleider. Der Mief muss jetzt mal weg", haute Hildegard Zahnlaub auf den Tisch.

*

Emilie Reber zog ihre weißen Handschuhe an und stellte in die Mitte des Schaufensters „Die Moorsoldaten" von Wolfgang Langhoff. Sie konnte zwei Exemplare in der Schweiz auftreiben. Daneben das Tagebuch der Anne Frank. Neben Anne Frank legte sie drei Berichte: „Der Totenwald" von Ernst Wiechert, einem der meistgelesenen deutschen Autoren, der auf Todesdrohung von Goebbels hin als Vorzeigekasperl am Dichtertreffen in Weimar teilnehmen und sich nachher in die innere Emigration begeben musste, den „Goethe in Dachau" von Nico Rost mit einem Vorwort von Anna Seghers und „Der SS-Staat", ein soziologischer Bericht über die Innenwelt der KZ von Eugen Kogon, der während der ganzen Kriegszeit in Buchenwald inhaftiert gewesen war.

Beim Verlag Éditions Gallimard bestellte sie zwei Exemplare des noch nicht übersetzten biografischen Romans über den Auschwitz-Kommandanten Rudolf Höß von Robert Merle, und ein Mitarbeiter der französischen Militärverwaltung schickte ihr eine Doktorarbeit seines Neffen: „Aspects pathologiques du camp de concentration d'Auschwitz-Birkenau". Dieses kurze philosophisch-psychologische Büchlein las sie an einem Abend durch, übersetzte ein Zitat aus der Schrift, schrieb es in gut leserlichen Buchstaben auf ein großes Blatt Papier und hängte es als Plakat ins Schaufenster:

Die Ungeheuerlichkeit von Auschwitz liegt in der Tatsache, dass dieses Massaker von Menschen konzipiert und ausgeführt wurde. Die entsetzliche Feststellung nach Auschwitz ist, dass die Kultur den Menschen nicht vor diesen Gräueltaten bewahrt hat. Im Gegenteil, es ist der Kultur und dem heutigen Stand der technischen Entwicklung geschuldet, dass diese menschliche Katastrophe möglich wurde. Es ist eine pathologische, eine krankhafte Verirrung unserer Kultur und unserer Zivilisation. Diese völlige Abwesenheit von Moral macht es umso dringlicher, dass das Phänomen Auschwitz genauestens untersucht wird, weil es ein beängstigendes Problem der Menschheit auf eine schreckliche Art und Weise an den Tag bringt.

Ignaz Franck bohrte unterdessen an der Eingangstüre zum „frivolsten Friseursalon Deutschlands" zwei kleine Löcher ins Holz und schraubte das Schild „Spucken verboten" an.

Hildegard Zahnlaub studierte intensiv die neuesten Modemagazine aus Frankreich, verglich sie mit der angebotenen Ware, machte sich auf den Weg zur Reber'schen Buchhandlung, in der Hoffnung, Ignaz Franck dort zu finden. Er musste ihr helfen, gute Ware aufzutreiben, nicht dieses biedere Zeug, das die deutsche Textilindustrie zurzeit anbot. Sie brauchte modische Kleider, welche die Frauen jugendlicher machten, und sie brauchte die blauen Ami-Hosen. Darauf brannten die jungen Männer auf ihren Zündapp- und Kreidler-Floretts, und auch ein paar mutige Frauen würden sich sicher diese Hose überstreifen. Mit den Ami-Hosen wollte sie ganz vorne dabei sein. So weit vorne wie der „frivolste Friseursalon".

Es war nicht einfach für Ignaz Franck, die Ami-Hosen zu besorgen, zumal Hildegard Zahnlaub keine schwäbischen Mustangs wollte, deren Schnitt altbacken war und die Cowboy- oder Girl-Camping-Hose hießen, nein, sie wollte die echten amerikanischen, diese sexy Levi's, auch für Frauen, genau solche, wie sie diese Saloonsängerin in dem Film „Fluss ohne Wiederkehr“ trug.

Es gelang Ignaz Franck über seine amerikanischen Freunde, zwanzig Levi's in vier unterschiedlichen Größen zu importieren, siebzehn für Herren, drei für Damen.

Hildegard Zahnlaub prüfte die Ware genau, glich sie mit ihrer Kundenkartei ab und bestimmte, wem sie welche Größe verkaufen wollte. Eine Damen-Ami-Hose war für Ilse, sie würde hinreißend darin aussehen. Sie war die beste Reklameträgerin, sie hatte großen Einfluss auf die jungen Menschen in der Kleinstadt. Ihr würde sie die Hose schenken. Im Gegenzug müsste sie eine Männerhose in die Auslage ihres Friseursalons legen.

Das Schaufenster von Emilie Reber löste Empörung aus, es sei jetzt genug, man könne nicht immer nur zurückschauen, die Schuldigen seien in Nürnberg verurteilt worden, also Schluss jetzt!

Das Schild „Spucken verboten“ ließ die Bewohner Mutmaßungen anstellen, ob es nur ein Jux von Ilse sei oder ob tatsächlich jemand konkret gemeint sei. Und falls, so kämen ja nicht viele infrage, eigentlich nur einer.

Die Ami-Hose an Ilse entzückte nicht nur die Herrenwelt, und die Ami-Hose in ihrer Auslage führte dazu, dass Hildegard Zahnlaub die restlichen achtzehn Hosen im Nu verkauft hatte.

Ignaz Franck telegrafierte nach Amerika und

bestellte weitere fünfzig Paar Ami-Hosen, worauf sein amerikanischer Freund fragte, ob er in den Ami-Hosen-Handel eingestiegen sei? Ob er sich gleich um eine Lizenz bei Levi's kümmern solle?

Aber noch bevor der Packen Ami-Hosen aus den USA eingetroffen war, waren bei der Reber'schen Buchhandlung und Ilses Friseursalon die Scheiben an den Türen eingeschlagen, und in den Innenräumen stank es ganz übel nach Erbrochenem. Scherben zerbrochener Phiolen lagen in beiden Geschäften auf dem Boden.

Emilie Reber und Ilse hielten sich Taschentücher vor die Nasen, als sie alle Fenster ihrer Lokale öffneten. Sobald der Gestank es zuließ, schrubbten sie die restlichen Säureflecken weg. Ilse sprühte alles mit Rosenwasser ein, derweil Emilie Reber mit Gummihandschuhen die Flecken tröpfchenweise mit ihrem Reserve-Chanel-5 betupfte, das sie in einem Fach unter dem Verzeichnis der lieferbaren Bücher aufbewahrte. Zum Glück waren keine Bücher beschädigt, und auch die Schaufenster waren intakt. Die Angreifer hatten es scheinbar nicht gewagt, die großen Fenster einzuschlagen.

Ilse hängte einen Zettel über die eingeschlagene Scheibe – „Wegen Stinkbombe geschlossen!" – und ging zur Buchhandlung von Emilie Reber. Sie war zornentbrannt, konnte sie sich doch genau vorstellen, wer dies getan hatte. Und als sie sah, dass bei Emilie Reber der gleiche Anschlag verübt worden war, war sie sich ganz sicher, wer das getan hatte.

„Das war Zängler", stürmte sie in Emilie Rebers Buchhandlung, „das war Zängler! Bei mir auch."

„Bei dir auch?"

„Mein ganzer Parfümvorrat ist draufgegangen. Dieses Schwein!"

„Geh zu Hildegard, schau, ob auf ihr Geschäft auch ein Anschlag verübt worden ist", wies Emilie Reber Ilse an.

Die flach einfallenden, frühmorgendlichen Sonnenstrahlen brachten den sich leicht kräuselnden See zum Glitzern. In den Scheiben der noch geschlossenen Boutique von Hildegard Zahnlaub spiegelte sich das Wasser als flackerndes Sternenmeer.

Alles war intakt, keine Scherben, keine zerbrochenen Fenster, nur auf der Fensterbank stand mit roter Kreide geschrieben: „Hosenhure!"

Also auch sie, dachte Ilse, und alles wegen ein paar Hosen. Sie setzte sich auf das Kaimäuerchen, ließ die Beine über dem Wasser baumeln, ein Entenpärchen kam in der Hoffnung auf ein paar Brotkrümeln dahergeschwommen, und ein Schwan richtete sich auf und plusterte sein Gefieder. Sie kramte eine Zigarette aus ihrer Tasche, zündete sie an und nahm einen tiefen Zug. Warum ist der bei dem Motorradunfall nicht auch gleich umgekommen, fragte sie sich. Der hätte den Tod tausend Mal mehr verdient als viele andere! Wir müssen was tun, wir müssen was tun, der muss weg! Sie zog heftig an ihrer Zigarette, warf sie fort und kehrte zur Buchhandlung zurück.

Emilie Reber empfing sie mit dem Zeigefinger vor geschlossenem Mund. In der Buchhandlung war der Dorfpolizist Fladerer damit beschäftigt, den Schaden aufzunehmen.

„Hans, kannst nachher gleich zu mir kommen, der Zängler hat mir auch eine Stinkbombe reingeschmissen“, rief Ilse dem Wachmann zu.

„He, he, Ilse, nicht so vorschnell. Nur weil er euch beide nicht mag und da draus auch keinen Hehl macht, muss er es noch lange nicht gewesen sein. Klar, Mädchen?“

Ilse wollte gleich zum Fladerer stürmen, doch Emilie Reber hielt sie am Arm zurück und blickte ihr streng in die Augen.

Als der Fladerer fertig war, sagte er zu Ilse: „So, Mädchen, jetzt gehen wir in deinen Salon.“

„Ich komme mit“, schob sich Emilie Reber dazwischen.

Der Fladerer nickte Emilie Reber zustimmend zu und sagte in Richtung Ilse: „Das ist wohl besser so.“

Auf dem Weg zu Ilses Salon fragte sich Emilie Reber, wo eigentlich Ignaz Franck war?

Ignaz Franck saß auf seiner Parkbank am See, beobachtete den unaufgeregten Wellengang und rauchte seine Zigarette. Er hatte die eingeschlagene Türscheibe an Emilie Rebers Buchhandlung gesehen, hatte den widerlichen Gestank gerochen, der dem Inneren des Geschäfts entströmte, hatte die rote

Schmiererei auf Hildegard Zahnlaubs Fensterbank gelesen und war sich sicher, dass auch Ilses Salon verschandelt worden war.

Erinnerungen an die Briefe seiner Eltern, die sie ihm nach der Kristallnacht nach Hollywood geschickt hatten, wurden wach. Beschwichtigungen, er solle sich keine Sorgen machen, bis auf ein paar zerbrochene Scheiben und das übliche „Jude verrecke" sei nichts Schlimmeres passiert. Es sei ihnen zum Glück nicht wie Rabbi Hirschensohn ergangen, den sie aus dem Haus gezerrt und halb totgeschlagen hätten. Sie hofften, er habe Erfolg mit seinen Büchern. Ob er dem Disney die Geschichte mit den vielen Hunden schon erzählt habe?

Es war Mutters Lieblingsgeschichte. Er musste sie immer und immer wieder vortragen. Bei Familienfesten versuchte er den Tisch stets rechtzeitig zu verlassen, bevor seine Mutter ihn aufforderte: „Jingele, erzähl doch die Geschichte von den Hunden, denen eine böse Tante die Welpen weggenommen hat, weil sie aus deren feinen Fellen einen Mantel machen wollte."

Er schämte sich, vor versammelter Verwandtschaft seiner Mutter einen Gefallen zu tun, fügte sich aber meist in sein Schicksal und trug die Geschichte, mal mit mehr, oft mit weniger Enthusiasmus vor. Als er weit weg von seiner Mutter war, in einem Zug von Philadelphia nach Los Angeles, erzählte er einer Engländerin mit drei Dalmatinern, mit der er im Speisewagen den Tisch teilte, die Geschichte.

Er erhoffte sich damals, die Geschichte endgültig loszuwerden, indem er sie auf jemand anderen übertrug. Bis heute hatte er nicht mehr an sie gedacht. Bis heute, bis zu dem Tag, an dem eine Buchhandlung, ein Friseursalon und ein Kleidergeschäft angegriffen worden waren, weil ihre Besitzerinnen Besitzerinnen sind und sie Dinge taten oder aussprachen, die man in diesen Zeiten nicht aussprechen oder tun sollte, da diese Zeiten immer noch diese Zeiten waren. Man wird die Erinnerung nicht los, indem man sie als eine Geschichte einer Hundehalterin überträgt. Die Erinnerung lebt in einem, sie kann plötzlich wieder auftauchen und dann klebt sie unvermittelt an so einer kleinen Stadt wie ein Gebirge, ein Fluss, ein See oder das Meer. Und die kleinen Städte kämpfen stets dagegen an, unter Bergstürzen begraben, von Flüssen unterspült, vom Meer mitgerissen zu werden oder in Seen zu versinken. „Ja, das ist wohl so bei Kleinstädten", sagte Ignaz Franck halblaut vor sich hin und schnippte die Kippe weg.

Er hätte Lust gehabt, einfach über den See zu gehen, bis ans andere Ufer, und kein einziges Mal zurückzuschauen. Ein Reiter soll dies einmal geschafft haben. Den Preis, den der Reiter dafür bezahlt hatte, würde er durchaus in Kauf nehmen.

Er wusste, dass es Emilie Reber war, die sich neben ihn setzte. Ohne sie anzuschauen, hielt er ihr sein Zigarettenetui hin, sie klaubte eine unter dem Gummizug hervor, er reichte ihr Feuer, sie zog den Rauch ein, lehnte sich zurück, blickte über den See und sagte leise: „So ein Arschloch! – Entschuldigung."

„Darf man?", hörte sie die Stimme von Hildegard Zahnlaub.

Sie hatte sie und Ilse nicht kommen gehört, ihre Gedanken kreisten um Züngler. Emilie Reber rutschte ein wenig zur Seite, Hildegard Zahnlaub setzte sich und Ilse ging rastlos vor der Parkbank auf und ab.

„Er ist und bleibt dasselbe Nazischwein, das er immer war", enervierte sich Ilse.

„Ja, aber ob er es war?", fragte Hildegard Zahnlaub.

„Wer denn sonst?", antwortete Ilse.

„Die Konkurrenz beispielsweise. Oder andere Menschen, denen ihr zu weit geht, die keine neuen Zeiten wollen – auf keinen Fall in dem Tempo, wie ihr es anschlagt", meinte Ignaz Franck.

„Es sind neue Zeiten, ob sie es wollen oder nicht. Und die sind so schnell, wie sie sind", konterte Ilse. „Ich zeige ihn an!"

„Wegen was? Hast du Beweise?", fragte Emilie Reber.

„Er war es!"

„Kannst du das beweisen? Hat es jemand gesehen? Und falls, würde die oder der das bezeugen? Wir leben wieder in einem Rechtsstaat, Ilse", sagte Ignaz Franck.

„Er hat den Persilschein, was willst du machen", fügte Hildegard Zahnlaub an, „er hat zwar jeder und jedem mit KZ gedroht, aber es hatte ihm nichts nachgewiesen werden können. Wir haben keine Chance, glaube mir."

„Und sollte irgendjemand was gesehen haben, werden sie schweigen. So wie sie immer geschwiegen haben und weiter schweigen werden, bis sie tot sind", sagte Emilie Reber und stand auf.

„Und jetzt, Emilie?"

„Kundschaft wartet!"

„Ja", erhob sich Hildegard Zahnlaub, „Hosen verkaufen! Mit Rabatt."

„Bei dir stinkt es wenigstens nicht. Aber ich sage euch ..."

„Und ich brauche einen Haarschnitt", sagte Ignaz Franck und hängte sich bei Ilse ein.

Zwei Tage später stank es immer noch in Emilie Rebers Buchhandlung. Sie hatte sich billiges Kölnisch Wasser gekauft und alle drei, vier Stunden die Fußböden damit besprüht. Sich selbst gönnte sie einen Tupfer Chanel 5 pro anderthalb Stunden zwischen Oberlippe und Nase. So konnte sie einigermaßen arbeiten, obwohl sie ständig zu hören vermeinte, wie Tucholsky, Döblin, Roth, Hesse oder auch der geplagte Thomas Mann die Nase rümpften.

Das Schaufenster dekorierte sie um. Alle Bücher, die sie von der Gruppe 47 hatte, wurden ausgestellt: „Die Geschlagenen" von Hans Werner Richter, Anderschs „Kirschen", Borcherts „Draußen vor der Tür", Wolfgang Koeppens „Tauben im Gras" und in der Mitte, kein 47er, Heinrich Manns „Der Untertan“ für die Geisteshaltung allen Übels.

Sie erkannte gleich an der Hose, weiß, aus leichter Baumwolle, die gleiche, welche die Matrosen der Kriegsmarine trugen, dass dies Zängler sein musste, der vor dem Schaufenster stand und sie bei der Arbeit beobachtete.

Der Kerl hat aber Chuzpe, dachte sie und versuchte, ihn mit einer Handbewegung wegzuscheuchen. Aber statt zu gehen, betrat Zängler ihre Buchhandlung.

Emilie Reber wollte ihn sofort des Geschäfts verweisen, doch Zängler hob die Hand und sagte bestimmt: „Bitte hören Sie mich an. Ich möchte mich bei Ihnen entschuldigen.“

„Entschuldigen?“, fragte sie empört, „entschuldigen, wofür?“

„Es riecht streng nach Kölnisch Wasser hier drin.“

Emilie Reber fasste es nicht. „Raus, aber sofort!“, schrie sie ihn an.

„Es wird nicht mehr vorkommen, glauben Sie mir“, sagte Zängler und verließ den Laden.

Emilie Reber setzte sich, stand sofort wieder auf, setzte Teewasser auf, schloss die Türe ab und drehte das Türschild auf „Geschlossen“ um, setzte sich erneut, erhob sich sofort wieder, wartete nervös, bis das Wasser endlich kochte, füllte das Teeei, ließ den Earl Grey ziehen, nestelte nochmals an der Schaufensterauslage herum, nahm das Teeei aus der Tasse, führte sie zum

Mund, verbrannte sich leicht die Zunge und hoffte trotzdem, der Tee würde sie beruhigen.

Was er nicht tat.

Sie zog ihre weißen Handschuhe aus, packte ihre Sachen, schloss die Buchhandlung, ging schnurstracks zu Ilses Salon, steckte den Kopf hinein, sagte zu Ilse „Felchen und Chablis, 19 Uhr, ich weiß, es ist nicht Donnerstag, aber es muss sein", schloss die Türe, marschierte zum Landungsplatz, grüßte den Pflasterer, fragte sich: Wie lange hat der eigentlich noch, bis er den Adolf Hitler endlich gesteinigt hat, bog zur Boutique von Hildegard Zahnlaub ab, steckte auch dort den Kopf in den Türspalt, wiederholte bestimmt „Felchen und Chablis, 19 Uhr, ich weiß, es ist nicht Donnerstag, aber es muss sein" und machte sich ein klitzeklein wenig entspannter auf zum Fischhändler.

Emilie Reber entschuppte die Felchen, als Ilse eintrat, ihr senfgelbes Cape auf den Freischwinger schmiss, den gleichfarbigen Rock glatt strich und die rote Bluse zurechtzupfte. Sie ging auf Emilie Reber zu, umarmte sie von hinten, küsste sie auf die Wange und flüsterte ihr ins Ohr: „Und? Was gibt's Neues? Heiratest du den Ignaz?"

Emilie Reber errötete, versuchte sich aber nichts anmerken zu lassen und erwiderte barsch: „Spinnst du!"

„Ach komm jetzt, ihr seid so ein hübsches Paar, wenn ihr auf der Parkbank zusammen raucht."

Emilie Reber löste sich aus der Umarmung und drehte sich um, hob die Augenbrauen und sagte: „Ihr seid doch alle Tratschtanten. Das ist ja nicht zum Aushalten."

„Dann ist es also wahr? Ich fasse es nicht, du und der Igi! Oh, das wird eine Hochzeit am See, da können sich die alten Schnepfen wieder einmal so richtig schön das Maul zerreißen."

„Es ist jetzt gut, Ilse. Ich werde Ignaz sicher nicht heiraten."

„Ach komm, mach uns doch die Freude, ihr könntet meinen Goggo-Roller für die Hochzeitsreise haben", zog Ilse Emilie Reber weiter auf, nahm den Chablis aus dem Kühlschrank, entkorkte ihn und goss zwei der bereitstehenden Gläser ein.

Emilie Reber filetierte die ausgenommenen Fische gekonnt, schnitt schräg hinter dem Kopf bis zur Mitte ein, stach sicher mit dem weichen Messer vom Rücken bis zur Mittelgräte und löste das erste Filet zum Rücken und danach zum Kopf hin ab. Ilse stellte ein Glas neben das Küchenbrett, Emilie Reber stieß mit Ilse an, nahm einen Schluck, stellte das Glas wieder ab, drehte den Fisch um, wiederholte den Vorgang und warf das übrig gebliebene Skelett mit Kopf und Schwanzflosse in einen großen Kochtopf.

„Morgen gibt's Fischsuppe", warf Ilse ein, die ihr wie stets fasziniert zuschaute.

„Ja, ich kann dir was bringen, wenn du möchtest."

„Ich glaube, Hildegard würde sich mehr darüber freuen, aber das weißt du ja."

„Versuchen kann man es immer. Wäre sicher gesünder als deine Leberkäsebrote."

„Ja, Mutti, ja."

Hildegard Zahnlaub läutete an der Tür.

„Siehst du, das ist Anstand", sagte Emilie Reber, strich sich die Hände am Schurz sauber und öffnete die Tür.

„Das nächste Mal kannst du einfach reinkommen", hörte Ilse Emilie Reber sagen, goss sich noch ein wenig Chablis nach und füllte ein Glas für Hildegard Zahnlaub.

„Hallo Hildi", begrüßte Ilse die Hereinkommende, „weißt du was, Emi und Igi heiraten."

„Ja, aber das ist mal eine Nachricht nach all den Stinkbomben", klatschte Hildegard Zahnlaub in die Hände, ließ sich von Ilse ein Glas reichen, hob das Glas in Richtung Emilie Reber und sagte: „Darauf müssen wir anstoßen. Eine Seehochzeit!"

„Schluss jetzt mit dem Blödsinn! Und nenne mich nicht Emi, das hasse ich. So haben sie mich im Internat gerufen. Es geht um etwas ganz anderes: Zängler hat sich bei mir entschuldigt."

„Sag das noch mal. Zängler hat sich entschuldigt?"

„Ja, nicht direkt."

„Was heißt ‚nicht direkt'?", fragte Hildegard Zahnlaub nach.

„Er hat nicht gesagt, dass er es war. Er hat sich nur

dafür entschuldigt. Und, dass so etwas nicht mehr geschehen werde, hat er noch gesagt."

„Wer soll es denn sonst gewesen sein?", empörte sich Ilse.

„Ilse", sagte Hildegard Zahnlaub, „kommt dir das nicht bekannt vor: Man entschuldigt sich für etwas und weist damit die Schuld von sich."

„Das deutsche Muster, Ilse, vom Blockwart bis zum Kanzler."

„Du meinst wohl bis zum Führer?"

„Nein, der Führer hat sich nie entschuldigt. Ich meine jetzt. Und: Wer entschuldigt sich schon, Ilse?", fragte Emilie Reber.

„Man schweigt, alle schweigen und tun so, als ginge sie alles gar nichts an. Keiner war im Osten, niemand hat Hitler die ewige Treue geschworen, niemand wollte das mit den Juden, also hat es auch keiner getan. Die Sonne ist noch da, der See ist noch da, der Käsekuchen auch. Einzig ein paar Millionen Menschen sind weniger, und die sieht man nicht mehr. Nicht mal der Friedhof macht einen überfüllten Eindruck. Und zudem: Wir haben genauso gelitten, es war für alle gleich, also was wollt ihr denn?", ergänzte Hildegard Zahnlaub, leerte das Glas in einem Zug und schenkte sich erneut ein. „Schaut, mein Ex-Mann zum Beispiel. ‚Ich baue nur Motoren, ich baue keine Panzer', hat er immer gesagt. ‚Meine Motoren töten niemanden, ich erfülle einfach meine Pflicht, Motoren zu bauen, dafür muss ich mich doch nicht entschuldigen, wäre ja noch schöner!' Für ihn hatten die Motoren ja keine Schuld, die trieben den Panzer nur an. Kein Gedanke daran, wofür ein Panzer da ist. So ist's noch immer: Alle bauen nur Motoren, dafür muss man sich nicht entschuldigen. Einfach Motoren bauen, Tag für Tag, jahrein, jahraus. Man müsste die Motorenbauer endlich ins Licht ziehen!"

„Mein Vater war im Osten. Sagte meine Mutter jedenfalls. Er fiel. Was er da gemacht hat, möchte ich gar nicht wissen."

„Wir müssen es aber wissen, sonst entschuldigen wir uns stets ins Nichts. Erst wenn wir es wissen, können wir uns dafür glaubhaft entschuldigen. Verstehst du?", sagte Hildegard Zahnlaub.

„Ja dann, dann ist ja der Zängler keine löbliche Ausnahme. Wer hätte auch anderes gedacht", meinte Ilse und legte sich auf die Liege.

„Nein!", sagte Emilie Reber scharf, „ist er nicht. Er hat sich nicht für sich entschuldigt. Nicht für eine Tat, von der er sagt: ‚Ich war's.' Er hat sich einfach entschuldigt – entschuldigt für nichts."

Sie nahm die Kartoffeln vom Feuer, ließ Butter in der Bratpfanne zergehen, zog die Felchen durch das Mehl, briet sie kurz und hob sie mit den Pellkartoffeln auf die bereitstehenden Teller.

Hildegard Zahnlaub stellte die Teller auf den Tisch, Ilse schwang sich aus der Liege und lachte: „Wunderbar, ich habe Hunger, Mahlzeit."

Als nach dem ersten Bissen die Köchin gelobt wurde und alle angestoßen hatten, fragte Hildegard Zahnlaub Emilie Reber: „Und, was machst du jetzt? Was machen wir jetzt?“

„Ungeschoren kommt er nicht davon. Er muss bezahlen. Und zwar für alles, für jedes vor die Türe, vor den Roller Spucken“, echauffierte sich Ilse und klatschte die offene Hand auf den Tisch. „Er muss dafür zahlen!“

„Ja, aber darüber müssen wir nachdenken. Wir können nichts machen, er hat sich nicht für sich entschuldigt“, beschwichtigte Emilie Reber und legte Ilse die Hand auf den Arm.

„Es ist das Gleiche wie Schweigen, wie das Schweigen aller“, sagte Hildegard Zahnlaub.

„Wir müssen es über die Franzosen spielen. Irgendetwas werden die doch finden können, Emilie?“

„Die Franzosen haben die Gerichtsbarkeit längst abgegeben, und die Deutschen wollen nicht und schweigen. Da wird wohl nichts zu machen sein“, warf Hildegard Zahnlaub ein.

„Wann war sein Unfall?“, fragte Emilie Reber.

„Am Ende des Krieges“, sagte Ilse und schnitt sich ein Stück Fisch ab.

„April vierundvierzig, nach den Bombenangriffen auf Friedrichshafen“, korrigierte sie Hildegard Zahnlaub. „Er war stockbesoffen und fuhr wie ein Irrer. Die Kurz im Beiwagen des Motorrades. Er wollte ihr wohl imponieren. Die Kurz war die Freundin von

Kalberer, Nazi erster Stunde, hohes Tier, die graue Eminenz der Region Bodensee. Das wog schwer, und trotzdem gelang es ihm, den Prozess unendlich zu verzögern. Ich glaube, kurz vor Kriegsende gab es eine Vorladung vor Gericht, aber dann war der Krieg vorbei. Dann hat sich alles verlaufen, und plötzlich war er wieder da. Beamte würden fehlen, hieß es. Aber, Ilse hat recht, bitte frag die Franzosen."

Emilie Reber legte das Besteck auf den Teller, nahm einen Schluck Wein und richtete sich an ihre Freundinnen: „Was glaubt ihr? Dass ich einfach zu den Franzosen gehen und ihnen erzählen kann, dass da einer ist, der mit Stinkbomben um sich wirft und vor zehn Jahren einen Motorradunfall hatte, bei dem die Braut eines Nazis, die selbst eine Nazi war, totgefahren wurde, das Verfahren hätte sich jedoch in den Wirren des Kriegsendes in Luft aufgelöst, sonst sei er ein stinknormaler Mitläufer gewesen, ein bisschen beschränkt, ein wenig gemein, aber das war's dann auch schon? Entschuldigung, aber ich werde mich sicher nicht vor den Franzosen lächerlich machen. Nein, das ist zu dünn."

„Ja, und jetzt? Lassen wir ihn einfach so davonkommen?", fragte Ilse entsetzt.

„Wir lassen sowieso niemanden davonkommen", entgegnete Emilie Reber scharf.

„Ja, was denn? Warten wir, bis noch mehr geschieht? Muss er mir zuerst den Goggo im See versenken, ‚Lasst euch nicht von Huren frisieren' auf die Scheibe schmieren oder gleich den Friseursalon abfackeln?"

„Stopp, Ilse", bremste Hildegard Zahnlaub sie. „Emilie hat recht, wir haben nichts gegen ihn in der Hand. So haben wir keine Chance. Wir, Emilie, würden uns lächerlich machen."

„Ja, dann müssen wir etwas finden. Wofür haben wir unsere Karteikarten? Fragen wir doch unsere Kundinnen und Kunden. Irgendjemandem muss er doch etwas angetan haben. Er war kein Chorknabe. Er hat sich immer belustigt, wenn die KZ-Häftlinge durch die Stadt marschiert sind, hat manchem in den Hintern getreten!"

„Ich weiß es ja auch, ich habe es auch gesehen. Aber wir brauchen mehr."

„Eben! Die Karteikarten, sag ich doch", antwortete Ilse und stach in eine Kartoffel.

Am nächsten Tag ließ sich Emilie Reber vom Taxi nicht bei der Buchhandlung, sondern am Landungsplatz bei der Greth absetzen. Sie ging Richtung Seepark, grüßte den Pflasterer, der ihren Gruß mit einem „Das Heil ist jetzt bald unter dem Boden" erwiderte, und suchte die Parkbank auf, auf der Ignaz Franck bei schönem Wetter einen Teil seines Tages zu verbringen pflegte.

Ein leichter Wind kräuselte den See, ein paar Schwarzkopfmöwen verfolgten sich im Futterneid, und der schmelzende Schnee der Junisonne hüllte den Gipfel des Säntis in milchigen Dunst. Sie wäre jetzt gerne dort oben gewesen, hätte die Dinge unter sich gelassen, den See, die Täler, die kleinen Städte, die Menschen, nicht alle, aber die, deren starrsinnige Bösartigkeit sie bei der erstbesten Gelegenheit wieder zu skrupellosen Mördern machen würde. Bis es wieder so weit war, schützten sie sich gegenseitig durch ihr Schweigen, durch den Anschein gelebter Normalität, mit einem Leben, das in keiner Weise bereit war, die eigene Zukunft durch die Vergangenheit erschüttern zu lassen.

Ignaz Franck bot ihr eine bereits brennende Zigarette an, die sie dankend annahm. Sie inhalierte den Rauch, stieß ihn halb durch den Mund, halb durch die Nase wieder aus und sagte: „Er hat sich entschuldigt."

„Wie? Der Zängler?"

„Ja."

„Und wofür?"

„Für nichts."

„Wie für nichts?"

„Für nichts. Eben für nichts."

Ignaz Franck lehnte sich zurück und sagte: „Geschickt."

„Ja."

„Und?"

„Ilse und Hildegard meinen, ich soll zu den Franzosen gehen."

„Schwierig. Ihr habt ja nichts in der Hand."

„Den Motorradunfall mit Todesfolge. Dafür wurde er nie verurteilt."

„Wann war der?"

„Vierundvierzig."

„Wahrscheinlich schon verjährt. Und dafür sind deutsche Gerichte zuständig."

„Dann geht wohl gar nichts."

„Davon ist auszugehen. Keine Kriegsverbrechen?"

„Nein. Einfach ein Mitläufer. Ein Trottel, den sie in die Stadtverwaltung gesetzt haben, damit die Dorfkönige schalten und walten konnten, sagte man mir."

„Er müsste eine Dummheit begehen."

„Hildegard und Ilse meinen, wir sollten unsere Kundinnen und Kunden ein wenig aushorchen. Unsere Karteikarten durchgehen und schauen, von wem wir etwas erfahren könnten."

„Davon würde ich mir nicht viel erwarten."

„Und wenn wir sie durcheinanderbringen?"

„Wie?"

„Wir erzählen den einen, was die anderen über Zängler gesagt haben, streuen, falls nötig, noch ein paar Gerüchte ein und schaukeln so das Ganze hoch. Vielleicht kommt dann plötzlich doch was, das man gegen ihn verwenden könnte."

„Vielleicht. Aber dies sind nahezu Gestapomethoden."

„Ja und? Denunzieren sind sie ja gewohnt."

„Na gut, dann versucht es halt."

„Sag mal, warst du schon mal auf dem Säntis?"

„Duzen wir uns jetzt? Schön! Ignaz!"

„Emilie."

„Nein. Ich war noch nie auf einem hohen Berg. Ich kann nicht klettern. Zudem habe ich Höhenangst."

„Es gibt eine Seilbahn."

„Noch schlimmer."

Als Emilie Reber ihre Buchhandlung betrat, fand sie Hannah Arendts „Elemente und Ursprünge totaler Herrschaft" in der Post. Sie strich über den postgelben Schutzumschlag mit den dicken schwarzen Balken, in denen die Titelschrift ausgespart wurde. Ein schönes, ein dickes Buch und wahrscheinlich ein ganz wichtiges Buch, dachte sie und nahm sich vor, es zu Hause in Ruhe anzulesen.

Sie richtete ein paar Bücher in den Regalen neu aus, als sie aus dem Augenwinkel die Frau des Apothekers auf die Ladentüre zusteuern sah. Sie war überrascht, hatte diese Frau noch nie ihre Buchhandlung betreten. Sicher wollte sie ein Taschenbuch, irgend so eine Schmonzette, einen Eheratgeber oder einen Reiseführer. Vielleicht wollte die Frau Apothekerin mal in den Süden fahren. Dabei wusste doch das ganze Städtchen, dass sie solches Zeug nicht führte.

„Guten Morgen, Frau Reber", grüßte die Frau Apothekerin.

„Guten Tag, Frau Apothekerin. Leider weiß ich Ihren richtigen Namen nicht."

„Heberle, ohne Ä."

„Also: Guten Morgen, Frau Heberle. Was kann ich Ihnen empfehlen?"

„Also wissen Sie, was gestern geschehen ist, das möchte ich nie wieder erleben. Das war genauso, wie damals alles angefangen hat. Haben Sie ein Buch, in dem beschrieben ist, wie es so weit kommen konnte? Damit ich es besser verstehe. Vielleicht kann ich dann beim nächsten Mal was tun.“

„Ich kann Ihnen den ‚SS-Staat‘ von Eugen Kogon anbieten. Eine soziologische Studie. Literarisch natürlich Heinrich Manns ‚Der Untertan‘. Spielt zwar im Kaiserreich, zeigt aber im Charakter des Diederich Heßling viele Wesenszüge auf, die zum NS-Staat geführt haben. Die beiden Bücher zusammen könnten dem nahekommen, was Sie suchen.“

„Ist das nicht viel auf einmal? Ich meine, der Mann hat ja über 500 Seiten.“

„Ah, Sie kennen ihn schon?“

„Von außen, sozusagen. Mein Mann wollte nicht, dass ich ihn lese, damals. Schließlich ist er verbrannt worden.“

„Aber darum geht es ja.“

„Ja, Sie haben recht. Man bekommt nichts geschenkt.“

„Schon gar keinen Mann.“

Frau Heberle musste schmunzeln.

Emilie Reber nahm die beiden Bücher aus dem Regal und ging zur Ladentheke, öffnete die Registrierkasse, schaute hoch und fragte ihre Kundin: „Was ist der Zängler eigentlich für einer?“

„Ein Vatersöhnchen, eigentlich ein Dummkopf.

Der Vater hat alles für ihn gemacht, hat ihn in die Verwaltung gesetzt, hat geschaut, dass er auch nach dem Krieg die Stelle behalten konnte – trotz des Unfalls. Die anderen haben es zugelassen, da alle irgendwie vom alten Zängler und seinem Baugeschäft abhängig sind. Und der ist durch den Jungen über alles informiert."

„War er ein Nazi?"

„Der Alte? Nein, der hat sich durchlaviert, arrangiert, mit den Nazis Geschäfte gemacht. Der Junge, ja, anstrengend, trug immer eine Offizierspistole mit sich rum, obwohl er nie in der Wehrmacht war."

„Hat er die abgegeben?"

„Ich weiß es nicht. Kann mir schon vorstellen, dass er die noch hat. Der glaubt auch, Hitler sei nicht tot. Der plane die Rückeroberung. Der war richtig vernarrt in den Hitler, also irgendwie nicht mehr normal."

„Das hat niemanden gestört?"

„Die wenigen schwiegen. Man hatte ihn ja auch gerne. War immer nett, freundlich, und er war ein begnadeter Segler, hatte viele Regatten gewonnen und wäre beinahe zu den olympischen Spielen gefahren. Aber die Nordköpfe aus Hamburg, Kiel und Lübeck haben sich durchgesetzt. Kommen die Manns nicht auch von dort oben? Aus Kiel, oder?"

„Nein und ja. Aus Lübeck."

„Ah. Wie viel kosten die Bücher?"

„Zwölf Mark fünfundzwanzig."

„Das geht ja noch."

„Ja, wenn man bedenkt, was Sie dafür bekommen."

„Ja, danke", sagte Frau Heberle, bezahlte und verabschiedete sich.

Als sie in der Ladentüre stand, ging Emilie Reber ihr hinterher, sie solle ihr doch berichten, wie sie die beiden Bücher fand. Frau Heberle bejahte, und als sie draußen war, nahm Emilie Reber eine leere Karteikarte hervor, notierte „Heberle, Apothekersfrau, 23. 7. 55, Untertan und SS-Staat, könnte was werden, meint, Züngler hätte vielleicht noch eine Pistole".

Zur gleichen Zeit drapierte Ilse der Frau des Steckdosen-Ulli eine verwegene Turmfrisur.

„Weißt du, Ilse, die Reber sollte auch nicht immer so provozieren mit ihren Schaufenstern. Wir wissen ja, was wir angestellt haben. Das reicht doch, oder?"

„Nein. Man kann sich nicht einfach so nach Innen davonmachen. Man muss darüber reden, man muss die Schuld ehrlich eingestehen."

„Ja, aber die meisten haben doch gar nichts getan."

„Hat dein Mann nicht die elektrischen Leitungen im Stollen gezogen? Da muss er doch gesehen haben, was mit den Häftlingen geschehen ist?"

„Wir mussten ja auch überleben … und den Auftrag abzulehnen, wäre zu gefährlich gewesen. Ich habe ihm manchmal einen Apfel für die armen Kerle mitgegeben."

„Hat der alte Zängler den Auftrag gegeben?"

„Nein, die SS … also ich weiß das nicht so genau."

„Aber um den alten Zängler kam niemand herum?"

„Das ist auch heute noch so. Darum kann der junge Zängler Stinkbomben werfen. Das tut mir so leid für euch."

„Hedwig, es ist beinahe zehn Jahre her seit Kriegsende und es ist immer noch genauso, nur weil niemand redet. Ich will, dass sich das ändert. Ich bin jung, ich will Neues, das müsst ihr zulassen. Aber solange noch solche Zänglers frei herumlaufen und machen können, was sie wollen, nur weil alle dazu schweigen, wird es für uns Jungen schwierig, etwas zu ändern. Siehst du das denn nicht?"

„Ja, schon, aber man muss auch nicht gleich alles so heraufprovozieren. Das ginge doch auch anders."

„Ja wie? Spucken, Stinkbomben, Handgranaten?"

„Der hat doch keine. Der hat bestenfalls noch seine Pistole. Die war immer ungeladen, mit der hat er ja nur herumgefuchtelt wie ein Bub beim Indianerspielen."

„So, fertig!"

„Oh, das ist aber schön geworden. Ilse, du bist einfach die Beste!"

Als sie bezahlt hatte und gegangen war, notierte Ilse entnervt auf der Karteikarte der Steckdosen-Hedwig „Dumme Kuh, Pistole".

Hildegard Zahnlaub war gerade dabei, die „Hosenhure" von der Fensterbank zu entfernen, als ein junger

Mann sie scheu fragte, wann sie wieder Ami-Hosen hätte.

„In ein, zwei Wochen, falls die örtliche Post das Paket nicht verschwinden lässt. Der Postmeister gehört ja auch zur Zängler-Seilschaft."

„Nein."

„Nein?"

„Ja. Ich arbeite bei der Post. Der Chef ist in Ordnung."

„Postbote?"

„Nein, in der Verteilung. Die Touren der Boten zusammenstellen. Den Zängler habe ich noch nie gesehen. Ich wüsste also nicht, was der mit der Post zu tun hätte."

„Ja, aber du kennst sie doch?"

„Ich weiß nur, dass der junge Zängler ein guter Segler ist. Als ich in der Hitlerjugend war, hat er uns mal in einem Boot mitgenommen. Das war sehr nett."

„Wie alt warst du damals?"

„Acht. Er war fünfunddreißig. Er hat immer gesagt, wir würden gewinnen. Der Führer habe an vielen Orten Geheimwaffen, auch wenn jetzt Friedrichshafen bombardiert würde. Dafür baue man bei uns nun die Stollen. Was ist denn mit dem Zängler?"

„Er hat wohl diese Schmiererei geschrieben. Wegen den Hosen, die du willst, die die Mädchen wollen."

„Wegen Hosen?"

„Wegen Hosen vom Feind."

„Ich dachte, wir hätten keine Feinde mehr."

„Ja, das gilt aber nicht für alle, wie du siehst."

„Kann ich Ihnen helfen?"

„Lass mal. Aber solltest du etwas hören, was der Zängler so gemacht hat, sag es mir. Ich lege dir eine Ami-Hose beiseite, wenn sie da sind. Aber das weißt du ja vor mir."

„Ich bringe sie dann gleich persönlich vorbei."

„Wohl Größe 36, oder? Wie heißt du?"

„Heiner Meinrad. Ja, 36."

Als sie die Fensterbank sauber geputzt hatte, legte sie eine neue Karteikarte an: „Heini-Meini, jung, scheu, Informant."

„Wir haben einen Dummkopf, einen fils à papa, einen hervorragenden Segler und eine Pistole", eröffnete Emilie Reber die Runde, während sie den mitgebrachten Earl Grey vorsichtig ins Teeei gab und dieses ins heiße Wasser tunkte.

„Und einen Informanten", ergänzte Hildegard Zahnlaub, die wie immer ein Stück Käsekuchen zu Mittag aß.

„Die Pistole, ich habe es einfach notiert, zuerst gar nicht kapiert, aber damit haben wir ihn wohl", meinte Ilse und nippte an ihrer Cola.

„Vielleicht. Es ist auf jeden Fall etwas, aber wir müssen erst herausfinden, ob er sie noch hat", meinte Emilie Reber.

„Der Säger-Willi, der kommt zu mir zum Haareschneiden. Der kennt ihn gut, segelt, glaube ich, auch mit ihm, dem werde ich mal auf den Zahn fühlen."

„Wir müssen ihn provozieren, ihn zur Weißglut bringen."

„Hast du eine Idee, Emilie?"

„Wir dekorieren Schaufenster! Jede von uns gestaltet ein provokantes Schaufenster. Vielleicht geschieht ja was, vielleicht geht er zu weit."

„Wir treiben ihn dazu. Ich weiß, was ich ins Schaufenster hänge, ha, gleich morgen!"

„Warte noch, Ilse. Erstens brauche ich noch eine Idee und zweitens denke ich, dass wir ihn in Sicherheit wiegen sollten: Er muss denken, sein Anschlag hätte gereicht. So vierzehn Tage oder so", meinte Hildegard Zahnlaub.

„Hildegard hat recht. Er soll denken, wir hätten die Warnung verstanden."

Die nächsten vierzehn Tage vertiefte sich Emilie Reber in die „Elemente und Ursprünge totaler Herrschaft", nutzte jede freie Minute, sagte sogar den Donnerstag bei Felchen und Chablis ab, unterstrich, markierte und fügte Randbemerkungen an, bestellte vier weitere Exemplare, schenkte Ilse, Ignaz Franck und Hildegard Zahnlaub je ein Exemplar und behielt eines für den Verkauf zurück.

Meist saß Ignaz Franck in seiner Ecke der Leihbibliothek und schrieb an seinen Werbetexten, vielleicht auch an einer neuen Filmidee. Manchmal brachte Emilie Reber ihm Tee, manchmal setzte er für sie Tee auf, wobei er die strikten Regeln, die sie ihn gelehrt hatte, penibel einhielt: ein gehäufter Teelöffel pro dünnwandiger Porzellantasse, das Wasser nach dem Kochen genau eine Minute stehen lassen, das Teeei damit übergießen und exakt drei Minuten ziehen lassen.

Jeweils um vier Uhr nachmittags schloss sie die Buchhandlung für eine halbe Stunde, dann setzten sie sich auf ihre Bank am See, rauchten und redeten über das Buch von Hannah Arendt, wobei es überwiegend Emilie Reber war, die Ignaz Franck zu Arendts Analysen des Antisemitismus befragte.

„Waren die Juden wirklich immer so apolitisch, wie die Arendt schreibt", fragte sie Ignaz Franck und klaubte eine Zigarette aus der hingehaltenen Schachtel.

„Ich denke schon", antwortete Ignaz Franck und gab ihr Feuer von seinem Zippo. „Wir waren ja immer auf den Schutz der jeweiligen Macht angewiesen. Da muss man das Maul halten. Die einzige Möglichkeit, Politik zu machen, war über Kredite. Wir mussten stets vorsichtig sein. Wir blieben über Tausende von Jahren ein eigener Körper im Körper, egal, ob bei den Christen oder den Moslems. Wurde es dem Wirt zu viel, wurde aus einem Nutztier ein Parasit, und der Parasit wurde vernichtet. Vor allem, wenn der Wirt nicht mehr zurückbezahlbare Schulden beim Parasiten hatte oder unter der Zinslast zusammenzubrechen drohte."

„Arendt meint, darum hätten die Juden das Unheil durch Hitler auch nicht heraufziehen sehen?"

„Seit den Pogromen im Spätmittelalter und dem Rausschmiss aus Spanien ließ man uns mehr oder weniger in Ruhe. Man arrangierte sich, und durch den Ersten Weltkrieg haben wir auch das Gefühl bekommen, wir seien jetzt ein gleichberechtigter Bestandteil der Gesellschaft. Mann, haben wir uns getäuscht!"

„Du hast es vorausgesehen?"

„So nicht, aber dass es immer ungemütlicher werden würde, das sah ich schon kommen. Als dann die ersten Berufskollegen von mir Abstand nahmen, weil ich Jude war, wusste ich, es wird Zeit zu gehen."

„Fühlst du dich jetzt sicher?"

„Was heißt schon sicher? Ich gehöre seit meiner Geburt einem Volk an, das euren Messias getötet hat, obwohl er einer von uns war, das Brunnen vergiftet, die weltweiten Finanzströme kontrolliert, die Weltherrschaft anstrebt und überhaupt nur Böses will. Wie und wo kann man sich da sicher sein? Es ist egal, wo ein Jude ist. Ich bin hier, weil ich schreibe und dies nur in meiner Muttersprache kann."

„Schweiz? Österreich?"

„Dort spricht man nicht Deutsch."

*

Am Morgen des 15. September 1955, auf den Tag genau zwanzig Jahre nach dem Beschluss der Nürnberger Rassengesetze, stellte Emilie Reber in die Mitte des Schaufensters Hannah Arendts „Elemente und Ursprünge totaler Herrschaft“ und ordnete kreisförmig um dieses Buch „Die Moorsoldaten“ und „Der SS-Staat“, Zenon Rozanskis „Mützen ab ... Eine Reportage aus der Strafkompanie des KZ Auschwitz“, „Die Stärkeren. Ein Bericht aus Auschwitz und anderen Konzentrationslagern“ von Hermann Langbein sowie Carl Laszlos „Ferien am Waldsee. Erinnerungen eines Überlebenden“, das sie erst vorgestern von einem Freund erhalten hatte, an. Der Autor hat es im Eigenverlag herausgegeben und beschreibt das Grauen des KZ-Alltags teilweise in der Form der Groteske. Ein schonungsloser Bericht über menschliche Abgründe. Eigentlich ein wunderbares Buch, das wahrscheinlich nur wenige Leser finden wird, die Verständnis für diesen literarischen Umgang mit der Entsetzlichkeit zeigen werden. Und noch weniger in dieser Kleinstadt, dachte sie.

An die Scheibe klebte sie Fotografien von Leichenbergen und ausgemergelten Überlebenden, die britische Soldaten nach der Befreiung des KZ Bergen-Belsen gemacht haben. Dazu schrieb sie in großen Buchstaben: *Schweigen macht nichts ungeschehen. Nur darüber reden kann die Qualen Eurer Schuld lindern. Besucht die Gedenkstätte KZ Bergen-Belsen. Sie wird Eure Zungen lösen.*

Ilse steckte zwei helle männliche Frisierköpfe auf Schneiderbüsten. Der eine Kopf bekam eine schwarzhaarige Perücke mit der Seitenscheitelfrisur Hitlers. Der andere Kopf eine Perücke mit einem Haarschnitt, wie ihn James Dean in „Jenseits von Eden“ oder Marlon Brando in „Endstation Sehnsucht“ trugen. Dazu kleidete sie die Büste mit einem Unterleibchen, wie Brando es im Film anhatte. Unter die Hitlerbüste schrieb sie: „Ihr wollt nicht darüber reden?“ Und unter die Brando-Büste: „Aber wir wollen darüber reden!“ Und in der Mitte der beiden Büsten stand in roter Schrift: „Redet darüber. Euer Schweigen stiehlt unsere Zukunft.“

Hildegard Zahnlaub drapierte ein Hemdchen, „hauchdünn, durchsichtig, raffiniert mit Spitze durchbrochen“, einen schwarzen, ebenfalls durchsichtigen Büstenhalter, eine Büstenhebe, „brustfrei“, sowie einen schwarzen, transparenten Spitzenschlüpfer, „für die verwöhntesten Ansprüche“ der Linie „Parisienne“, aus dem Beate-Uhse-Katalog zu einem gewagten Ensemble. Dazu legte sie die letzten drei Beate-Uhse-Kataloge sowie unter anderem „Frau Müller will sich scheiden lassen“, das Buch „Wenn Menschen reif zur Liebe werden“ von Adele Holden und „Schule der Liebe“ von Diotima auf den Schaufensterboden. Auf einen Karton schrieb sie: „Auch da wird nur geschwiegen. Frauen tut etwas für euch, nicht für die Männer. Davon hatten wir genug!“

Das Städtchen reagierte auf Emilie Rebers Schaufenster mit Schweigen. Die Ablehnung äußerte sich dadurch, dass kein einziger Kunde ihre Buchhandlung betrat.

Anders bei Hildegard Zahnlaub: Da blieb eine ungewohnte Anzahl alter Männer vor ihrer Auslage stehen, um sich dann doch kopfschüttelnd und unter abschätzigen Kommentaren davonzumachen. Dagegen meinte der junge Mann von der Post, der seine Ami-Hose abholen kam, so etwas habe er noch nie gesehen, er dachte, dies sei verboten, diese Schriften in dem Schaufenster.

„Ich verkaufe sie ja nicht“, gab ihm Hildegard Zahnlaub zu verstehen. „Hast du ein Mädchen?“

„Nein, leider noch nicht. Aber vielleicht hilft ja die Ami-Hose.“

Hildegard Zahnlaub musste schmunzeln. „Wenn du ein Mädchen hast, lies eines dieser Bücher oder eine dieser Schriften. Schaden kann es sicher nicht, im Gegenteil.“

„Zuerst die Ami-Hose. Das wird ja auch nicht schaden. Kann ich sie gleich anziehen?“

„Geh nach hinten in die Schneiderei.“

Als er wieder in den Verkaufsraum kam, sich vor den Spiegel stellte und die Ami-Hose an seinen Beinen sah, musste er sogar eine Träne verdrücken.

„Die passt perfekt“, sagte Hildegard Zahnlaub. „Dreh dich mal um. Ja, so findest du sicher ein Mädchen.“

„Ich behalte sie gleich an.“

„Hast du etwas von den Zänglers gehört?“

„Nein. Die mischen sich nicht in die Post ein."

„Gut. Die Hose kostet 45 Mark, ich gebe sie dir für 40. Gut?"

„So teuer?"

„Die kommen direkt aus Amerika. Schon allein der Transport … aber du weißt ja, wie teuer die Tarife sind."

„Aber dafür arbeite ich ja fast eine Woche."

„38 Mark. Sonst musst du sie wieder ausziehen."

„Nein, nein! Zwanzig habe ich dabei, den Rest bringe ich morgen. Geht das?"

„Ja."

„Haben Sie auch diese Unterleibchen, so eines wie bei Ilse im Schaufenster hängt?"

„Noch nicht. Aber ich sage dir, wenn ich welche habe."

„Sind die auch so teuer?"

„Nein, aber auch die sind original aus Amerika. Das ist keine Deutschware."

„Ja, dann muss ich sparen."

„Und wenn du ein Mädchen hast, doppelt so viel", lachte Hildegard Zahnlaub und öffnete ihm die Ladentür.

Als sie wie gewöhnlich zu Mittag ihren Käsekuchen aß, setzte sich eine Frau in den Spätdreißigern zu ihr und fragte sie, ob man diese Beate-Uhse-Schriften bei ihr kaufen könne. Die Reber führe ja so was wohl nicht.

„Nein, die kann man nicht kaufen. Aber man kann sie bestellen. Die kommen dann versiegelt per Post."

„Nach Hause?“

„Ja.

„Aha. Nun …“

„Ist das ein Problem?“

„Nun … ja, oder es gäbe Probleme.“

„Ja, aber dafür sind die Schriften nun mal da. Sonst kommen wir nicht weiter.“

„Schon, aber … ich meine, vielleicht, vielleicht könnten Sie für mich die Schriften bestellen? Natürlich nur, wenn es keine großen Umstände bereitet. Ich würde Ihnen auch etwas dafür bezahlen. Eine Mark?“

„Nun, ich kann das schon machen.“

„Gingen auch drei?“

„Für Sie?“

„Ja, nein, noch je eine für Freundinnen von mir. Die wollen auch mehr wissen.“

„Und zahlen auch je eine Mark?“

„Aber selbstverständlich.“

„Gut, schreiben Sie mir doch die Namen auf einen Zettel, so kommen die Schriften nicht in falsche Hände.“

Zurück in ihrer Boutique eröffnete sie drei neue Karteikarten. Bis zum Ladenschluss kamen noch vier dazu. Alle trugen den Titel „Auf der Suche nach Liebe“. Und die Büstenhebe war auch verkauft.

Ilses James-Dean-/Marlon-Brando-Büste brachte ihr sechs Neuanmeldungen von jungen Burschen ein, welche die Frisur von Dean wollten, und von drei Mädchen, welche sich die genau gleichen Stirnfransen wie Julie Harris in „Jenseits von Eden" wünschten. Und ob sie auch den gleichen Haarreifen besorgen könne. Auf deren Karteikarten schrieb sie: „Zukunft!"

Da Emilie Reber keine neuen Karteikarten zu beschreiben hatte, setzte sie sich zu Ignaz Franck, um eine Zigarette zu rauchen. Der See war aufgewühlt, vom anderen Ufer rollten leise, von den Wellen gebrochene Donner herüber und über dem Säntis war ein starkes Wetterleuchten zu sehen. Ignaz Francks Zippo bewährte sich im aufkommenden Wind, Emilie Reber konnte ihre Zigarette an dessen Flamme entzünden.

„Es geht nichts über the original windproof lighter", lachte Ignaz Franck. „Sogar die Regengötter benutzen ihn."

„US Army! Unsere Rettung, nicht?"

„Wohl ein bisschen schlagkräftiger wie ihr Franzosen."

„Dafür waren wir politisch geschickter, sonst wären wir jetzt nicht hier", konterte Emilie Reber.

„Dafür weniger geschäftstüchtig. Schau dir die Mädels an; denen rennen sie die Bude ein."

„Literatur ist kein Haarschnitt und schon gar keine Aufklärungsschrift."

„Kant?"

„Philosoph."

„Rousseau?"

„Halb halb. Mehr Philosoph."

„Lessing?“

„Gut, dann sind es Aufklärungskataloge. Schließlich wird auch alles Mögliche in deren Wälzern verkauft.“

„Schon mal hineingeschaut?“

„Lessing ja, Kant angelesen, Rousseau nein, aber man weiß ja ungefähr, was drin steht. Jetzt wäre es ungemütlich auf dem Säntis. Siehst du?“

„Ja, es blitzt. Noch grausiger.“

„Meinst du, er lässt sich provozieren?“

„Ihr habt dick aufgetragen. Wenn er versteht, welches Buch du da von der Arendt hineingestellt hast, dann kann er in der Tat durchdrehen.“

„Und die Hitlerbüste von Ilse? Er soll fast ein Liebesverhältnis zu ihm gehabt haben.“

„Woher weißt du das?“

„Hat mir eine Kundin erzählt. Das kann ihn treffen.“

„Der James Dean wohl nicht.“

„Kann auch kein Vaterersatz sein.“

„Aber vielleicht würde er sich in der Rolle des Caleb wiederfinden.“

„Das Gewitter kommt näher. Ich muss zurück in die Buchhandlung.“

„Warten wir die Nacht ab.“

„Ich schlafe in der Buchhandlung. Ich werde meine Kamera und den Blitz installieren. Vielleicht erwische ich ihn, wenn er die Scheibe einschlägt.“

„Soll ich bei dir bleiben?“

„Ja, da würde ich mich schon sicherer fühlen, falls der mit seiner Stinkbombe durchdreht."

In der ersten Nacht geschah nichts. Die Kleinstädter stellten erstaunt fest, dass das Taxi mit Emilie Reber am Morgen den Hügel hinauf und nicht hinunterfuhr. Auch in den zwei darauffolgenden Nächten geschah nichts, derweil Hildegard Zahnlaub Katalog- um Katalogbestellung an den Beate-Uhse-Versand in Flensburg sendete sowie für ihre Kundinnen Negligés, Aufklärungsbücher und Pessare bestellte. Aus der anfänglichen Scham, Zahnlaubs Boutique zu betreten, wurde ein versteckt freudiges „Du auch!", wenn sich die Frauen die Klinke in die Hand gaben.

Sie mischten sich mit jungen Mädchen, die Ami-Hosen wollten, und Burschen, die auch schon mal verstohlen fragten, ob man wirklich Kondome bei ihr bestellen könnte, da, wenn sie in die Apotheken gingen, gleich das ganze Städtchen wusste, was kerngesunde junge Männer dort wohl kauften.

Wenn dies so weitergehe, werde sie mal in Flensburg anrufen, ob sich mit den Konditionen etwas machen ließe, immerhin bestelle sie ja für das halbe Städtchen und sein Umland.

Ilse schnitt James-Dean- und Julie-Harris-Frisuren noch und noch, bis die gesamte Kleinstadt-Jugend, die sich rebellisch geben wollte, im „Jenseits von Eden"-Look daherkam.

Ein Hauch einer neuen Zeit zog durch die Gassen des Städtchens mit den unzähligen Repliken der von den Halbstarken und Backfischen angehimmelten amerikanischen Filmstars. Der amerikanische Soldatensender AFN lieferte den neuen Sound dazu: Rock 'n' Roll. Das war Leben, weg mit Gehorsam und Sittsamkeit. Weg mit der Muffigkeit und dem Spießertum. Körper und Adrenalin, schnell und wild. Und vor allem laut. So laut, dass sie das Schweigen der Alten zu übertönen vermochten.

Die Jugendlichen zeigten Selbstvertrauen, gaben den Erwachsenen zu verstehen, dass sie genug von Gefügigkeit, Mief und Druck hatten, dass sie auf keinen Fall so leben wollten wie sie, sondern befreit vom Albdruck des Nachgangs des Tausendjährigen Reichs.

Sie misstrauten ihren Eltern, trauten ihnen, provoziert durch ihr Schweigen, mehr und mehr zu: vom Wunsch, den Führer wieder zurückhaben zu wollen, der versteckten Sehnsucht nach dem Herrenmenschentum bis zur Revanche und der Alltäglichkeit der damit einhergehenden Gräueltaten.

Nach außen war niemand dabei gewesen, hatte niemand die Nazis gewählt, hatte niemand die KZ-Häftlinge bespuckt, wenn sie frühmorgens durch das Städtchen zum Stollen gegangen waren. Aber hinter verschlossenen Türen, am Mittagstisch, nach dem Jammern über die zu dünne Suppe wurden die guten alten Zeiten beschworen, als noch eine klare

Ordnung herrschte und das Land wusste, wem es zu folgen hatte. Das Gleiche im Jachtclub, im Turnverein oder im Fußballclub. Man versteckte die Revanchegelüste hinter einer Fassade der Biederkeit.

Der Rock 'n' Roll war eine glimmende Zündschnur, die zu einer Explosion zwischen den Generationen führen würde.

„Du musst Rebellenliteratur führen", sagte Hildegard Zahnlaub zu Emilie Reber, die ihr Teeei ins heiße Wasser tunkte. „Dann kommen die Jungen auch zu dir."

„Ich führe Schiller, Büchner, Heine, Hesse, Brecht, Marx, Engels, sogar Bakunin findest du im Antiquariat. Auch den ‚Trotzkopf' oder ‚Effi Briest', und in Thomas Manns ‚Buddenbrooks' kommen auch Rebellen vor."

„Das ist nicht, was die Jungen wollen", sagte Ilse. „Die wollen die Bücher zu den Filmen ‚Jenseits von Eden', ‚Endstation Sehnsucht', ‚Früchte des Zorns' oder ‚Der Wilde'."

„‚Früchte des Zorns' führe ich, und ‚Der Wilde' ist kein Buch, Ilse."

„Aber du weißt, was ich meine. Die alten Kamellen sind keine wahre Rebellion. Es sind die Amis, die zeigen, was Rebellion ist."

„Ich werde es mir überlegen."

„Tu das und überlege, ob du nicht auch ein paar Ratgeber ins Sortiment aufnehmen willst. Freud hilft da nicht weiter, der Kinsey-Report zeigt, was alle bereits tun, aber die Leute wollen Handfesteres, die brauchen Anleitungen, vor allem wir Frauen. Emilie, die reißen mir die Beate-Uhse-Kataloge aus den Händen!", sagte Hildegard Zahnlaub.

„Jetzt reicht's aber! Denkt ihr, ich lasse mir von euch in mein Sortiment dreinreden? Ich führe Literatur, Literatur, versteht ihr?! Und außer Philosophie kommt mir nichts anderes ins Haus!"

Hildegard Zahnlaub stach die Gabel in ihren Käsekuchen. Ilse trank von ihrer Cola und schaute auf den See.

„Wenn ihr das mit Rebellion gleichsetzt, dann bitte, aber nicht mit mir! Rebellion kommt aus der Philosophie und der Literatur und nicht aus amerikanischen Filmen oder irgendwelchen Aufklärungsblättchen."

Hildegard Zahnlaub legte die Gabel auf den Teller und sagte bestimmt: „Ich glaube, da liegst du falsch. Viele sind mit ihren Vorstellungen, wie man zu sein hat, in der Kaiserzeit stecken geblieben. Die wird jetzt verklärt, weil das Dritte Reich ja nicht die gute alte Zeit sein kann. Aber die Jungen, ich inklusive, wollen das nicht mehr, weder das eine noch das andere. Nie mehr, nie mehr, nie mehr! Das ändert sich nicht mit gescheiten Büchern, das ändert sich mit Leben, mit Liebe, mit Freiheit in den Köpfen, in den Gefühlen. Dazu brauchen wir aber Anleitungen, weil wir dies nie gelernt haben unter der Glocke von Kaiser, Führer, Vaterland. Also gib uns diese Anleitungen, Emilie."

„Du machst das ja schon", entgegnete Emilie Reber unwirsch.

„Aber es hätte noch mehr Wirkung, wenn du dies tun würdest", schaltete sich Ilse ein. „Und du hättest neue Kundschaft, junge Kundschaft. Gut fürs Geschäft. Frag Igi, der versteht was davon, der war in Amerika."

Hildegard Zahnlaub wollte noch etwas hinzufügen, verzichtete aber darauf und aß den Kuchen fertig.

Ilse legte das Geld für die Cola auf den Tisch, „Die Kundschaft ruft", und verabschiedete sich. Emilie Reber sah auf den See, der ihr aber keine Antworten gab.

Als sie das Café verließ, setzte sie ihre Aufregung in einen ziellosen Marsch durch das Städtchen um: hinauf, hinab, quer durch die alten Gassen und nochmals zurück. Letztlich landete sie bei Ignaz Franck auf der Parkbank, schnorrte sich von ihm eine Zigarette, zog den Rauch in die Lungenspitzen ein und schwieg.

„Schlafen wir heute wieder in der Buchhandlung?", fragte Ignaz Franck nach einer Weile.

„Aber sicher, wo denkst du hin?! Ich gebe nicht auf. Der kommt noch, da bin ich sicher."

„Bei Ilse und Hildegard läuft es gut, nicht?"

„Ja. Sie haben den Nerv der Jugend und den Unterleib der Frauen getroffen."

„Wie?"

„Ja, du hast richtig gehört. Sie sagten mir, ich solle Rebellenromane führen."

„Aber das ist keine Literatur, hast du geantwortet, nehme ich an."

„Ist es auch nicht. Nichts für mich."

„Und Taschenbücher?"

„Ach!"

„Du kannst nicht einfach stehen bleiben. Denkst du diese Jugend würde Goethe, von Eichendorff, Droste-Hülshoff oder gar Mann lesen, wenn sie nicht müsste. Die Jungen wollen Schnelleres, mehr Filmisches."

„Sag's doch: Amerikaner!"

„Ja, Ami-Hosen, schnelle Musik, schnelle Autos und Motorräder, alles, was wild sein könnte."

„In schnellen Büchern – Taschenbüchern."

„So ist es. Du bleibst bei deinen leinengebundenen Klassikern, und die mit den Kartoneinbänden sausen an dir vorbei. Und mit ihnen das Geschäft und deine zukünftige Kundschaft."

„Leinen ist beständiger als Karton."

„Ja, trotzdem, ich denke, ein wenig Öffnung von deiner Seite würde der Sache guttun."

„Welcher Sache?"

„Dem Kampf gegen das Schweigen, gegen den klebrigen Staub der alten Geister in den Köpfen und Gemütern der Menschen hier. Dazu brauchst du die Jungen, die Unschuldigen. Die wollen Neues, das Alte ist sowieso Schulstoff. Gib es ihnen. Die Manns werden sie dann schon noch lesen."

„Warum bin ich in dieses Land zurückgekehrt? Warum du? Wegen der Sprache, wegen der Literatur. Du kannst nicht mal schreiben, wenn du nicht die wichtigsten Werke der Deutschen Literatur um dich hast. Wir kamen zurück wegen der Sprache. Oder?“

„Ja.“

„Und jetzt soll ich neue Amerikaner in Dünndruck und Taschenbuch führen, nur weil die Jungen von Filmsternchen, Ami-Hosen und großen Autos träumen?“

„Sie sehnen sich nach Neuem. Die Amerikaner haben das Neue, sie sind das Neue. Das Neue ist leicht, unbeschwert. Sie sind die Sieger, die Guten. Wer will schon den Bösen folgen? Und wenn es die eigenen Eltern sind, dann wird es ganz schwierig. Sie wollen neue Vorbilder. In Ami-Hosen, großen Autos, auf der Leinwand und in Büchern. Die Deutsche Literatur wird das noch lange nicht bieten können, die wird noch Jahrzehnte mit der Vergangenheit beschäftigt sein.“

„Möglicherweise hast du recht. Zumindest, was die Deutsche Literatur betrifft.“

„Sie wird schwer bleiben, und das Leichte wird verpönt sein. Wirst sehen.“

„Ilse und Hildegard haben mir auch gesagt, ich solle Aufklärungsschriften führen.“

„Aufklärungsschriften?“

„Ja, für Frauen. Der Hildegard rennen sie die Boutique wegen der Beate-Uhse-Kataloge ein.“

„Ami-Hosen und Aufklärungsschriften sind eine großartige Mischung. Kein Wunder."

„Und Dessous. Aus der Linie ‚Parisienne', mein Gott."

Ignaz Franck lachte.

„Nein. Aber ist doch wahr. Gib mir noch eine Zigarette."

Ignaz Franck hielt ihr die Schachtel hin und gab ihr Feuer.

„Was schreibst du eigentlich die ganze Zeit bei mir? So lange sind die Reklametexte wohl nicht", fragte sie nach dem zweiten Zug und einem sehnsüchtigen Blick über den See. Ein Graureiher stand am Ufer und äugte nach Beute.

„Willst du es wirklich wissen?"

„So schlimm?"

Ignaz Franck holte tief Luft und sagte leise: „‚Romane der Leidenschaft', ‚Liebe und Melodie', ‚Diamant-Romane'."

„Bückware?"

„Bückware!"

„Unter der Ladentheke?"

„Nur für Erwachsene!"

Emilie Reber stand brüsk auf und ging zur Ufermauer. Der Graureiher flog hastig davon. Sie ging ein paar stramme Schritte nach links, ein paar energische Schritte nach rechts, blieb stehen und schüttelte den Kopf.

„Von irgendetwas muss ich ja leben", rief ihr Ignaz

Franck zu, „ich kann keine Filme schreiben wie ‚Die Försterbuben', ‚Zwei blaue Augen', ‚Vatertag' oder ‚Dumbo, der fliegende Elefant'."

Emilie Reber drehte sich schlagartig zu ihm um: „Weißt du eigentlich, dass es für eine Buchhändlerin nichts Schändlicheres gibt als Bückware? Ich dachte, du liebst die Literatur."

„Tue ich auch. Sonst könnte ich diese Geschichten gar nicht schreiben."

„Ha, wo soll da die Literatur sein? Adeliges Fräulein schmachtet für wilden Gärtnerburschen, und am Ende wird's gewittrig."

„Im Kopf des Lesers."

„Du verwechselst wohl den Kopf mit den Lenden."

„Nein. Ohne Kopf tut sich in den Lenden nichts. Vor allem bei Frauen."

„Woher willst du das wissen?"

„Achtzig Prozent meiner Leserschaft sind Leserinnen. Kannst nachfragen, Meinungsinstitut Allensbach, gleich hier um die Ecke. Frauen lesen auch mehr Taschenbücher, lesen überhaupt mehr."

Emilie Reber ging zügigen Schrittes nach links, drehte um, ging an der Parkbank vorbei, drehte wieder um, ging bis knapp auf die Höhe von Ignaz Franck, lehnte sich über die Kaimauer und schaute auf das Wasser. Es war ruhig, der Wellenschlag kaum wahrzunehmen, kein Kräuseln, kein Schäumchen. Was wäre, wenn der See vollkommen regungslos wäre? Wenn jede Bewegung erstarrt wäre? Wäre der daraus entstehende

Sog so stark, dass er die Seelenblindheit der Kriegsgeneration in sich hinabsaugen würde, sodass sie einfach weg wäre und auf diese Weise Platz für die Unschuld machen würde? Wäre es das, was sie wollte? Mit ihrer Buchhandlung, mit ihrem Sortiment, mit ihren Mitstreiterinnen? Oder wollte sie, dass die Verstummten dablieben? Sich veränderten, Fragen stellten, dank ihrer Bücher, dank ihrer Literatur?

Ignaz Franck hatte sich unbemerkt neben sie gestellt.

„Was wäre, wenn der See erstarren würde, Ignaz?"

„Es wäre der Tod."

*

„Sie haben in Kauf genommen, jemanden zu töten, Herr Zängler."

„Nein, das habe ich nicht. Ich wollte niemanden umbringen."

„Wäre das Buch nicht gewesen, wäre wohl einer der beiden, die hinter der Schaufensterrückwand geschlafen haben, tot."

„Euer Ehren", Fritz Zängler wandte sich vom Staatsanwalt ab und direkt an den Richter, „ich wollte niemanden umbringen. Ich wollte nur ein Zeichen setzen. Ich wollte in das Buch schießen, dass sehen Sie auch an meiner Schusshaltung. Ich habe auf das Buch gezielt."

„Mit einer Wehrmachtspistole, die Sie nach dem Krieg hätten abgeben müssen. Euer Ehren, dies kommt strafverschärfend hinzu“, sprach der Staatsanwalt zum Richter.

„Nun denn, Herr Zängler, warum wollten Sie denn ein Zeichen setzen? Ein Zeichen wofür?“

„Ja ein Zeichen halt.“

„Ein Zeichen wofür? Waren die Buttersäureanschläge nicht schon Zeichen genug?“

„Ich habe mich dafür entschuldigt.“

„Euer Ehren, ich halte fest, soeben hat der Angeklagte zugegeben, die Buttersäureanschläge verübt zu haben.“

„Herr Zängler“, drehte sich der Richter zu dem Angeklagten, „ist dem so?“

Zängler schwieg.

„Herr Zängler!“, zischte der Richter scharf.

Zängler nickte.

Im Zuschauerbereich flüsterte Ilse Emilie Reber „Sagt ich's doch!“ ins Ohr.

„Können Sie das mit einem deutlichen Ja bestätigen.“

„Ja.“

„Herr Zängler“, übernahm der Staatsanwalt wieder das Wort, „Sie wollten ein Zeichen setzen. Ein Zeichen wofür?“

„Ich weiß nicht. Aber so geht das einfach nicht. Ich meine, seit die Frau Reber vor acht Jahren die Buchhandlung aufgemacht hat, bringt sie nur so KZ-

Zeugs. Es war nicht alles schlecht in Deutschland, und dann war halt Krieg. Und Krieg ist Krieg."

„Und da wollten Sie ein Zeichen setzen für das, was nicht schlecht war in Deutschland?"

„Ja. Auch im Namen vieler, die auch nicht alles schlecht fanden."

„Was fanden Sie denn nicht schlecht?"

„Es gab Arbeit, olympische Spiele, das Land bekam eine Richtung."

„Und die Judenverfolgung? Die Millionen Toten?"

„Wir hatten auch viele Tote. Allein in Friedrichshafen waren es 130 Opfer. Der Feind hat mit Absicht Wohnquartiere bombardiert."

„Herr Zängler, Ihnen ist schon klar, welchen Vergleich Sie da ziehen?"

„Ich will nur sagen, wir hatten auch unsere Opfer. Und hätte der Pole …"

„Bitte, Herr Zängler, das kann doch nicht Ihr Ernst sein?"

„Ja, aber es war so. Wir wollten nie den Krieg. Der Krieg war an allem schuld."

„Also, wenn ich Sie richtig verstehe, dann wollten Sie ein Zeichen gegen den Krieg setzen?"

„Wenn Sie so wollen. Die Frau Reber hat ja immer nur Schaufenster, die das zeigen, was der Krieg verursacht hat. Aber niemand wollte den Krieg. Also ist es ungerecht, wenn man uns etwas vor die Nase hält, was wir gar nicht wollten."

Im Zuschauerbereich nickten ein paar Menschen

zustimmend. Hildegard Zahnlaub notierte sich versteckt die Namen der Beipflichtenden.

„Und darum haben Sie ins Schaufenster, in das Buch von Hannah Arendt geschossen?"

„Ich wurde von dem Blitz geblendet. Ich wollte eigentlich in den Boden des Schaufensters schießen, um niemanden zu verletzen."

„Das Foto zeigt aber etwas anderes. Man sieht es an der Körperhaltung, wie Sie selbst gesagt haben."

„Ich musste ja sicher sein, dass ich niemanden treffe. Aber wie gesagt, der Blitz."

„Auf dem Foto sieht es aber so aus, als wollten Sie in das Buch schießen. Wissen Sie, was in dem Buch steht? Wer Hannah Arendt ist?"

„Nun ja, sie ist eine Jü…, eine Amerikanerin. Hat man mir gesagt."

„Hätten Sie auch auf das Buch geschossen, wenn die Autorin keine Jüdin wäre?"

„Ich wollte ja nicht das Buch treffen. Ich habe ja gesagt, der Blitz war so grell, ich bin erschrocken, darum habe ich das Buch getroffen."

„Haben Sie das Buch gelesen?"

„Das ist zu dick für mich."

Emilie Reber schaute zur Decke hoch.

„Wechseln wir zu den zwei anderen Tatorten: Warum haben Sie auf die Büste im Friseursalon geschossen? Warum in jene mit der Frisur des amerikanischen Schauspielers James Dean?"

„Ja, hätte ich auf die andere schießen sollen?"

„Euer Ehren, ich weise darauf hin, dass der Angeklagte auch in die anderen Schaufenster geschossen hat."

„Angeklagter, ist das so?", wendete sich der Richter an Zängler.

„Ja, die gehören ja alle zusammen."

„Fahren Sie fort, Herr Staatsanwalt", forderte der Richter den Staatsanwalt auf.

„Herr Zängler, nochmals meine Frage: Warum haben Sie auf die Schauspielerbüste und nicht auf jene mit der Hitlerfrisur geschossen?"

„Weil es eine unanständige Frisur ist. Das ist aufrührerisch. Sehen Sie sich nur die Filme an."

„Welche Filme?"

„Der von ‚Eden' zum Beispiel oder ‚Endstation Sehnsucht'. Schon allein dieser Titel."

„Haben Sie einen dieser Filme gesehen?"

„Nein, aber ich habe in Konstanz ein Plakat gesehen. Da weiß man Bescheid."

„Und warum haben Sie in das Schaufenster des Kleiderladens geschossen? Auch in ein Buch, in die ‚Schule der Liebe'."

„Weil das alles zusammengehört. Verstehen Sie denn nicht, es gehört alles zusammen, es ist nicht unsere Sitte. Ohne Sitte fällt alles auseinander. Ohne Sitte werden wir es nie schaffen", antwortete Zängler verzweifelt.

„Was schaffen?"

„Dorthin zu gelangen, wo wir, wo Deutschland hingehört."

„Wir sind Fußballweltmeister. Das dürfte mal reichen."

Ignaz Franck konnte sich ein Grinsen nicht verkneifen, ja klatschte sogar. Emilie Reber schaute ihn verwundert an, derweil Ilse und Hildegard Zahnlaub ebenfalls zu klatschen begannen. Der Richter rief sofort zu „Ruhe im Saal" auf und wandte sich an den Staatsanwalt: „Fahren Sie fort."

„Herr Zängler, ich habe nur noch wenige Fragen: Waren Sie im Krieg?"

„Ich habe meinen Dienst an der Heimatfront geleistet. Ich habe hier die Dinge zusammengehalten."

„Aber Sie waren doch ein gesunder junger Mann?"

„Ich bin gehbehindert."

„Aber erst seit dem Motorradunfall mit Todesfolge 1944, oder?"

„Ich hatte 1934 einen Segelunfall."

„Der hat Sie aber nicht daran gehindert, die Qualifikation für die deutsche Olympiaauswahl zu segeln."

„Ich habe es nicht geschafft. Wegen dem Bein."

„Herr Zängler, Sie lügen. Sie waren kerngesund. Das geht aus den Akten hervor. Sie mussten nicht an die Front, da Sie von Ihrem Vater und seinen Beziehungen protegiert wurden. Das ist die Wahrheit. Und die Wahrheit ist auch, dass Sie wegen des Motorradunfalls mit Todesfolge infolge erhöhtem Alkoholkonsums versucht haben, über Ihren Vater und seine Beziehungen in der Partei den Prozess zu verhindern.

Aber das funktionierte nicht, denn dummerweise war die Getötete die Führerin des Frauenbundes der Region und ihr Freund ein hohes Parteitier. Ist doch so, Herr Zängler?"

„Einspruch, Euer Ehren", meldete sich zum ersten Mal Zänglers Verteidiger, „der Motorradunfall ist nicht Gegenstand dieses Prozesses."

„Einspruch stattgegeben. Noch Fragen, Herr Staatsanwalt?"

„Nein. Ich bleibe beim beantragten Strafmaß von sieben Jahren Gefängnis wegen wiederholter Sachbeschädigung, Schusswaffengebrauch mit möglicher Todesfolge sowie über zehn Jahre langen unerlaubten Besitzes einer Waffe aus alten Wehrmachtsbeständen. Danke, Euer Ehren."

Das Urteil, sechs Jahre unbedingt, wurde von den Bewohnern der Kleinstadt unterschiedlich aufgenommen: Die einen betrachteten es als eine gerechte Strafe, wobei viele von ihnen auch Genugtuung darüber empfanden, dass das Strafmaß auch wegen Zänglers Versuche, nach dem Motorradunfall mithilfe der Partei straffrei zu bleiben, hoch ausfiel. Andere zeigten unverhohlene Schadenfreude darüber, dass den Zänglers endlich mal die Grenzen aufgezeigt worden waren. Am liebsten hätten sie den Alten gleich mit in die Zelle gepackt. Viele der Kleinstädter schwiegen jedoch oder taten ihre Meinung nur innerhalb der eigenen vier Wände kund. Es handle sich um eine weitere Demütigung durch die Franzosen, die hätten dem Richter das Strafmaß diktiert, die wollten noch einmal ein Exempel statuieren, und dies noch über das Ende der Besatzung hinaus. Als wollten ihnen die Franzosen klarmachen, es sei noch nicht vorbei, es reiche noch lange nicht für das, was sie ihnen angetan hätten, ganz so, als wollten sie ihnen sagen: Wir sehen jede kleine dreckige Handlung, die ihr tut.

Für einige der Schweigenden war die Reber schuld. Seit sie vor acht Jahren im Städtchen angekommen war, hatte sie unablässig in den Wunden der Vergangenheit gestochert, einen nicht zur Ruhe kommen lassen und einem Mal für Mal die Mitschuld vor Augen gehalten. Sie hätte die Beziehungen und die Rückendeckung der Franzosen. Sie hätte die Ilse und die Hildegard mit hineingezogen. Und der Jude, mit dem sie immer rauchte, der war auch nicht koscher. Man wusste nur, dass er ab und zu für Maggi schrieb. Aber wovon lebte er eigentlich? Sein Haus beim alten Pulverturm war ganz schön stattlich. So begann der Begriff der „Reber-Mischpoke" im Städtchen die Runde zu machen.

Offen empört über das Urteil zeigten sich wenige. Sie sprachen von einem Schauprozess, von Besatzerdiktatur und verlauteten, dass sie sich gegen die Angriffe der „Reber-Mischpoke" auf die Ordnung der Kleinstadt widersetzen würden. Indessen nahm der alte Zängler die größten Hitzköpfe an die Leine, beschwichtigte sie, „ihre Stunde käme bald", und ließ nichts unversucht, die Strafe seines Sohnes auf juristischem Wege zu kürzen oder bestenfalls das Urteil ganz aufheben zu lassen.

Allerdings kam er nicht weit, da die französische Militärverwaltung zwar die Gerichtsbarkeit längst an deutsche Gerichte zurückgegeben hatte, aber bei gewissen Prozessen immer noch genau hinschaute und auch Urteile beeinflusste. Beim Fall Zängler wollte sie wegen des Besitzes einer Wehrmachtswaffe ein Exempel statuieren, galt doch für dieses Vergehen unmittelbar nach Kriegsende noch die Todesstrafe. Die Franzosen wollten keinesfalls, dass sich die Deutschen durch die Urteile der Nürnberger Prozesse reingewaschen fühlten. Die Nazischergen wurden nicht aufgehängt, um die Schuld des Volkes auf sich zu nehmen. Auch war ihnen die Wiederbewaffnung Deutschlands ein Dorn im Auge. Am liebsten hätten sie Deutschland in die 35 Fürstentümer und freien Städte des 19. Jahrhunderts aufgesplittet.

Das Bedauern der Bewohnerinnen und Bewohner über die Schüsse schlug nach und nach in einen stillen Boykott der Buchhandlung, des Friseursalons und der Boutique um. Es gab keine Verabredung unter den Schweigenden, es war ein unausgesprochenes Übereinkommen, dort nicht mehr einzukaufen. Sogar die Beate-Uhse-Kataloge wurden bis auf wenige nicht mehr abgeholt. Einzig die Jugend sparte sich ihr Geld zusammen, um Ami-Hosen zu kaufen oder sich Filmstarfrisuren schneiden zu lassen.

Bis auf die üblichen Stammkunden, die sowieso zu den Befürwortern des Strafmaßes gehörten, zeigten sich bestenfalls noch ein paar Auswärtige in Emilie Rebers Buchhandlung. Was dazu führte, dass sich Emilie Reber mehr und mehr mit dem Gedanken vertraut zu machen versuchte, möglicherweise doch noch eine kleine Abteilung mit Taschenbüchern zu eröffnen.

„Ja, aber leg bloß nicht die alten Schmöker von Reclams Universal-Bibliothek auf. Bestell die rororo-Reihe, dort sind auch viele Amerikaner erschienen", sagte Ignaz Franck, als sie die Idee wiederaufnahm.

„Sie führen sogar Dürrenmatts ‚Der Richter und sein Henker' seit diesem Sommer", entgegnete Emilie Reber.

„Ja, aber sie haben auch Joseph Conrad, Graham Greene oder Gustave Flaubert. Und Colette, Gábor von Vaszary oder Daniele Varè. Das ist leichtere Kost."

„Varè ist ein Faschist, Vaszary ist literarisch viel zu dünn, und Colette war eine Varietétänzerin, also bitte."

„Colette ist eine der angesehensten Schriftstellerinnen Frankreichs. Das müsstest du ja wissen. Ihre Heldinnen sind fantastische Frauenfiguren, die oft für ihre Liebe, ihre Selbstbestimmung und ihre Weiblichkeit kämpfen. Genau wie ihr drei."

„Und um ihre Sexualität, sag's doch!", herrschte sie ihn an.

„Ja, auch um ihre Sexualität. Körperliche Liebe ist mächtig. Schau, wie die Frisuren von Ilse und die Uhse-Kataloge bei Hildegard vor den Schüssen eingeschlagen haben. Das interessiert die Menschheit seit Adam und Eva, und seit Adam und Eva wurde Sexualität mehrheitlich als etwas Schlechtes dargestellt und die Frauen damit in den Senkel gestellt."

Emilie Reber wusste nichts zu entgegnen, verlangte nach einer Zigarette, zog daran, warf den Kopf leicht nach hinten. Es war ein außerordentlich milder Dezembertag, überhaupt war es schon lange mild, die Berge trugen für diese Jahreszeit kaum Schnee. Ihr alter Pullover reichte, um nicht zu frieren.

„Sexualität ist immer ein Angriff auf die Ordnung. Seit Adam und Eva. Mit dem Biss in den Apfel haben sie die göttliche Ordnung infrage gestellt. Klar, dass er sie aus dem Paradies vertrieben hat. Und wir Juden haben dann noch mit ihm einen Vertrag abgeschlossen. Für die Beschneidung und ein gelobtes Land, das Adam einst fruchtbar machen sollte. Ziemlich erfolglos, wenn man bedenkt, dass Ägypten eigentlich das Paradies war. Der Nil hat den Menschen dort einiges an Arbeit abgenommen und war ziemlich verlässlich. Schwierig, schwierig."

„Die Vertreibung aus dem Paradies hat nichts mit … na du weißt schon was zu tun. Es geht um die Erkenntnis der Menschwerdung. Und dadurch um den Tod. Höchst literarisch also."

„Die Liebe ist das bedeutendere literarische Thema,

meiner Meinung nach. Aschenbach findet den Tod erst in der Liebe. Die Liebe ist dem Tod vorangestellt, macht sie doch das Leben erst lebenswert. Mein Gott, aber das weißt du doch alles. Warum wehrst du dich so dagegen? Warst du nie verliebt?"

Emilie Reber stand auf und ging. Zuerst zum Landungsplatz, grüßte mit einem gequälten Lächeln den Pflasterer, bei dessen Werk sich allmählich ein Ende abzeichnete, ging hoch zum Rathaus, machte kehrt, winkte in Ilses Friseursalon, machte wieder kehrt, stapfte runter zum See, schaute bei Hildegard Zahnlaubs Boutique vorbei, hoffte auf einen kurzen, belanglosen Schwatz, aber Hildegard Zahnlaub hatte gerade Kundschaft, schließlich marschierte sie in ihre Buchhandlung, setzte Wasser auf und versuchte sich zu beruhigen, indem sie das Teeei auf und ab tunkte und ganz langsam Schlückchen für Schlückchen trank.

Selbstverständlich habe ich mich schon verliebt, tausendmal, in Felix Krull, in Gregor Samsa, in Danton, in den Werther, in Mephisto, ja sogar in Effi Briest oder in die Dame mit dem Hündchen. Natürlich alles literarische Figuren, aber so bin ich, und das geht niemanden etwas an, schon gar nicht einen Bückwareliteraten wie Ignaz Franck, verschaffte sie sich in ihren Gedanken Luft. Liebesromane im Taschenbuchformat, wie kann er nur? Sie stand abrupt auf, ging zum Bücherregal und strich über den Rücken von Tucholskys „Schloß Gripsholm". In ihn war sie einmal verliebt gewesen, war er es doch gewesen, der sie derart erschrocken hatte, dass es ihr Leben aus der Bahn geworfen hatte.

Emilie Reber nahm wieder einen Schluck von ihrem Earl Grey und fragte sich: Und das soll jetzt alles zunichtegemacht werden, weil wir gegen diesen Ewig-Nazi vorgegangen sind?

Sie schluchzte und war froh, als jemand den Arm über ihre Schulter legte und sanft an sich zog. Sie hatte nicht bemerkt, dass Hildegard Zahnlaub in die Buchhandlung getreten war.

Hildegard Zahnlaub spürte, wie Emilie Reber sich an sie schmiegte, wie jemand, dem eine innige Berührung seit Jahren gefehlt hatte und der gar nicht wusste, wie sehr es ihn danach dürstete.

Emilie Reber löste sich aus der Umarmung, Hildegard Zahnlaub nahm ein Taschentuch aus ihrer Handtasche und gab es ihr. Diese dankte, schnäuzte sich und schluchzte: „Es war einfach alles zu viel: Schüsse, Prozess, Anfeindungen, Boykott, Romane der Leidenschaft und eine Taschenbuchabteilung."

Hildegard Zahnlaub legte erneut den Arm um sie und sagte: „Es war für uns alle viel. So haben wir das ja nicht gewollt. Vor allem nicht für dich."

„Ach, lass mal."

„Wir haben freiwillig mitgemacht. Ich gebe nicht auf, es muss einen Bruch geben. Die sind ja hier geistig wieder in die Kaiserzeit abgetaucht, als ob nie etwas geschehen wäre. Am liebsten hätten sie wieder Stehkragen und Korsett."

„Mein Vater war ein hoher Beamter in der Kriegskammer des Kaisers. Ich glaube, er war bei der Eisenbahn, jedenfalls bin ich als kleines Mädchen viel mit der Eisenbahn gefahren. Manchmal hat er mir erklärt, wo welche Gleise hinführten, das sind meine schönsten Erinnerungen an ihn. Und die endlos weiten Landschaften in Ostpreußen. Da hat er mich hochgehoben, mein Kopf im Fahrtwind, während meine Mutter gegen den Lärm angeschrien hat, er solle das lassen, ich bekäme ein rußgeschwärztes Gesicht und das Kleidchen würde auch ganz dreckig, so könnten wir nicht beim Baron Soundso eintreffen. Meine Mutter stammte aus einer adligen Familie und das gab sie meinem Vater, der sich über eine Offizierskarriere hochgedient hatte, täglich zu verstehen. Er stammte zwar aus einer reichen Industriellenfamilie, ihre Werke stellten Teeröl zur Imprägnierung von Eisenbahnschwellen her, viel reicher als die meiner Mutter, aber er war der Sohn eines Bürgers. Sie hatte ihn wohl nur wegen des Geldes geheiratet, damit sie den Landbesitz und das Schloss bei Bromberg halten konnte. Es war ganz weiß und hatte einen kleinen See. Als Kind ging ich, kaum waren wir angekommen, gleich dahin. Er erschien mir damals so groß wie ein Meer, aber wahrscheinlich war es nur ein größerer Weiher. Die Karpfen kamen sofort angeschwommen, ich hatte stets ein wenig Brot dabei. Manchmal kam auch ein Junge von einem unserer Bauern, ich mochte ihn, wir gingen sogar einmal im

Weiher baden. Als meine Mutter die nassen Kleider sah, quetschte sie mich aus, und ich sah den Jungen nie wieder. Ich glaube, in dem Augenblick beschloss sie, mich ins Internat zu schicken. Das war 1912. Ich weiß noch, dass ich mich freute, von meiner Mutter wegzukommen. Sie war hartherzig, arrogant und dumm. Für sie gab es nur den Adel und Pferde. Sie war eine gute Reiterin. Ich war wohl so etwas wie ein Zuchtpferd für sie. Aber sie striegelte mich nicht einmal. Die Einzige, die mich in die Arme nahm, wenn ich traurig war oder weinte, war meine Kinderfrau, Paula. Irgendwann wurde sie durch einen Hauslehrer ersetzt. Wahrscheinlich ist unsere Nähe meiner Mutter zu viel geworden."

„Wie alt warst du, als sie dich ins Internat geschickt haben?"

„Sieben."

„Um Gottes willen."

„Ja", Emilie Reber musste lachen, „Gottes Wille wurde dir dort beigebracht. Auf protestantisch. Viel Herz war da nicht dabei. Aber eine Bibliothek. So ist die Literatur mein Leben geworden."

„Und deine Eltern, deine Familie, das Geld?"

„Mein Vater erschoss meine Mutter und dann sich selbst, als er einsah, dass der Kaiser niemals zurückkommen würde, dass diese Zeit endgültig vorbei war. Er bekam auch keine Stelle mehr nach dem ersten Krieg. Sie lebten vom Ersparten, die Besitztümer in Westpreußen waren ja weg, die Firma hatte sein Vater noch vor dem Krieg verkauft, und als kein Geld mehr da war, machte er oder machten sie beide zusammen der Sache ein Ende. Ich denke, meine Mutter wollte und konnte so auch nicht weiterleben. Jedenfalls war bis auf den Hausrat nichts übrig geblieben. Ich verkaufte, was noch da war, und freute mich auf mein unabhängiges Leben. Ich spürte überhaupt keine Trauer, eigentlich nur Erleichterung. Da begann ich mich in den Literatencafés herumzutreiben und las und las und las. Und du?"

„Ich war immer hier. Da gibt es nicht viel zu erzählen."

„Aber du hast dich scheiden lassen."

„Eben. Darum muss man frei werden, muss dieses Städtchen frei werden, damit man wieder atmen kann."

„Warum hast du dich denn scheiden lassen?"

„Wegen Hitler und seinen Panzern. Die saßen mit uns am Tisch, die gingen mit uns in die Berge, lagen zwischen uns im Bett. Hitler und die Panzer, ich hätte nie gedacht, dass er so werden könnte."

„Du gehst in die Berge? So richtig klettern und biwakieren?"

„Mit Klaus, meinem ehemaligen Mann, war ich oft in den Bergen. Er war ein guter Kletterer. Er wäre besser Bergführer geworden, anstatt mit Listen für den Endsieg zu kämpfen. Er war sehr sicher am Berg, konnte das Gestein einschätzen, wusste immer, wo man durchgehen musste. Das waren die Momente, in denen Hitler und die Panzer nicht dabei waren. Ich glaube, ich habe mich nur wegen dieser Bergtouren in ihn verliebt und ihn geheiratet. Wahrscheinlich hatte ich mir erhofft, wir würden Tag und Nacht in die Berge gehen. Mein Gott, war ich ein junges dummes Ding."

„Wie alt warst du denn?"

„Achtzehn, wusste gar nichts. Meinst du, meine Mutter hätte mir irgendwas erklärt? Sie war einfach froh, dass ich unter der Haube war. Und dass bald Enkel kämen, damit sie wieder eine Aufgabe hätte neben dem Frühstückmachen und Abendessenkochen für den verdienstvollen, Eisernes Kreuz 2. Klasse, Verdun, kriegsgasgeschädigten ehemaligen ungelernten Arbeiter, der in der NSDAP zum Parteifunktionär Zahnlaub aufgestiegen ist. Wenn du mich fragst, der hatte gar nichts. Der bezog aus Rache Kriegsrente, dürstete nach Rache, Rache am Franzosen, Rache am Russen, Rache am Engländer, Amerikaner, ja sogar am Österreicher, dem feigen Hund, und vor allem an den Revolutionären, den Kommunisten, Sozialdemokraten, rotes Pack, die ihm das Eiserne Kreuz von der Uniform abgerissen haben, als er aus dem Zug stieg. Das war es, was er im Kopf hatte, das war es, worüber er mit seinen gleichgesinnten Saufkumpanen rumkrakelte und nach der Polizeistunde besoffen in den Gassen herumschrie. Und sie schworen allen Rache, die sich über den Lärm beschwerten. Klar war Hitler sein

Heiland, vierstellige Parteinummer, Propaganda und irgendwelche Sonderaufgaben im Gau Baden. Als Hitler Reichskanzler wurde, war er so sternhagelvoll, dass er nicht mal am Fackelzug teilnehmen konnte, was er so sehr bereute, dass er für zwölf Jahre mit dem Saufen aufhörte."

„Lebt er noch?"

„Er hat sich am Tag, als die Franzosen kamen, betrunken wie am Tag von Hitlers Machtergreifung, mit einem Karabiner wild um sich schießend, den einmarschierenden Truppen entgegengestellt. Sie haben ihn ohne viel Federlesens erschossen. Seither hat meine Mutter bei manchen einen Sonderstatus. Bei denen suchte sie auch Trost, als ich mich scheiden ließ."

Emilie Reber stand auf, setzte Wasser für zwei Tassen Tee auf und drehte sich zu Hildegard Zahnlaub um: „Würdest du mit mir auf den Säntis steigen?"

„Wie?"

„Auf den Säntis."

„Ja, aber es gibt ja eine Seilbahn."

„Ich will aber zu Fuß rauf."

„Nächsten Sommer. Jetzt ist es zu spät."

„Nächsten Sommer, abgemacht?"

„Abgemacht. Aber … Emilie, eine Bedingung."

„Was?"

„Bitte nimm Taschenbücher auf. Hilf uns dreien damit, bitte."

„Nicht du auch noch? Ich schreibe dir ja auch

nicht vor, was du zu kaufen hast. Hast du mit Ignaz geredet?", fragte sie misstrauisch.

„Er hat recht, glaub mir."

„Und am Schluss verkaufe ich noch seine ‚Romane der Leidenschaft', oder wie?"

„Ignaz schreibt Romane der Leidenschaft?"

„Ja!"

„Ach, wie süß."

„Das findest du gut? Bückware?"

„Ja, Frauen brauchen ab und zu so was. Männer sicher auch. Du hast ja gesehen, wie bei mir die Uhse-Kataloge weggegangen sind. Da wird auch viel Bückware angeboten."

„Hast du schon mal so was gelesen?", fragte Emilie Reber, ohne sie anzuschauen.

„Ja. Nicht nur eins. Da staunst du. Ich weiß, was du jetzt denkst: Borchert, Heine, Andersch, Mann und Bückware, das geht doch nicht. Ich sage dir, das geht problemlos."

Emilie Reber vertiefte sich in die Teezubereitung.

„Und das gehört auch dazu, dass sich hier endlich was ändert. Solange es für die Mädels wichtiger ist, dass sie für die künftige Schwiegermutter einen anständigen Käsekuchen backen, als dass sie wissen, wo die Kinder herkommen, wird sich nichts ändern. Da hilft auch kein Mann, kein Kafka und schon gar nicht Stefan George."

„Hannah Arendt könnte helfen", sagte Emilie Reber leise vor sich hin.

„Ja, dir vielleicht und anderen ganz gescheiten Leuten. Und ja, das wird sicherlich auf Zeit was verändern. Aber die jungen Menschen brauchen jetzt Antworten. Für die Seele, für die Liebe und von mir aus auch für den Kopf. Ohne Antworten keine Veränderung, keine Freiheit."

„Freiheit kommt nicht vom Unterleib."

„Oh doch! Was meinst du, warum er immer mit tausend ausgesprochenen und unausgesprochenen Verboten belegt wird? Und zwar nur der unsere? Macht, Ordnung, Zucht – Arierzucht! Höchste Zeit, dass wir ihn zurückerobern. Er gehört uns, nur uns."

„Ihr seid ja wie besessen von dem Thema."

„Wer *ihr?*"

„Du und Ignaz."

„Ilse auch."

„Nein. Von ihr habe ich noch nie etwas in diese Richtung gehört."

„Klar, sie muss auch nicht reden. Sie verdreht Männern und auch ein paar Frauen mehr als den Kopf. Das geht beileibe nicht über Thomas Mann."

„Sie ist auch Friseurin."

„Mein Gott, Emilie, das hat doch damit nichts zu tun, es geht um uns Frauen, alle Frauen."

„Wolltest du nie Kinder?"

„Nein. Zuerst bekam ich keine, dann ging ich zu einem Arzt, um zu erfahren, ob ich keine Kinder bekommen könnte, danach zu einer weltläufigen Frau, um von ihr zu lernen, wie man keine Kinder bekommt. Ich hatte keine Lust, für Führer und Partei Nachwuchs auf die Welt zu stellen. Und auf meinen Mann hatte ich sowieso immer weniger Lust. Außer in den Bergen. Und du hast wohl auch keine?"

„Diese Frage hat sich für mich nie gestellt."

„Hattest du nie etwas mit einem Mann?"

„Nein."

„Mit einer Frau?"

„Nein."

„Ja gut."

„Ich habe immer etwas. Mit der Literatur."

„Ach, Emilie."

„Ich möchte mich bei dir bedanken. Es tat gut, von dir in den Arm genommen zu werden."

„Wir gehen auf den Säntis, oder?"

„Ich denke schon."

Am anderen Morgen stand Ignaz Franck bereits vor der Buchhandlung, als Emilie Rebers Taxi vorfuhr. Sie stieg aus, kramte den Schlüssel aus der Handtasche und sagte zu ihm: „Schon da?! Schreibdrang?"

„Ich denke, du brauchst Hilfe."

„Ja, durchaus."

„Zuerst räumen wir wohl meinen Arbeitsplatz."

„Genau!"

Emilie Reber zog ihre weißen Handschuhe an, holte aus dem Lagerraum Kisten, die sie schon seit geraumer Zeit gesammelt hatte. Als Ignaz Franck dies sah, konnte er sich ein Schmunzeln nicht verkneifen.

„Dein Entschluss ist wohl nicht erst gestern gefallen. Hast du beim Rowohlt-Vertreter schon bestellt?“

„Ja! Die Klassiker gehören in diese Kisten. Vor dem Ersten Weltkrieg in die vier und die Zwischenkriegszeit in die da.“

„Hast du die Amerikaner für die Jungen bestellt?“

„Ja!“

„Und Colette?“

„Ja!“

„Und meine Romane?“

„Nein!“

Es dauerte den ganzen Vormittag, bis alle Bücher des Antiquariats in Kartons und Kisten verpackt waren. Emilie Reber fühlte den Raum zum ersten Mal wieder so, bevor sie vor mehr als acht Jahren die geretteten Bücher der Deutschen Freiheitsbibliothek hineingetragen, ausgepackt und eingeordnet hatte. Es war kein schlechter Raum, die Mittelsäule gab ihm etwas Festes, und Goethe, Heine und Hölderlin hatten den Mundgeruch, Schweiß und Mief der Naziortsgruppe unterdessen mit dem Atem der Kunst vertrieben. Eigentlich zu schade für Taschenbücher, zu schade für Colette, Reiseführer, Kochbücher und sonstige Lebenshilfen.

„Denk ja nicht nochmals darüber nach“, hörte sie Ignaz Franck, der eine schwere Kiste nach hinten trug, keuchen.

„So schwer, die Klassiker?“

„Hör mal, ich bin nicht mehr der Jüngste."

„So, wie alt bist du denn?"

„Älter als du auf alle Fälle."

„Bist du sicher? Wann bist du denn geboren?"

„2. Adar 5660."

„Ich weiß, dass ihr Juden älter seid als wir Christen. Aber so alt, da muss man natürlich Rücksicht nehmen. Mach Pause, mach Tee."

„Wusste gar nicht, dass du solch einen feinen Humor hast."

„Den braucht's, sonst könnte ich dies hier nicht machen."

„Warst du eigentlich auch mal richtig glücklich?"

„Ich bin immer glücklich. Immer, wenn ich am Wasser bin, immer, wenn ich über Wasser springen kann, immer, wenn ich gute Bücher lese, wenn ich von ihnen umgeben bin. Mach jetzt Tee."

„Und mit Menschen?"

„Mach jetzt Tee."

„Und mit Menschen?"

„Mit Ilse, mit Hildegard und mit dir, falls du Tee machst."

„Geht ja."

Emilie Reber stand vor der in Kisten und Kartons gepackten Deutschen Freiheitsbibliothek, die Bibliothek der verbrannten Bücher, und dachte, ein trauriger Anblick für das, was einst Herzstück der Arche Noah der Deutschen Literatur war. Wir haben die Schätze gehütet, damals in Paris, wir haben jede

Sendung mit größter Sorgfalt ausgepackt, signiert und an ihrem vorbestimmten Platz eingereiht. Zwei Stockwerke, über 20.000 Bände, dazu unzählige Zeitungsartikel, Magazine, Flugblätter. Sie zeugten vom anderen Deutschland, gaben den Emigranten und ihren Publikationen ein Stück Heimat im Exil. Dort, im kleinen Künstlerhaus „Cité fleurie" im Garten der Bibliothek, war sie auch glücklich, unter den Schriftstellern, Künstlern und Geisteswissenschaftlern.

Die Franzosen hatten die Bibliothek kurz vor dem Einfall Hitlers geräumt, dessen Schergen haben den Rest zerstört. Wohin die Franzosen die Bücher gebracht haben, blieb unbekannt. Kœnig hatte ihr etwas über tausend Bücher beschafft. Ob sie wirklich aus den Beständen der Freiheitsbibliothek stammten, wusste niemand. Aber für Emilie Reber gab es keinen Zweifel, obwohl sie keine Signaturen trugen. Für Emilie Reber war es so. Und darum konnte man sie auch nicht einfach in irgendeinem Raum einlagern.

„Ignaz, wir brauchen einen weiteren Raum. Für deinen Arbeitsplatz", rief sie ihm aus dem Hinterzimmer zu.

„Für was?"

„Die Freiheitsbibliothek. Ich denke, wir könnten ein Museum draus machen. Oder die Leihbibliothek wieder auferstehen lassen. Ich habe antiquarisch ja keine Bücher aus den Beständen verkauft. Das hätte mich zu viel Schmerz gekostet."

„Ist nicht die Nachbarin vor ein paar Wochen gestorben?"

„Ja."

„War sie dir wohlgesinnt?"

„Sie war alt, hat selten was gekauft. Aber warte mal." Emilie Reber kramte in ihrer Kundenkartei. „Sie hieß Halbmeier, und hier habe ich ihren Sohn, Fritz Halbmeier."

„Dem gehört wohl jetzt das Haus."

„Immerhin, hat Hesse und Roth gekauft – und Rilke. Was er mit dem wohl wollte? Nächstes Buch wäre Fontane oder ein Russe. Soll mal ein wenig beißen, habe ich dazugeschrieben."

„Wahrscheinlich kein Feind."

„Nein, denke ich auch."

*

Bis Mitte Januar 1956 war es sehr mild für die Jahreszeit. Emilie Reber und Ignaz Franck konnten täglich ihre Rauchpausen auf der Parkbank, mit dem Gesicht in die Sonne gerichtet, genießen. Doch gegen Ende des Monats wurde es kälter und kälter. Frost begann sich festzusetzen, Eis arbeitete sich von den Uferpartien aus in den See vor. Nachts hörte man das Knirschen des Eises, wenn es Verwerfungen aufwarf, und tagsüber lag ein feiner Dunst über dem Eis und dem Wasser, in dem sich die Sonne brach und der die Partikel in erscheinenden und verschwindenden Farben tanzen ließ.

Es war eine eigenartige Eröffnung der Taschenbuchabteilung sowie des als Leihbibliothek getarnten Museums der Freiheitsbibliothek. Die Wärme der beiden Öfen reichte nirgends hin, obwohl sowohl Ignaz Franck in der Taschenbuchabteilung wie auch Emilie Reber im „Literaturhaus", wie sie die Buchhandlung mit den gebundenen Werken nannte, das Feuer seit Tagen schürten.

Für die Freiheitsbibliothek konnte der Raum nebenan gemietet werden. Er war mit „Leihbibliothek" angeschrieben, die Regale verliefen den Wänden entlang und auf den Tischen waren einzelne Erst- und Sonderausgaben aufgelegt. Eine Schautafel zeigte das Gebäude der Freiheitsbibliothek am Boulevard Arago Nr. 65 in Paris. Dazu ein Text zur Entstehungsgeschichte und der Bedeutung der Institution. Besonders stolz war Emilie Reber auf ein Foto der Eröffnung der Bibliothek am 10. Mai 1934, genau ein Jahr nach dem Tag der Bücherverbrennungen in Nazi-Deutschland. Ganz hinten, hinter Lion Feuchtwanger, der extra für den Anlass aus dem südfranzösischen Sanary-sur-Mer angereist war, halb verdeckt, war sie zu sehen.

Der dampfende Atem der dick eingepackten, dicht gedrängten Eröffnungsgäste, die Punsch tranken und Süßigkeiten, gespendet vom Café Walch, naschten, ließ Eisblumen an den Fenstern wachsen. Die neue Abteilung mit Taschen- und Kochbüchern, Reiseführern und Bildbänden ferner Länder verkaufte rege, und Emilie Reber hörte von vielen Seiten Komplimente, wie schön das geworden sei, dass auch hier ihr Gespür für Qualität das Angebot auszeichne und überhaupt, dass sie mit diesem Sortiment absolut mit der Zeit gehe.

Emilie Reber betrat den ganzen Abend die Taschenbuchabteilung kein einziges Mal. Und das würde sie bis zu ihrem hoffentlich noch fernen Ende nicht tun.

Ihr graute vor den Titeln, „Gigi", „Monpti", „Der spanische Gärtner" und so weiter, vor den farbigen, schreienden, meistens mit verführerischen Schönheiten geschmückten Covern, sogar bei Gustave Flauberts „November" konnte der Verlag nicht auf eine schmachtende junge Frau am Fenster verzichten, daneben die Merian-Reiseführer und dann noch Kochbücher – Felchen und Chablis reichen ja zum Leben!

Ignaz Franck sollte den Schund verkaufen, es war ja schließlich seine Idee gewesen. Und darum gab sie die Komplimente auch nicht weiter.

Sie hatte sogar eine separate Kasse eingerichtet, sodass sie dieses geleimte Billigpapier mit den dünnen Kartonumschlägen gar nicht anfassen musste. Hildegard Zahnlaub betreute an diesem Mittwochabend die Abteilung, während Ignaz Franck die museale Leihbibliothek präsentierte und Ilse überall war, die bewundernden Blicke der Anwesenden genoss und rasch ein Damenräuschlein mit sich herumtrug.

Ein Lehrer fragte nach einer Führung durch die Freiheitsbibliothek, ein weiterer bestellte dreißig rororo-Exemplare „Der Richter und sein Henker“ für seine Gymnasialklasse, und eine beschwipste Mittvierzigerin fragte Hildegard Zahnlaub verstohlen, ob sie auch „Diese Freuden“ von Colette führe.

Emilie Reber war glücklich über die große Anzahl an Besucher, die trotz der Hundskälte den Weg auf sich genommen hatten. Sie, Ilse, Hildegard und Ignaz waren nicht allein, sie hörte sogar, dass die Reber'sche Buchhandlung dem Städtchen viel Luft zu fächere, sodass man, nicht erst seit der Einbuchtung von Fritz Zängler, wieder befreiter atmen könne. Jemand bedankte sich sogar für ihr mutiges Handeln in Sachen Zängler, und wie sie ihn gestellt habe, das sei ja wie im Kino gewesen.

Ignaz Franck übernahm die kleine Ansprache, die eine Hommage an Emilie Reber war: über ihr erlebnisreiches Leben, über ihren Mut, sei es im Aufbau der damaligen Freiheitsbibliothek, in den Diensten der Résistance oder sei es hier im Städtchen durch ihren unbeugsamen Kampfeswillen gegen die späten Ausläufer der Barbarei, über ihre untrügliche Sensibilität für gute Literatur und nicht zuletzt ihr Unternehmertum, das sie mit der Eröffnung der Taschenbuchabteilung unter Beweis stelle. Emilie Reber war gerührt, musste eine Träne verdrücken,

Ilse und Hildegard Zahnlaub drückten ihr gleichzeitig einen Kuss auf jede Backe und Ignaz Franck überreichte ihr eine Flasche Chablis.

Ilse machte noch jede und jeden auf Emilie Reber hinter dem „großen Feuchtwanger" aufmerksam, bevor sie sich auf das Sofa in der Ecke unter der Heine-Reihe schmiss und den Schlaf der trunkenen Göttin fand.

Am Ende des gelungenen Abends bestellte Emilie Reber ihr Taxi, beschloss, die fest schlafende Ilse zu sich nach Hause zu nehmen, trug sie mit dem Taxifahrer in den ersten Stock, legte sie ins Bett und deckte sie liebevoll zu.

Es war dermaßen frostig in ihrem Schlafzimmer, dass sie nochmals den Ofen anzündete. Das Holz der Kommode knarrte ob der plötzlichen Wärme und vom Seeufer war dumpfes Krachen des Eises zu hören. Sie kroch vorsichtig unter die Decke neben Ilse, die kurz aufseufzte, küsste sie zärtlich auf die Stirn, war froh um die Wärme, die von ihrem Körper ausging, und schlief sogleich ein.

Der Himmel war stahlblau, die Luft klirrend kalt, sie bereitete Emilie Reber Schmerzen beim Atmen. Sie hatte in allen Zimmern eingeheizt, Ilse ein Frühstück hingestellt und auf einen Zettel geschrieben, dass sie die Schlüssel für den Friseursalon genommen habe und ein Schild mit der Aufschrift „Wegen vorübergehender Krankheit geschlossen" an die Türe hängen würde.

Als sie in die Buchhandlung kam, saß Ignaz Franck bereits in der Taschenbuchabteilung und bediente einen Kunden, der sich nach Reiseführern für Italien erkundigte. Ignaz Franck grüßte sie knapp und wies mit dem Kopf Richtung draußen, Richtung Freiheitsbibliothek. Emilie Reber trat vor die Tür, schaute auf das Fenster, erschrak, flüchtete ins Innere der Abteilung „Literatur", setzte sich neben den Ofen, verbarg ihr Gesicht, wartete, bis der Kunde gegangen war, Ignaz Franck zu ihr kam und sich neben ihr niederließ.

„Ich dachte, es sei jetzt vorbei. Es war so ein schöner Abend gestern. Ich dachte, es sei ein Neubeginn, für uns, für alle, die da waren, für das ganze Städtchen."

„Wir waren unter Freunden. Eine geschlossene Gesellschaft Gleichgesinnter. Das haben wir bei Punsch, Reden und Trunkenheit vergessen. Wie geht's Ilse?"

„Ich denke, sie schläft noch, habe sie zu mir genommen und heute Morgen nochmals eingeheizt."

„Die Schaufenster von Ilse und Hildegard sind wohl auch verschmiert?"

„Ilses nicht. Habe ihr ein ‚Geschlossen'-Schild an die Tür gehängt."

„Wahrscheinlich haben sie Hildegard auch verschont. Es geht ihnen ja um ‚Freiheit', ‚Freiheit für Fritz Zängler'!"

„Das ‚Freiheit der Freiheitsbibliothek' haben sie überstrichen. Wer sind die bloß?"

„Freunde, oder besser gesagt: Kameraden von Fritz Zängler."

„Und was machen wir jetzt?"

„Ich habe den ‚Stadtanzeiger' und das ‚Südblatt' informiert. Sie werden über den ganzen Fall berichten, nochmals die Geständnisse des Zänglers zitieren, die Buttersäure, die Schüsse und wohl die Frage stellen, ob dieses einst so freie Städtchen, das doch ein gutes Stück vom Tourismus lebt, im Ruf als Hochburg der Ewiggestrigen, als Altnazi-Hort und Schuldverweigerer-Festung stehen will. Und dann ruf ich noch einen alten Freund bei einem Hamburger Nachrichtenmagazin an. Das ist für die ein gefundenes Fressen. Dann weiß es die ganze Republik."

„Dann werden wir noch mehr angefeindet."

„Nicht von allen. Die meisten werden sich ducken und schweigen, und je länger es dauert, von den anderen abrücken. Zwar ohne Stellung zu beziehen, aber sie werden nach und nach von ihnen abrücken."

„Und wir?"

„Wir müssen ihnen dabei helfen. Am besten so, dass sie es nicht merken. Wir müssen einen Kriegsrat einberufen, eure Karteikarten durchgehen, infiltrieren. Ruf mal Hildegard an, ob sie heute Abend Zeit hat."

„Ich habe doch kein Telefon, das weißt du doch."

„Du solltest dir eins zulegen. Sogar Ilse hat eins."

„Aber nicht bei mir!"

„Gut, dann kommt ihr zu mir. Ich koche etwas."

„Du kannst kochen?"

„Nur wenig. Aber besorg dir jetzt ein Telefon. Dann sind wir schneller. Du hast gesehen, es ist noch nicht zu Ende. Noch lange nicht."

Ignaz Franck kochte Hähnchen auf frittierten Kartoffeln, ein altes Gericht seiner Mutter. Emilie Reber brachte die Chablis-Flasche mit, die sie gestern bekommen hatte, Hildegard Zahnlaub nahm einen Käsekuchen vom Walch mit und Ilse verlangte nach Tee.

Nach dem Essen berichtete Ignaz Franck, dass er die Presse informiert habe, wie diese berichten würde und wie sie vier die Wirkung der Berichte im Städtchen ausnutzen könnten. „Ich schlage vor, wir suchen zuerst alle aus den Karteikarten heraus, die irgendwie vom Fremdenverkehr leben oder auf ihn angewiesen sind. Dann die, die nicht vom alten Zängler abhängig sind, sowie jene, von denen wir annehmen, dass sie leicht zu beeinflussen sind, langsam auch genug von der Starrköpfigkeit dieser modernden Brut haben."

In kurzer Zeit hatten sie die „Fremdenverkehrler" aussortiert. Es waren nicht wenige dabei, denen die Brisanz schlechter Presse bewusst war und die seit dem Ende der Kriegstage unablässig am guten Ruf der Kleinstadt arbeiteten, Gastfreundschaft lebten und so die Zahl der Stammgäste Jahr um Jahr vermehrten. Davon profitierten viele, die Lebensmittelgeschäfte, Tabakläden, kleinen Kioske, die Marktbauern sowie Wein- und Souvenierhandlungen, aber auch Ilse, da jede und jeder mal im berühmtesten Friseursalon Deutschlands die Haare schneiden, frisieren oder zumindest richten lassen wollte. Hildegard Zahnlaub kam kaum mehr nach mit der Bestellung von Ami-Hosen und auch die Qualität der Reber'schen Buchhandlung sprach sich unter den Gästen herum. Sie alle würde die geballte Ladung schlechter Berichterstattung aufschrecken. Von ein paar von ihnen konnte man zumindest Leserbriefe erwarten. Dazu gesellten sich die Intellektuellen, die Künstler und Feingeistigen der Umgebung, die dem Hass das Feld nicht wie damals kampflos überlassen wollten.

Es fanden sich unter den „Fremdenverkehrlern" auch solche, die nicht wussten, auf welchem Ast sie saßen. Sie beklagten sich über die Menge der Fremden, ihren schlechten Einfluss auf Jugend, Manieren und Ordnung, suchten nach jedem Haar in der Suppe und trauerten Zeiten nach, in denen alles besser war.

„Man muss ihnen klarmachen, dass sie an dem Ast sägen, auf dem sie sitzen", meinte Hildegard Zahnlaub.

„Wer ist es?", fragte Ignaz Franck.

„Die Wirtin des ‚Ochsen' ist eine davon. Sie hat sich bei mir unter der Haube oft darüber beklagt, dass immer öfter unverheiratete Paare nach Zimmern fragten. Aber sie gebe an solche keine. Da seien die ‚Kraft durch Freude'-Gäste durch und durch anständige Kunden gewesen. Zudem hat sie den Stammtisch des Turnvereins. Da würde dann, wenn die Vorhänge zugezogen und sie unter sich seien, schon mal das Horst-Wessel-Lied angestimmt und den Juden wieder das Böse gewünscht, hat sie mir freimütig erzählt."

„Bei denen müssen wir es versuchen", sagte Ignaz Franck.

„Ich habe auch noch drei, vier derartige Kandidaten", fügte Hildegard Zahnlaub an.

„Und ich stärke den Kampfgeist und die Tatkraft derer, die eh schon auf unserer Seite sind", sagte Ilse, während sie ihre Karteikarten in Freunde, Feinde und Unbekannte unterteilte.

Als der Bericht über das verschmierte Schaufenster im Lokalblatt unter dem Titel „Vandalismus im Städtchen" erschien, waren nur ganz wenige Reaktionen zu vernehmen. Die Kleinstädter taten die Schmiererei als Lausbubenstreich ab. Als tags darauf die überregionale Zeitung die Schmiererei als „Gezielter Anschlag in Städtchen am Bodensee" bezeichnete und die Frage aufwarf, ob Nazimethoden und -gesinnung in der Kleinstadt breit toleriert würden, war doch sehr viel Empörung zu hören, die sich aber mehrheitlich gegen die Zeitung richtete, welche durch die Aktionen Einzelner gleich das gesamte Städtchen der Mitschuld bezichtigte.

Als zwei Tage später ein Hamburger Nachrichtenmagazin eine über zwei Seiten lange Reportage inklusive großem Foto mit „Attentat auf die Freiheitsbibliothek“ betitelte und im Artikel die ganze Geschichte von den Buttersäureanschlägen, über die Schüsse in die Schaufenster, über den Prozess von Zängler sowie das gesamte Städtchen mit dem ehemaligen KZ-Stollen in Verbindung brachte, begann es den Kleinstädtern allmählich zu dämmern, dass man dran war, das Ansehen als beliebte Tourismusdestination aufs Spiel zu setzen und als hinterwälderisches Nazi-Kaff republikweit abgestempelt zu werden. Das Nachrichtenmagazin nahm den Pflasterer, der seit Jahren den ehemaligen Adolf-Hitler-Platz Naturstein für Naturstein neu machte, als Bild dafür, wie das Städtchen seine Vergangenheit unter den Teppich zu kehren versucht hatte und gleichzeitig dem Tun der alten und neuen Nazis keinen Einhalt gebieten hatte können. Es schrieb weiter: Das Städtchen und deren Behörden lassen den Terror gegen drei mutige, fortschrittliche Frauen, die mit ihren Geschäften entschieden gegen alte Denkweisen und Geisteshaltungen ankämpfen, einfach zu. Nicht einmal als auf Leib und Leben der Frauen Attentate verübt wurden, kam es zu einem Umdenken. Das eine Opfer wurde nur durch einen glücklichen Zufall gerettet, weil die für sie bestimmte, durch das Schaufenster abgefeuerte Kugel in Hannah Arendts „Elemente und Ursprünge totaler Herrschaft“ bei der Stelle: *Daß die Nazis die Welt erobern, „artfremde“ Völker aussiedeln und „erbbiologisch Minderwertige ausmerzen“ wollten, war so wenig ein*

Geheimnis wie die Weltrevolution und -eroberungspläne des russischen Bolschewismus stecken blieb. Nur dem Mut der Frauen, welche den Täter bei der Schussabgabe mit einer ehemaligen SS-Offizierspistole fotografierten, sei es zu verdanken, dass es zum Prozess und der verdienten Gefängnisstrafe des Täters kam. Die Annahme, man hätte den Kopf der Altnazis abgeschlagen, entpuppte sich jedoch rasch als Fata Morgana und Hydra, wagten die Bewohner die Reste der ehemaligen „Freiheitsbibliothek" anzugreifen. Wahrscheinlich ausgeübt von einer sich keiner Schuld bewussten Herren-Clique, die das Städtchen durch wirtschaftliche Abhängigkeiten seit Jahrzehnten beherrschte.

Der Artikel ging in diesem Stil weiter und warf zuletzt die Frage auf, ob die beliebte Urlaubsdestination angesichts dieser Vorfälle aus Sicherheitsgründen zu meiden sei, zumindest so lange, bis der Pflasterer auch den ehemaligen Heinrich-Himmler-Platz unter seinen Steinen zum Verschwinden gebracht habe. Und dies könne dauern, wie die Vergangenheit gezeigt habe.

Das Städtchen war erschüttert. Die erste Wut der Kleinstädter zielte auf die „Reber-Mischpoke", die das Ganze inszeniert hatte, die zweite auf den alten Zängler, der die aggressive Einfalt seines Sohnes nicht wahrhaben wollte, und die dritte auf den sozialdemokratischen Bürgermeister, der das schädliche Treiben schon längst hätte unterbinden müssen. Einige taten die Berichte als Lügen ab, andere schoben sie so weit weg, wie das Eis den See mehr und mehr vom Ufer vertrieb.

Die drei Frauen nutzten die Verunsicherung aus, widersprachen, falls jemand sie als Auslöser der Artikel verdächtigte, nahmen die Tonalität der Artikel – Attentat auf Leib und Leben, Schlupfloch für braunes Gedankengut, Städtchen im Griff alter Seilschaften – auf und wiesen auf den immer schwerer wiegenden Reputationsschaden des Städtchens hin, falls das so weitergehe. Sie arbeiteten ihre Karteikarten ab, ernteten mehr Zustimmung als erwartet, stießen wenig auf ignorierendes Schweigen und noch weniger wurden sie offen angelogen.

Man spürte im Städtchen, dass sich der Wind zu drehen begann: Es gab Anfragen im Stadtrat, was die Regierung gegen den rechten Terror zu unternehmen gedenke, die Frau vom Steckdosen-Ulli berichtete Ilse, dass ihr Mann zum ersten Mal seit fast dreißig Jahren einen Auftrag vom alten Zängler abgelehnt habe, die Buchhandlung von Emilie Reber wurde wieder stärker frequentiert, wobei sich die Taschen-, Kochbuch- und Reiseführerabteilung als Umsatztreiber erwies, derweil die Freiheitsbibliothek mit Schenkungen aus der ganzen Westzone überschüttet wurde.

„Also, wenn alle diese Bücher im Besitz der Freiheitsbibliothek gewesen wären, dann hättet ihr ein ganzes Arrondissement damit füllen können“, meinte

Ignaz Franck zu Emilie Reber, als diese nach Ladenschluss den Berg an zugeschickten Büchern sah.

Emilie Reber musste lachen. „Also aus Paris kommen die nicht und waren wohl auch nie dort."

„Ja, und was machen wir jetzt damit? Wollen wir eine Zweigstelle der Freiheitsbibliothek im Norden eröffnen? Nein, im Ernst, Emilie, wohin damit?"

„Wegwerfen können wir sie nicht. Man kann echte Bücher nicht wegwerfen."

„Ah, Taschenbücher würden gehen?", wandte sich Ignaz Franck an Emilie Reber.

„Es würde mir wehtun, jedes weggeworfene Buch würde mir wehtun. Aber gebundene – das geht gar nicht. Verkaufen oder verschenken."

„Es sind auch viele Titel dabei, die gar nicht verbrannt wurden, sogar Nazi-Lieblinge. Unser Freund Friedrich Schnack ist auch dabei. Moritz Jahn, Hanns Johst, Bruno Brehm, mein Gott, so rasch vergessen diese literarischen Lakaien Hitlers. Unglaublich!"

„Oder, es ist Absicht?"

„Darauf wäre ich nicht gekommen, Emilie."

„Siehst du, langsam traue ich niemandem mehr."

„Was machen wir mit denen?"

„Es ist hundekalt."

Die restlichen Bücher der verbrannten Dichter wurden entweder in den Bibliotheksbestand aufgenommen, solche, die mehrfach vorhanden waren, in ausgewählten Zehnerpaketen an Schulen verschenkt und am letzten Samstag im Mai wollten sie besonders wertvolle „echte" Bibliotheksexemplare zugunsten der Freiheitsbibliothek verkaufen.

Als der junge Postbeamte Hildegard Zahnlaubs Laden betrat, brachte er die unter seinem Mantel festgehaltene Kälte mit hinein, setzte sich gleich an den Ofen und rieb sich die Hände.

Hildegard Zahnlaub setzte sich zu ihm und fragte: „Hast du jetzt ein Mädchen?"

„Hmm … ja … nein, vielleicht bald, schwierig."

„Es ist immer schwierig. Was möchtest du? Zwei Unterleibchen?"

„Nein, der alte Zängler hat viele Briefe verschickt, über fünfzig Stück. Bis auf wenige alles Einwohner unseres Städtchens."

„Weißt du an wen?"

„Ich habe heimlich eine Liste erstellt. Hier."

„Hey, du bist ja genial!"

Der junge Mann errötete leicht, derweil Hildegard Zahnlaub die Liste durchging, einmal verächtlich den Mund verzog, bei einem anderen Namen pfiff sie leise durch die Zähne und bei wieder einem anderen schüttelte sie nur den Kopf.

„Damit hast du uns einen ganz wertvollen Dienst erwiesen. Großartig."

„Ich habe auch den Brief abgeschrieben. Hier."

„Spinnst du, wenn das dein Vorgesetzter bemerkt, dann bist du deine Stelle los."

„Der wird nichts merken, der hat mir ja während

der Ausbildung gezeigt, wie das geht, wie sie das laut Gestapo machen mussten. Der steht übrigens auch auf der Liste."

Hildegard Zahnlaub las:

Kameraden,
wir müssen uns in nächster Zeit mit der Agitation gegen die volkverhetzende Reber-Mischpoke zurückhalten. Die Stimmung könnte kippen, und wir damit die Basis verlieren.
Bis neue Anweisungen folgen keine weiteren Aktionen mehr.
Gruß,
Anton Zängler

Hildegard Zahnlaub wusste nicht, ob sie schreien, heulen oder lachen sollte.

„Ich fasse es nicht, als wäre alles noch wie im Reich, als gäbe es keine Zeit dazwischen."

„Mein Vater ist genauso. Damals sei alles besser gewesen, alles hätte seine Ordnung gehabt. Als ich ihn fragte, wo er im Krieg gewesen sei, bekam ich eine Ohrfeige und er schrie mich an, ich solle ihn das nie wieder fragen. Ich hätte keine Ahnung vom Krieg, der sei kein Räuber-und-Gendarm-Spiel, kein Karl May, der brauche Kameradschaft und Ordnung. Nur darauf sei Verlass. Würde ich ihn noch einmal danach fragen, würde er mich windelweich prügeln."

„Das ist ja heftig."

„Ja, ich fragte nie mehr. Manchmal tat er mir auch leid, wenn er nachts im Schlaf schrie. Mutti sagte, es höre sich wie Russisch oder Polnisch an. Ich war ja als Kind stolz auf ihn, konnte angeben im Kindergarten und in der Schule, dass er in der SS sei, und auch in der HJ wurde dies immer besonders erwähnt. Als ich zum ersten Mal die Fotos bei Frau Reber von den KZ gesehen habe, glaubte ich es gar nicht. Mein Vater sagte, dies seien alles Fälschungen der Franzosen, um sich an uns zu rächen, aber als ein junger, neuer Lehrer uns sagte, dass dies leider wahr sei, und mit uns Bücher darüber las, begann ich mich zu fragen, was mein Vater im Krieg gemacht hatte. Man schreit doch nicht einfach so auf Russisch oder Polnisch."

„Nein, ein Deutscher schreit nicht einfach so auf Russisch oder Polnisch."

„So etwas darf es nie mehr geben. Darum habe ich Ihnen die Liste und den Brief gegeben."

Hildegard Zahnlaub fand einen Augenblick lang keine Worte. Sie war tief beeindruckt von dem jungen Heinrich, der eine klare Vorstellung von der Welt hatte, in der er zukünftig leben wollte. Eine vaterlose Zukunft. Väter, die sich durch ihr Schweigen ihren Söhnen entziehen. Söhne, die durch das anhaltende Schweigen der Väter in ihnen mehr und mehr Verbrecher und Mörder sehen. Daneben stehen die Mütter, die ebenfalls schweigen, der Ehe, der Gesellschaft und dem Ehemann zuliebe, der so viel durchgemacht hat, dass er nachts schweißgebadet aus seinen wiederkehrenden Albträumen erwacht. Und die Söhne werden nicht verstehen, warum die eigene Mutter mit einem Monster weiterleben kann und will.

Millionen und Millionen Heinrichs gibt es in Deutschland. Dies verspricht keine ruhige Zukunft für Deutschland, werden sie doch die Väter zum Reden bringen und den Müttern ihre Verachtung entgegenschleudern. Man muss diesen jungen Burschen und Mädchen helfen, damit sie vor lauter Zorn nicht werden wie ihre Väter und Mütter, dachte Hildegard Zahnlaub, damit es nicht ein gewaltiges Blutbad am Tag der Abrechnung gibt.

„Heinrich, du darfst dir als Dank für den Brief und die Liste etwas wünschen. Egal was, auch eine Ami-Hose."

„Oh, das muss nicht sein, ich mache das ja auch für mich. Ich will das nicht mehr. Genau wie Sie. Wir kämpfen gemeinsam."

„Bitte, wähle etwas. Es ist mir wichtig."

„Nein, mir ist es wichtig, dass ich keine Gegenleistung dafür bekomme."

„Wie du willst. Danke! Aber wenn es mit dem Mädchen klappen sollte, was ich mir für dich wünsche, dann kommst du mit ihr zu mir und sie bekommt ein Geschenk. Abgemacht?"

„Ja, nun denn", seufzte Heinrich, war froh um den aufgewärmten Mantel, verließ Hildegard Zahnlaubs

Laden, sah auf den See hinaus, wo sich ganz nahe am Horizont das Wasser vom Eis trennte.

Ilse traf als Erste bei Emilie Reber ein, die gerade die Fische entschuppte. „Chablis ist auf der Veranda.“ Die Temperaturen waren über Nacht massiv gestiegen, sie bewegten sich wieder über dem Gefrierpunkt. Ilse holte den Chablis, schenkte zwei Gläser ein und meinte: „Wirst sehen, jetzt geht’s ganz rasch, und der Frühling ist da. Dann können wir wieder draußen sein, das Gesicht in die Sonne halten, die Wintergarderobe im Dachboden versorgen und wieder weite Röcke und leichte Blusen tragen. Ich freue mich so darauf. Das war jetzt weiß Gott genug Kälte, ich brauche Wärme. Und wie geht’s dir damit, Emi?“

„Genau gleich. Am meisten freue ich mich, wenn der Säntis schneefrei ist und ich auf seinen Gipfel klettern kann. Seit ich hier bin, schaue ich immer auf diesen Gipfel und denke: Da gehst du noch rauf!“

„Mit Igi?“

„Ha, der ist doch nicht schwindelfrei. Der würde da nicht mal mit der Seilbahn hoch. Nein, mit Hildegard, die ist früher geklettert. Das hast du nicht gewusst, oder?“

„Nein. Hildi und klettern?“

„Ja, ich bin mir sicher, wir wissen noch vieles nicht von ihr.“

„Und ich fahre dieses Jahr weg. Ich will das Meer sehen, das Salz auf meiner Haut spüren, in den Wellen baden und am Strand liegen und von dir empfohlene Bücher lesen."

Hildegard Zahnlaub trat in die Küche, schwenkte die beiden Papiere von Heinrich und sagte aufgeregt: „Neuigkeiten. Ihr könnt euch nicht vorstellen, was für Neuigkeiten."

„Oh, Liebesbriefe?", fragte Ilse kribbelig.

„Besser."

„Erbschaft?"

„Viel besser. Aber erst wird getrunken, dann gegessen und dann dürft ihr lesen."

„Ich habe auch Neuigkeiten", sagte Ilse.

„Verlobt?"

„Auch besser."

„Mädels, an den Tisch! Hast du ein Glas, Hildegard?", rief Emilie Reber.

Die Frauen setzten sich, Ilse nahm einen Fisch und zwei Pellkartoffeln und legte gleich los: „Ich bin frei! Mit fünfundzwanzig Jahren bin ich jetzt richtig frei. Wisst ihr, warum ich mich bei der Eröffnung der Taschenbuchabteilung so sinnlos betrunken habe? Ich habe den Vertrag für ein Pflegeheim für meine Mutter unterschrieben. Heute habe ich sie mit dem Taxi hingebracht, ich half ihr das Zimmer nach ihren Wünschen einzurichten, und als ich mich verabschieden wollte, hielt sie mich zurück, zog mich zu ihr hinunter und wünschte mir Glück. Könnt ihr euch das vorstellen?! Meine Mutter wünscht mir Glück, sie, die mich immer ihr Verhängnis, ihren

Unstern genannt hat, die mir die Schuld an allem gegeben hat, sie, sie wünscht mir Glück. Kein Ungemach, Glück!"

Ilse konnte ihre Tränen nicht zurückhalten. Emilie Reber legte den Arm um ihre Schultern, Ilse drückte ihren Kopf gegen deren Schulter und schnäuzte: „Wisst ihr, was das Schlimmste ist? Ich habe nichts empfunden dabei, ich kann weder Mitleid noch Trauer verspüren, es passiert nichts, außer jetzt", löste sich dann aus der Umarmung und trank ihr Glas in einem Zug leer. „Bitte schenk mir nochmals nach, Hildi."

Hildegard Zahnlaub kam Ilses Wunsch gerne nach und sagte: „Es passiert jetzt. Aber es ist nicht das, was du dir eigentlich vorgestellt hast, oder?"

„Genau."

Emilie Reber reichte ihr ein Taschentuch, Ilse wischte sich die Tränen ab und meinte: „Es hat sich wohl ein riesiger Graben seit Vaters Tod aufgetan, in den die Gefühle gefallen sind. Nicht mal mehr eine Brücke für Trauer ist da. Ich fühle mich nicht mal kalt ihr gegenüber, ich fühle gar nichts. Dabei ist sie meine Mutter – und wünscht mir Glück, nachdem ich sie abgegeben habe wie einen bissigen Hund im Tierheim. Darum will ich das Meer sehen."

Emilie Reber wie auch Hildegard Zahnlaub schwiegen für einen Moment.

„So und jetzt fertig gegrient, was sind deine Neuigkeiten, Hildi?", sagte Ilse und nahm einen großen Schluck.

Hildegard Zahnlaub gab Emilie Reber den Brief und Ilse die Liste der Adressaten. Als Emilie Reber den Brief gelesen hatte, schenkte sie sich ein und tauschte ihn mit Ilse gegen die Liste, überflog diese kurz und holte eine neue Flasche.

„Ich glaube es nicht! Woher hast du das?“, fragte Ilse.

„Ich habe euch ja gesagt, ich habe einen Informanten.“

„Und der arbeitet bei der Post, nicht wahr?“, hakte Ilse nach.

„Könnte sein.“

„Der Heini, nicht, der Heini? Der hat sich bei dir eine Ami-Hose gekauft und sich bei mir eine Marlon-Brando-Frisur gewünscht. Stimmt’s, der Heini?“

„Er hat sich bei mir William Faulkners ‚Wendemarke‘ gekauft.“

„Worum geht es da?“, fragte Ilse.

„Das ist ein Abenteuerroman – Öltanks, Propeller, Whisky und Lautsprecher, sagt Rowohlt.“

„Gute Mischung. Ah, du hast die Kurzbeschreibung gelesen?“

„Ich muss ja wissen, was Ignaz verkauft.“

„Gut, jetzt weiß ich, was der Heini in meiner Ami-Hose liest“, sagte Hildegard Zahnlaub mit leisem Spott. „Gut, aber was machen wir jetzt damit?“

„Ich lese das Buch auch, am Strand.“

„Ilse, damit“, sagte Hildegard Zahnlaub und klopfte mit dem Zeigefinger auf die Liste.

„Ich meine, wir behalten sie in der Hinterhand. Wir warten ab, sehen zu, was geschieht, ob wirklich Ruhe einkehrt“, meinte Emilie Reber.

„Aber wir machen doch weiter, oder?“

„Wie meinst du das genau, Hildegard?“

„Ich werde weiter Beate Uhse und Ami-Hosen verkaufen und Ilse wird weiterhin die angesagten Schnitte frisieren und weiter provozieren und du noch ein paar verwegenere Taschenbücher wie auch Aufklärungsbücher über die Nazi-Zeit anbieten, oder?“

„Ich werde auf alle Fälle weitermachen, ich würde ja sonst einen großen Teil meiner Kundschaft verlieren. Vor allem die Jungen, und um die geht's ja“, warf Ilse ein und langte nach zwei Pellkartoffeln aus dem Korb.

„Emilie, hier wächst eine Generation heran, die nicht weiß, was die Väter im Krieg gemacht haben und warum ihre Mütter deren Schweigen teilen. Sie bekommen Schläge als Antworten auf ihre Fragen. Da wachsen Burschen heran, die nicht wissen, wohin mit ihrer Wut, weil sie sich an niemandem abreagieren können, weil niemand auf ihre drängendsten Fragen eingeht. Es sind die Väter, die ihre Wut schüren, statt sie aufzufangen, weil sie selbst für die Wut ihrer Niederlage, ihrer Schandtaten, ihrer Demütigungen, die Wut über sich selbst, keinen Adressaten haben und kein neuer Heilsbringer in Sicht ist. Es sind Verlierer, die nicht wissen wollen, warum sie verloren haben.“

„Die Jungs, die zu mir kommen, sagen oft, mit dieser Frisur fühlen sie sich stärker, da könnten sie denen besser in die Fresse schlagen“, fügte Ilse an.

„Denen?“, fragte Emilie Reber.

„Ich glaube, es ist, wie Hildi gesagt hat: denen sie wollten und sollten, getrauen sie sich nicht, und bei anderen wissen sie nicht, warum.“

„Emilie, die brauchen diese Literatur, diese Filme. Da werden diese Konflikte, da wird dieser Zorn abgearbeitet. Aber die sind ja hier nirgends zu sehen, sie müssen mit ihrem wenigen Geld nach Konstanz, Ulm oder sogar nach Stuttgart fahren, um diese Filme zu sehen.“

„Eröffnen wir ein Kino!“, klopfte Ilse auf den Tisch, „und bringen all die Filme, verkaufen die Mode, schneiden die Frisuren und liefern die Bücher dazu!“

„Wir haben genug zu tun mit unseren Geschäften“, meinte Emilie Reber trocken, die selbst noch nie ein Kino besucht hatte, da sie die Bilder im Kopf denen der Leinwand bevorzugte.

„Zudem tun wir das ja schon“, fügte Hildegard Zahnlaub hinzu. „Und es gibt noch mehr zu tun, vor allem für die Mädchen. Erst durch die Beate-Uhse-Kataloge ist mir aufgegangen, wie wenig wir über unsere Körper wissen, wie wir einfach als Legehühner gehalten wurden und werden. Es geht so weiter, wie es immer schon üblich war. Ein Mann, ein Kind, zwei Kinder, drei Kinder, und man weiß nicht, wie man ein weiteres verhindern kann, obwohl es nötig wäre, da der Geldbeutel viel zu knapp bemessen ist. Die Mädchen müssen wissen, warum sie schwanger werden. Und wie sie nicht schwanger werden können. Und dass Körperlichkeit nicht nur da ist, um Kinder zu zeugen. Wir müssen die Mädchen aufklären. Es ist ihr Körper. Ihr Körper ist verdammt noch mal kein Volkskörper. Da will ich weitermachen."

Emilie Reber goss sich nach, Ilse schwenkte ihr Glas Richtung Emilie Reber, damit sie ihr nachschenkte, und Hildegard Zahnlaub aß den Fisch fertig.

„Du könntest die Mädchen doch sanft befragen, was sie von ihrem Körper und von Schwangerschaftsverhütung wissen", richtete sich Hildegard Zahnlaub an Ilse.

„Gleich so? Ich weiß ja selbst nichts. Ich habe mir bislang die Jungs einfach vom Hals gehalten."

„Ich erkläre es dir, gebe dir auch noch was zu lesen."

„So forsch?"

„Hast du dich noch nie verliebt? Du bist schon fünfundzwanzig, die Jungs liegen dir zu Füßen."

„Hildegard!", fuhr Emilie Reber dazwischen.

„Richtig, du klingst ja wie eine Mutter, die Angst hat, dass sie ihre Tochter nicht unter die Haube kriegt."

„Ist ja gut."

„Wann hast du dich zum ersten Mal verliebt?"

„Mit achtzehn und gleich geheiratet. Der größte Fehler, den ich gemacht habe. Aber ich bin kein

Legehuhn geworden, kein Volkskörper. Darauf bin ich stolz!"

„Und du, Emi?"

„Hmhh, ich denke, ich mache jetzt den Abwasch. Ich liebe gute Literatur, meine Bindung ist die Literatur, das reicht mir."

„Und was machen wir mit denen?" Hildegard Zahnlaub hielt die Blätter hoch.

„Wir werden sie auseinanderdividieren", sagte Emilie Reber und sammelte die Teller ein. „Wir haben ein paar Jahre Zeit, bis der junge Zängler entlassen wird. Die müssen wir nutzen. Der wird sich rächen wollen. Wir müssen unterdessen seine Unterstützung brechen."

„Und wie?", fragte Ilse.

„Über die Frauen wird es wohl am einfachsten gehen. Machen wir weiter."

Als die beiden Frauen gegangen waren, schrieb Emilie Reber die Liste dreimal ab; für sich, für Ilse und für Ignaz Franck. Dann schenkte sie sich noch ein Glas ein, setzte sich auf die Veranda und zündete sich eine selbst gekaufte Zigarette an.

Föhnwind wehte über den See. Die warme Luft dünnte das Eis aus, der See begann wieder stockend zu atmen; ein leises Schwingen im Klang der Nacht. Eine Wohltat nach diesen langen Tagen des Frosts, welche die Zuversicht auf bleibende Wärme nährte.

Emilie Reber blickte in jene Richtung, in der bei Tag der Säntis zu sehen war, und dachte darüber nach, ob sie in ihrem Leben je verliebt gewesen war, je geliebt hatte und je geliebt worden war. In den Kaiser hatte sie sich möglicherweise verliebt, als sie als Kind für ein Foto für ihre Eltern auf seinem Schoß sitzen durfte. Sie hatte fast auf seinen Knien sitzen müssen, da der Fotograf den verkrüppelten linken Arm hinter ihrem Rücken versteckt hatte. Der war kalt gewesen, daran konnte sie sich noch erinnern. Das Bild hatten die Eltern auf dem Geschirrschrank, auf dem Nachttischchen im Elternschlafzimmer und in ihrem Zimmer aufgestellt. Sie war nie ohne einen langen Blick auf den Kaiser eingeschlafen. Aber das war wohl eine Kinderschwärmerei gewesen.

Den Jungen am Teich hatte sie gemocht. Sie hatte ihn nur kurz vermisst, als ihr verboten wurde, mit ihm zu spielen. Rahel Levinger hatte sie auch gemocht, aber was zwischen ihr und Rahel in der Nacht der Machtergreifung vorgefallen war, war einfach vorgefallen. Zu viel Alkohol.

Die Literaten in den Cafés hatte sie bewundert, und wenn sie ein schlechtes Buch geschrieben hatten, mit Missachtung bestraft, die sie nicht einmal bemerkten.

Das Vorkommnis bei der Flucht aus Gurs war der Panik geschuldet. Über den Schock des absoluten Kontrollverlustes konnte sie sich nicht einmal mehr an das Gesicht der Frau erinnern. Alles war weg, nur etwas Unfassbares war übrig geblieben. Die Furcht, das nochmals erleben zu müssen, war viel größer, als es tatsächlich nochmals zu erleben. Ihr reichten literarische Beschreibungen vollkommen.

Ilse? Nun ja, anfänglich vielleicht, möglicherweise ein ganz kleines Bisschen. Aber woher sollte sie das auch wissen, wenn sie nicht wusste, wie es sich anzufühlen hatte?

Ignaz? Bei ihm hatte sie sich zum ersten Mal an die fünf As erinnert, welche die Internatserzieherinnen den Schülerinnen eingetrichtert hatten, die bei Männerbekanntschaften strikt zu beachten seien: Aufsicht, Ansicht, Anstand, Absicht, Aussicht. Er hätte die Prüfung bestanden. Aber verlieben? Und seit er ihr eröffnet hatte, dass er Bückware schrieb, war zumindest am Anstand zu zweifeln.

Sie trank ihr Glas leer, sagte leise zu sich: „Es ist, wie es ist“, stellte das Glas in die Spüle und ging zu Bett. Der Schlaf jedoch ließ noch eine geraume Zeit auf sich warten.

*

Der 21. März 1956 war der erste Tag in diesem Jahr, in dem die Sonne wärmte, man auf der Parkbank sitzen und ohne klamme Finger eine Zigarette rauchen konnte.

Das Eis war gänzlich weg, der See konnte seine Wellen ungehindert an die Kaimauern und Uferböschungen werfen, die Schilffelder wogten im leichten Wind und die Enten und Blesshühner brauchten sich nicht mehr zu fürchten, ihre Paddel könnten am Eis anfrieren.

„Hast du das gelesen? Die Wehrmacht wird wieder auferstehen und die Mörder erhalten ihre endgültige Absolution", drehte sich Ignaz Franck zu Emilie Reber.

„Und die Franzosen werden einsehen müssen, dass sie in diesem Konzert bestenfalls die Triangel spielen und ihre Lust an Deutschland verlieren. Meinst du, Zängler kommt dadurch früher frei?"

„Gut möglich. Vielleicht kommt jemand drauf, ihn wieder als unentbehrlich zu definieren, wie damals, gleich nach dem Krieg."

„Wir haben die Rückendeckung verloren. Es ist wie bei Albert Camus, absurd. Wir sind umgeben von der Gefühls- und Teilnahmslosigkeit des Fremden und werden uns daran abarbeiten müssen wie Sisyphos am Stein."

„Das hast du wunderbar gesagt, femme de lettres", grinste Ignaz Franck.

„Ich meine es ernst."

„Ich auch. Unsere zukünftige Rückendeckung ist die Jugend. Let's go! Richtig, Emilie, breit marschieren. Wie wäre es zum Beispiel mit einem Plattenladen?"

„Schallplatten? Klassische Musik, Schlager?"

„Rock 'n' Roll!"

„Bist du nicht zu alt dafür?“

„Für Musik? Nie! Egal welche. Für Rock ’n’ Roll schon gar nicht. Der geht direkt in den Körper. Der sagt nur eines: tanzen, schwitzen, ausschweifen. Bis zur Erschöpfung. Er wird vieles verändern; schneller, wilder, brutaler.“

„Ich habe noch nie so etwas gehört.“

„Komm, ich zeig’s dir.“

Sie gingen zusammen in die Freiheitsbibliothek. Ignaz Franck hatte sich einen neuen großen Radioapparat gekauft.

„Mit Plattenspieler. Schau!“ Er klappte die Hälfte der Vorderwand nach unten. Zum Vorschein kamen links ein Radio und rechts ein Plattenspieler sowie ein Gestell, in dem man die Platten senkrecht versorgen konnte. Um den Plattenspieler bequem bedienen zu können, konnte man den Deckel anheben.

„Kuba Arosa, ganz neu, mit Nordmende Fidelio-Rundfunkempfänger, sechs Röhren und sechsstufigem Klangregister, Telefunken-zehn-Plattenwechsler, großartig, nicht?!“

„Das tönt ja wie ein Klappentext.“

„Jetzt hör mal den Ton und vor allem die Musik.“

Ignaz Franck nahm die kleine, dunkelblaue Decca-Platte sorgfältig aus der Hülle, legte sie auf, legte den Arm mit der Abtastnadel vorsichtig auf, es knisterte kurz, und dann setzte Bill Haley ein:

One, two, three o’clock, four o’clock, rock
Five, six, seven o’clock, eight o’clock, rock

Nine, ten, eleven o'clock, twelve o'clock, rock
We're gonna rock around the clock tonight …

Ignaz Franck nahm Emilie Reber an der Hand und versuchte mit ihr zu tanzen, aber sie drehte ab. Er tanzte bis zum Refrain allein weiter, bis er sich auf das Sofa fallen ließ und mit den Fingern schnippend das Lied zu Ende hörte.

„Ich sagte ja, diese Musik, sie ist pure Energie, die fährt direkt in den Unterleib und die Beine! Und klettert die Hitparade hinauf, lässt alle hinter sich."

„So weit kommt sie bei mir nicht, ist noch keine Musik gekommen."

„Hast du nie getanzt?"

„Nein, ich kam mir dabei immer zu albern vor."

„Es ist nie zu spät. Und das ist neu. Dazu tanzt man ganz anders."

„Wie alt bist du eigentlich, Ignaz?"

„Fünfundfünfzig, ein Jahr jünger als du, stimmt's?"

„Meinst du nicht, wir sollten das den Jungen überlassen?"

„Dieser verdammte Hitler hat mir zwölf Jahre gestohlen, die hole ich jetzt nach, jeden Tag, jede Sekunde. Meinst du, ich bleibe da einfach bei Foxtrott und Charleston stehen? Meinst du, ich lasse den Scheißkerl siegen?"

„So kann man den, wie heißt der …"

„Rock 'n' Roll!"

„… auch sehen."

„Ich bringe den Kids die Platten. Du wirst sehen,

da kommt noch viel mehr. Das ist nur der Anfang. Meine Freunde in New York haben mir gesagt, Bill Haley habe schon Millionen verkauft und es gebe Clubs mit noch viel mehr Bands und da werde getanzt, als gäbe es kein Morgen mehr. Emilie! Literatur, Musik, Mode, Frisuren, Aufklärung, Sex – eine unschlagbare Mischung, um dieses Kaff aus den Angeln zu heben."

„Ignaz, wie lange warst du eigentlich in Amerika?"

„Zehn Jahre, 1934 bis 1944, warum?"

„Das ist schon eine lange Zeit. Hast du Deutschland nie vermisst?"

„Vergiss nicht, ich bin Jude."

„Und die Sprache?"

„Ja. Ist schließlich mein Werkzeug."

„Und als du zurückgekommen bist?"

„War ich froh, dass das Land am Boden lag."

„Ich auch. Aber ich bin mit einer Aufgabe zurückgekommen."

„Ich habe sie jetzt gefunden. Ich miete den Raum nebenan und dann lassen wir es krachen. Du wirst sehen, mit der Zeit beginnen die Jungen auch hier den Laden auseinanderzunehmen. In den großen Städten haben sie schon angefangen."

„Und wer betreut die Taschenbuchabteilung? Die Freiheitsbibliothek?"

„Die Bibliothek mache ich, für die Taschenbücher stell jemanden ein. Das rentiert sich allemal."

„Wen?"

„Geht die Karten durch. Es wird sich sicher jemand finden, der zu uns passt."

Ignaz Franck verreiste für eine Woche, besuchte alte Freunde auf den Militärbasen, knüpfte Kontakte und suchte die Agenturen der großen amerikanischen Musikvertriebe auf, um die neuesten Rock 'n' Roll-Platten aus den USA importieren zu können. Im Gepäck hatte er auch den Auftrag von Hildegard Zahnlaub, eine zuverlässige Quelle für den Jeansimport zu finden. Dazu Lumbers, Lederjacken und Cowboystiefel.

Es sprach sich immer mehr herum, dass der Laden von Hildegard Zahnlaub echte Levi's-Nietenhosen im Sortiment hatte, und wer etwas auf sich hielt, verlangte nach Blue Jeans, wie die Amerikaner zu den Hosen sagten. Täglich erhielt sie Anrufe, ob sie Jeans in der und der Größe hätte. Und den passenden breiten Gürtel dazu. Und die Stiefel und die Jacken und die Unterleibchen und die Pullover. Anrufe aus dem näheren Umkreis, aber auch aus Stuttgart, München oder sogar aus Düsseldorf. Sie hatte Mühe, die entsprechenden Mengen zu besorgen, mit der deutschen Marke Mustang wollten sich nur wenige zufrieden geben. Es musste echt sein, es musste von drüben sein.

Ilse baute Bienenstocktürme, verkaufte Brillantine fässerweise und gab denen, die sich das Haarfett nicht leisten konnten, den Tipp, dass es Margarine auch tun würde. Aber nicht zu dick auftragen und möglichst die Hitze meiden.

Ilse war es auch, die Maria fand, die unbedingt Buchhändlerin werden wollte. Allerdings war Maria die Tochter eines Schreiners, der auch einen Brief von Zängler erhalten hatte. Es bedurfte eines sehr langen Gesprächs von Emilie Reber mit Marias Eltern, um ihre Bedenken wegen des schlechten Einflusses der Literatur auf Sitte, Anstand und Moral junger Menschen auszuräumen. Als Maria schließlich in Tränen ausbrach und ihren Eltern damit drohte, gleich mit zwanzig in die Stadt fortzuziehen, sich dem erstbesten Mann an den Hals zu werfen und ein uneheliches Kind zur Welt zu bringen, lenkte die Mutter ein und der Vater verließ grollend den Küchentisch.

Maria fügte sich schnell und gut bei Emilie Reber ein und führte nach kurzer Zeit die Taschenbuchabteilung beinahe selbstständig, und Emilie Reber war froh, musste sie sich doch nicht mehr mit dem Rowohlt-Vertreter herumschlagen.

Die Reise führte Ignaz Franck nach Frankfurt zum Radiosender AFN, wo zwei Bekannte aus seiner ehemaligen Truppe der US Army arbeiteten. Sie stellten ihm zwei Bänder mit den neuesten Rock 'n' Roll- und Jazz-Veröffentlichungen zusammen und vermittelten ihm die Agenten der einschlägigen Plattenvertriebe. Seine nächste Station war das Hauptquartier der amerikanischen Streitkräfte. Hier kämpfte er sich zwei Tage bis zum Hoseneinkäufer der Armee durch.

Abends rief er Hildegard Zahnlaub an und erklärte ihr, dass Jeans, Jacken und Lumbers in großer Stückzahl zu haben seien, allerdings würde jemand noch ein wenig mitverdienen wollen.

Hildegard Zahnlaub mietete eine Lokalität dazu, baute sie zu einer Art Western-Saloon um und verkaufte dort die Ware, welche die Rock 'n' Roller, Halbstarken und Moped-Gangs wünschten.

Als sie durch Ilse verbreiten ließ, dass sie eine junge Mitarbeiterin suche, bildete sich anderntags eine lange Schlange sorgfältig aufgebrezelter Frauen vor ihrem Laden, die sich um die Stelle bewarben. Die Backfische sortierte sie gleich aus, genauso jene, von denen sie das Gefühl hatte, sie seien nur scharf auf vergünstigte Klamotten. In Monika fand sie ihre ideale Kandidatin: vierundzwanzig Jahre, gutes Mundwerk, um allzu hitzigen Burschen zu zeigen, wo der Barthel den Most holt, aufgeschlossen, sodass sie auch ohne falsche Scham die Beate-Uhse-Sammelstelle betreuen konnte, und mit einem guten Auge, ob etwas passte oder nicht.

Emilie Reber gefielen weder Heinrich Manns posthum erschienener Roman „Empfang bei der Welt“ noch Hans Henny Jahnns „Die Nacht aus Blei“ und schon gar nicht Alfred Döblins „Hamlet oder Die lange Nacht nimmt ein Ende“. Es waren Werke alter, großer Schriftsteller, die nichts mehr zu erzählen hatten oder nicht mehr wussten, wie sie das, was sie noch zu erzählen hätten, erzählen sollten. Der

Döblin war so schlecht, dass er ihn in einem Verlag in der Ostzone veröffentlichen musste. Eigentlich eine Schande für den Schöpfer des „Berlin Alexanderplatz“, befand sie, aber nachvollziehbar.

Die Liste des Postbeamten war hilfreich: Mit der Frau eines Zängler-Manns hatte sie ein aufschlussreiches Gespräch. Sie sei aus Berlin gekommen, eröffnete sie Emilie Reber, habe ihren Mann in einem Urlaub kennengelernt, sich in den See verliebt, die Weitsicht und die Berge am Horizont. Nein, sie vermisse Berlin überhaupt nicht, sie sei froh, den Krieg hier überlebt zu haben. Sorgen gemacht habe sie sich einzig, als man ihren Mann nicht als Mitläufer einstufen wollte. Das habe die ganze Lebensgrundlage zerstört, ihr Mann führe ein Kücheneinbaugeschäft, während dem Krieg habe sie dort nach dem Rechten geschaut, der Mann sei ja in Italien gewesen, im Piemont, leidiger Partisanenkrieg, dann sei er immer weiter zurückgekommen, bis er irgendwo im Salzkammergut und der Krieg zu Ende gewesen sei, dem Russen sei er mit Glück entkommen, und danach das ewige Warten, Abklärungen, aber er habe ja nichts gemacht. Als er endlich wieder dagewesen sei, hätten ihm die Franzosen bei allem Steine in den Weg gelegt, aber der alte Zängler habe geholfen. Warum habe sie den jungen eigentlich ins Gefängnis getrieben?

„Lassen Sie sich gerne Stinkbomben ins Haus schmeißen und auf sich schießen?“

„Nein, aber Sie und die anderen zwei waren auch recht forsch, haben ihn und seinen Vater bis aufs Blut provoziert."

„Wir haben nicht provoziert, wir können nicht einfach weiterleben, indem wir so tun, als hätte es die zwölf Jahre nie gegeben, als wären wir noch in der Kaiserzeit, als wäre die damalige Ordnung der Schlüssel zum Glück."

„Aber es geht allen besser so. Wir haben genug zu essen, bald können wir uns ein Auto leisten und bald fahren wir nach Italien, ans richtige Meer. Darum bin ich hier. Wir brauchen einen guten Reiseführer für Italien. Man hat Sie mir empfohlen, trotz allem."

„Trotz allem?"

„Ja, trotz allem bin ich in Ihrer Buchhandlung."

„Trotz allem?"

„Was Sie mit dem jungen Zängler gemacht haben. Er ist ein Dummkopf, ja, er hat es schwer mit seinem übermächtigen Vater, aber gleich Gefängnis, sechs Jahre."

„Frau …"

„Karlsmann …"

„Frau Karlsmann, er hat auf mich geschossen, ich hätte tot sein können, verstehen Sie, tot!"

„Ich dachte, er hätte in das Buch einer Jüdin geschossen."

„Ja, aber dahinter stand ich!"

„Oje, das wusste ich nicht. Das tut mir leid, das tut mir jetzt wirklich leid. Das ist alles die Schuld des

Alten. Oh, Frau Reber, das hätte nie so weit kommen dürfen.“

„Wissen Sie was, helfen Sie doch einfach mit, dass es nie mehr so weit kommt. Die Reiseführer sind in der Taschenbuchabteilung, Maria kennt sich bestens aus. Aber nehmen Sie das noch mit. Spielt auch in Italien“, sagte sie und gab ihr „Die Kirschen der Freiheit“ von Alfred Andersch.

Ignaz Franck legte sich noch eine Koffer-Spulentonbandmaschine zu und eröffnete seinen Plattenladen mit einer Rock ’n’ Roll-Sause. Bill Haleys „Rock Around the Clock“ wurde wohl gut hundertmal gespielt an diesem Abend. Außerdem „Maybelline“ von Chuck Berry, viel Jazz sowie einige Boogie-Woogie-Balladen wie „Ain’t That a Shame“ von Fats Domino oder Schmachtfetzen von den Penguins.

Ilse tanzte sich den Teufel aus dem Leib, Hildegard Zahnlaub begutachtete mit Monika, wie viele der Feiernden Jeans trugen, und Emilie Reber lag zu Hause auf ihrer Liege und las von Ernest Hemingway „Der alte Mann und das Meer“.

Sie hatte den Nobelpreisträger lange vor sich hergeschoben, da ihn die Auszeichnung auf dieselbe Stufe hob wie Thomas Mann. Was zuerst einmal verdaut werden musste.

Sie mochte diesen Möchtegerntorero, diesen Protz nicht. Doch dieses kleine Büchlein hatte eine wunderbare Kraft. Sie sollte unbedingt wieder auf den See hinausfahren. Vielleicht würde sie auf einen Marlin treffen.

*

Der Tag war strahlend. Wenige, zusammengeschrumpfte Schneefelder gleißten in der tief stehenden Morgensonne, und die Luft war angenehm mild für die Tageszeit. Der Spätsommer konnte den Blättern der wenigen Laubbäume, die ihren Weg in den Felseinstieg säumten, noch nichts anhaben.

Hildegard Zahnlaub hatte eine einfache Route gewählt, die es aber punkto Höhenmeter in sich hatte. Es gab zwei, drei Stellen, an denen sie Emilie Reber anseilen würde; dass sie schwindelfrei sei, hatte diese ihr versichert. Sollte sie konditionelle Schwierigkeiten haben, was Hildegard Zahnlaub annahm, fuhr Emilie Reber doch hauptsächlich mit dem Taxi, könnte man in der Tierwis-Hütte übernachten.

„Da rauf?“, fragte Emilie Reber ungläubig, als sie vor der mächtigen Felswand stand.

„Du wolltest bergsteigen, also bergsteigen wir.“

„Das ist sicher tausend Meter hoch, mein Gott. Und wo ist der Weg?“

„Da, in den Felsen.“

„Jesses!“

„Komm jetzt, der ist breiter, als es von hier aus aussieht."

„Gibt es keinen anderen Weg?"

„Emilie, es ist ein Berg. Du wolltest da rauf. Dafür hast du sogar eine Taschenbuchabteilung eingerichtet. Also los!"

Emilie Reber entschloss sich, tapfer zu sein und sich ihrem Schicksal zu ergeben. Langsam stieg sie in die Wand ein. Der Weg war wirklich breiter, als sie gedacht hatte.

„Wenn du es mit der Angst zu tun bekommst, sag es. Ich nehme dich dann ans Seil."

„Wie einen Hund?"

„Nein, um den Bauch und immer straff bleiben", lachte Hildegard Zahnlaub.

Als der Pfad schmaler wurde, die Felswand mächtiger und mächtiger und Emilie Reber kleiner und kleiner, erinnerte sie sich an die mächtige Wand des Causse Méjean bei Florac. Drei Monate hatten sie sich vor den Deutschen verstecken müssen, in Höhlen, unter Dolmen und Schafsställen. Manchmal hatten sie über steile Wege ins Tal absteigen müssen, um Nahrungsmittel zu holen, Nachrichten und neue Anweisungen zu erfahren. Es war ihr immer ein Graus gewesen, sie hatte weit mehr gefürchtet, einen Fehltritt zu begehen und abzustürzen, als vor ein Erschießungskommando der Wehrmacht treten zu müssen. Sie hatte sich vorgestellt, wie sie in die Tiefe stürzte, wie ihre Extremitäten an scharfen Felskanten abgerissen würden, wie lange sie noch Zeit hätte, um über den Tod und das Leben nachdenken zu können, und dass man sie nie finden würde. Sie wäre einfach verschwunden. Bei Tod durch Erschießen würde sie wenigstens irgendwo verscharrt werden. Hier würde sie wenigstens gefunden werden, dafür würde Hildegard sorgen.

„Vorwärts, Emilie, wer die Cevennen-Wände überlebt hat, wird auch den Säntis bezwingen“, machte sie sich laut Mut.

Als der Weg dann enger wurde, feste Drahtseile dem Fels entlang gespannt waren, wurde ihr Schritt zögerlicher. Sie hielt sich an den Seilen fest, ihre Hände schwitzten und sie betete zu irgendjemandem, dass sie nicht abrutschen, nicht von einer Tannen-, Föhren- oder Kieferspitze aufgespießt werden würde.

Hildegard Zahnlaub legte ihr das Seil über die Schultern, kreuzte es im Schritt, wand es noch um die Hüfte und führte alle Seilabschnitte in einen Karabinerhaken ein. Dann maß sie etwa fünfzehn Meter ab, band den Rest des Seils zweimal um ihre Hüfte und zog es fest.

„Besser als ein Hund, oder?“

„Ja, danke.“

„Nicht hinunterschauen, sondern immer geradeaus auf den Tritt und zu mir. Und das Seil immer schön straff halten. Das Schlimmste haben wir bald hinter uns. Alles klar?“

Emilie Reber nickte. Sie war erleichtert, und nach

ein paar Schritten ging alles viel besser und sie fühlte sich wieder sicher.

Als sie die Wand durchquert hatten, setzten sie sich auf eine Felsplatte und schauten über den See.

„Das müsste unser Städtchen sein", wies Hildegard Zahnlaub auf eine Häuseransammlung weit in der Ferne am anderen Seeufer.

„Der Ort meiner Liebe, der Ort meiner Probleme", seufzte Emilie Reber.

„Liebe? Ja, sag mal, Emilie."

„Ja. Der See, die Luft, das Licht, die Felchen, die Bücher, meine Menschen. Der Rest kann mir den Buckel runterrutschen. Aber ich bin jetzt dort zu Hause. Bald schon zehn Jahre. Nach weit mehr als zehn Jahren auf der Flucht. Das lasse ich mir nicht mehr nehmen."

„Mir hat mal jemand gesagt, man sei verloren, wenn man nicht weiß, wo man zu Hause sei."

„So gesehen, war ich nur kurze Zeit verloren, hauptsächlich im Internat. Und dort auch nur so lange, bis ich meine Bücher hatte. Dann war ich schon ziemlich bei mir. Das war nicht das schlechteste Zuhause. Noch ein wenig unordentlich, nicht ausmöbliert, und manchmal ging das Licht aus, aber durchaus bewohnbar. Und vielleicht noch nach dem Selbstmord meiner Eltern, da wusste ich für kurze Zeit nicht mehr, wie die Adresse genau hieß."

„Puh, du hattest es auch nie leicht."

„Die Bücher waren und sind mein Architekt und

Inneneinrichter, wenn du so willst. Sogar in Frankreich, im Widerstand. Ohne sie hätte ich nicht getötet, als es darauf ankam."

„Du hast getötet?"

„Ja, es blieb mir nichts anderes übrig. Er kam direkt auf mich zu. Stell dir vor: Verhaftung, Verhör, Folter und an einen Pfahl geseilt, weil man auf den gebrochenen Beinen nicht mehr stehen kann. Erschossen zu werden, wäre die Alternative gewesen. Ich habe gezielt, das einzige Mal in meinem Leben mit Inbrunst gebetet, die Augen geschlossen, abgedrückt und bin weggerannt. Wiese, Bäume, Wald, Schüsse, Bach, Höhle, Warten, Weinen. Ich habe mich zwei Tage lang nicht von der Stelle gerührt. Dann bin ich zurück zu meinem Bauernhof gegangen und habe mich für ein paar Wochen nicht mehr auf der Straße blicken lassen. Angst ist für lange Zeit meine Begleiterin geblieben."

„Mein Gott, der Krieg. Und ich habe Pausenbrote geschmiert, Abendessen gekocht und mir angehört, wie viele Panzermotoren das Werk täglich verlassen haben."

„Der Krieg hat dir keine Chance geboten?"

„Der Krieg nicht, die Scheidung!"

„Im Krieg habe ich Fähigkeiten an mir entdeckt, die ich nicht mehr hergeben möchte; machen, tun, Schnelligkeit, Ausdauer und vor allem, dass ich mutig und kaltschnäuzig sein kann."

„War er jung?"

„Ich weiß nicht, ich nehme es an, vielleicht. Ich sehe nur noch seine weit aufgerissenen Augen vor mir, und den dumpfen Aufschlag seines Körpers auf dem feuchten Boden höre ich fast jede Nacht."

Hildegard Zahnlaub nahm ihre verbeulte Feldflasche aus dem Rucksack, trank einen Schluck kalten, bitteren Schwarztee und reichte die Flasche Emilie Reber.

Emilie Reber setzte zum Trinken an, hielt inne und sagte: „Ich kann mir vorstellen, dass eine Scheidung noch schlimmer sein kann, als jemanden zu töten. Es gibt ein langes Davor und ein langes Danach. In meinem Fall hat es ein kurzes Davor und ein kurzes Danach gegeben. Ich habe nicht anders können. Es war das einzig Richtige in dem Moment. Es ging um mein Leben. Nur die Augen und das dumpfe Geräusch sind geblieben. Keine Reue, kein Bedauern, nichts. Nichts als Gewissheit und Stärke habe ich davongetragen. Was macht dein Ex-Mann jetzt?"

„Er ist weggezogen in eine andere Kleinstadt am See. Arbeitet wohl immer noch Listen ab und versucht sich in der Politik, hat man mir gesagt. Das Davor war lang, viel zu lang. Ich habe ja nichts zu tun gehabt außer dem Haushalt, ein paar Knöpfe anzunähen und zu vermeiden, dass ich schwanger wurde. Da habe ich zu lesen begonnen und mich für mich zu interessieren, meinen Geist und meinen Körper zu erkunden. Dadurch ist mir klargeworden, dass es stets so weitergehen würde, falls ich nichts dagegen unternahm, außer er würde eingezogen und fallen. Was ich mir gewünscht habe. Was mir vor Augen geführt hat, dass ich ihn gehasst habe. Was mich kaputt gemacht hat. Was mir den Lebenstrieb Stück für Stück geraubt hat."

„Aber du hast dich ja erst, wart mal, ‚Die Kirschen der Freiheit' erschienen 1952, erst neun Jahre nach dem Krieg scheiden lassen."

„Man überzieht. In so einem kleinen Kaff", sie zeigte mit dem Finger in Richtung des kleinen Städtchens am See, „ist es eng. Jeder ist mit jedem verwandt, bekannt. Alle zerreißen sich die Mäuler über alle. Und ich konnte den Kleiderladen meiner Tante übernehmen. Das war wie ein Kind, mein Kind. Zuerst ließ er mich in Ruhe machen, dachte wohl, ich sei sowieso in kürzester Zeit bankrott, aber als ich den Laden erfolgreich weiterführte, abends Kurse für Buchhaltung und Warenkunde besuchte, beklagte er sich über zu späte Abendessen, keine Pausenbrote, den vernachlässigten Haushalt und wollte, dass ich mein Geschäft aufgebe. Der Andersch gab letztlich den Ausschlag, es zu tun. Seither ist die Luft zu atmen so gut wie hier oben."

Emilie Reber trank und gab ihr die Feldflasche zurück, Hildegard Zahnlaub verstaute sie im Rucksack, stand auf und sagte: „Weiter geht's!"

„Wie schwierig wird es?"

Hildegard Zahnlaub lachte: „Binde dich los, das Ärgste ist überstanden."

Bis sie zur Tierwis-Hütte kamen, mussten sie noch zweimal rasten. Um Emilie Rebers Kondition war es tatsächlich nicht zum Besten bestellt. Sie schleppte sich auf eine Bank auf der Terrasse und streckte die schmerzenden Beine von sich.

„Tee? Kuchen? Vesperteller?"

„Egal, Hauptsache Wasser ... Wasser."

Hildegard Zahnlaub bestellte einen großen Vesperteller mit Käse, Wurst und schwarzem Brot, dazu Mineralwasser und ein Viertel Weißwein.

„Ich denke nicht, dass du heute noch auf den Gipfel willst, das ist etwa nochmals so lange, aber nur noch etwas mehr als die Hälfte an Höhenmetern. Also können wir uns einen Schluck Wein gönnen."

„Ich gehe heute keinen Schritt mehr."

„Jetzt iss erst mal was. Dann geht es dir gleich besser. War ein steiler Aufstieg."

„In den Cevennen war es auch steil."

„Wohl nicht so lange, und du warst ein paar Jahre jünger."

„Wo schläft man hier?"

„Schlafsaal."

„Auch das noch."

„Ja, und manche Frauen schnarchen, die Männer sowieso. Es riecht nach Schweiß und Mundgeruch. Aber weißt du was? Ich sehe gar keine anderen Frauen hier."

Emilie Reber schaute sich um, außer der Serviererin erblickte sie nur einen Tisch mit etwa vierzigjährigen Männern, deren spöttische oder ungläubige Blicke sie und Hildegard immer wieder suchten.

„Was meinst du, was Klaus und ich uns anhören mussten: Frau am Berg bringt Steinschlag, da musst du aber für zwei schleppen, weiß sie, wo der Gipfel ist, nimm sie ja an die Leine, war noch das Netteste. Was denkst du, was sie über uns denken? Zwei Frauen auf einer so steilen Bergwanderung? Und werden die bei uns schlafen? Das steht ihnen auf die Stirn geschrieben, siehst du?“

Emilie Reber nickte den Männern zu und drehte sich wieder zu Hildegard Zahnlaub.

„Die denken, wir haben mitten in der Woche nichts Gescheiteres zu tun, als auf den Berg zu wandern. Lassen unsere Männer und Kinder allein zu Hause, vernachlässigen unsere Pflichten.“

„Lass sie doch. Ich bin zu müde, um über deren Gedanken nachzudenken. Ich genieße es, hier oben zu sein, der See liegt da wie ein bleicher Tintenklecks, mit dem Berg habe ich mich wieder versöhnt und der Weißwein ist gar nicht so schlecht. Ich freue mich für uns, dass wir Ausnahmen eines normalen Frauenlebens sind.“

„Es ist ein selbst erarbeitetes Privileg, Emilie. Wir haben uns die Ausnahme mit viel Mut und Durchsetzungskraft erkämpft. Ein Hohn, dass wir so wenige sind, die ihren Kopf benutzen. Die Frauen mussten ihn im Krieg auch einsetzen. Und was passiert: Kaputte Männer kommen aus dem Krieg, aus der Gefangenschaft zurück und sagen den Frauen wieder, was zu tun sei und dass ihr Kopf eh nicht für mehr als für Putzen, Kochen und Kinderkriegen zu gebrauchen sei. Und die Frauen lassen es geschehen, nehmen es hin, wie eins und eins zwei ist!"

„So habe ich das noch nie gesehen."

„Du warst auch immer ohne Mann, immer auf deinem eigenen Weg."

„Und du bist auch auf deinem eigenen Weg. Ilse auch. Und dann sind es nur noch ganz wenige, die den Mut haben, ihren eigenen Weg zu gehen. Du hast recht."

„Weißt du, wie viele der anderen davon träumen, so zu leben, wie wir es tun? Ihre Männer fortwünschen? Und je länger die Männer dableiben und ihr Selbstvertrauen zusammenstutzen, desto mehr verbittern sie und wächst ihr Hass auf sich, auf uns."

„Auf uns?"

„Auf uns. Weil wir dort stehen, wo sie sich hin wünschen, weil wir die anderen sind, die es aus ihrer Sicht viel besser haben. Wie damals die Juden."

„Und sich gegen die eigentlichen Verursacher ihrer Selbstverleugnung nicht aufzulehnen getrauen."

„Genau! Die Schweizer Knilche dort drüben haben den Krieg an der Grenze abgesessen, aber sie sind genau gleich. Warum sind sie nicht mit ihren Frauen hier? Warum ist es so, dass nur Männer auf den Berg dürfen? Wir können es ja auch."

Emilie Reber bemerkte zwei schwarze Bergdohlen auf dem Geländer der Terrasse. Ein Mann vom Nebentisch, dem sie auch aufgefallen waren, brach kleine Stückchen aus seiner Brotscheibe und warf sie ihnen zu. Die Vögel stürzten sich auf die Brotkrumen. Bald kamen mehr. Die Bedienung bat den Mann damit aufzuhören. Es kämen sonst noch mehr. Die Tiere seien fast schon eine Plage. Ein anderer der Gruppe warf den Dohlen ebenfalls Brot zu, bis der ganze Tisch sich anschloss.

Die Bedienung bat sie nochmals höflich, es zu unterlassen, worauf die Männer sie auslachten und weiter den Vögeln Brotkrumen zuwarfen. Die Bedienung ging verzweifelt nach drinnen. Der Gastwirt stürmte heraus, stauchte die Männer zusammen und befahl ihnen, sofort zu bezahlen und zu verschwinden. Sie hielten dagegen, sie wollten hier übernachten, worauf der Wirt ihnen klarmachte, dass er an solche Idioten keine Zimmer vergebe. Es sei alles voll, alles reserviert. Sie sollten jetzt verschwinden, dann kämen sie mit der letzten Gondel auch wieder ins Tal.

Die Männer wollten widersprechen, der Wirt verschränkte die Arme vor der Brust und die Bedienung erschien in der Tür mit einem Schäferhund an der Leine. Die Männergruppe legte trotzig Geld auf den Tisch, ließ noch ein paar Drohungen fallen und machte sich mürrisch Richtung Gipfel auf.

Der Wirt schaute zu Emilie Reber und Hildegard

Zahnlaub und sagte freundlich: „Sie können natürlich bleiben."

„Danke, gerne", antwortete Hildegard Zahnlaub und wandte sich an Emilie Reber: „Ich denke, jetzt haben wir den Schlafsaal für uns. Noch ein Glas Wein?"

Am anderen Morgen zogen sie früh los. Emilie Reber schmerzte jeder Schritt, der Muskelkater hatte sich tief in ihre Waden und Oberschenkel gebissen, die Last des Rucksacks hinterließ brennende Striemen auf den Schultern und Blasen verteilten trotz Pflaster ihr Wundwasser in den schweren Wanderschuhen. Obwohl Hildegard Zahnlaub beteuerte, dass der Weg zum Gipfel höchstens eine gute Stunde dauere und es nur noch knapp vierhundert Höhenmeter seien, verwünschte Emilie Reber den Tag, als sie die Taschenbuchabteilung aufgemacht und damit Hildegard gezwungen hatte, ihr Versprechen einzulösen.

Der Weg am steilen Gratrücken des Graukopfs war schmal, aber trotz sichernden Eisenseilen und Eisenstiften nichts für Nicht-Schwindelfreie. Emilie Reber war froh, als Hildegard Zahnlaub sie wieder anseilte.

„Geht leichter. Die Angst geht ins Seil. Einfach auf den Weg schauen, Schritt für Schritt. Es ist nicht mehr weit", sprach Hildegard Zahnlaub ihr Mut zu.

Die nächste Herausforderung war der kurvenreiche Pfad zum Girensattel. Über eine schmale Scharte ging es hinauf zum Blauschneefeld, und von dort führte eine Felsentreppe auf den Gipfel.

Emilie Reber ließ sich auf eine Bank plumpsen, grub ihr Gesicht in ihre Hände und weinte.

Hildegard Zahnlaub legte ihren Arm über die Schulter von Emilie Reber, zog sie sanft an sich, hob ihr Kinn an, küsste sie zärtlich auf die Stirn und sagte leise: „Geschafft. Stolz?"

Emilie Reber schluchzte, nickte, umarmte Hildegard Zahnlaub fest, küsste sie knapp auf den Mund und stieß einen Jubelschrei aus. Das Schluchzen ging nahtlos in ein befreiendes Lachen über, sie stand auf, stellte sich vor Hildegard Zahnlaub, zog sie hoch, umfasste ihre Hüfte, griff nach ihrer Hand, vollführte ein kleines Tänzchen mit ihr, löste sich von ihr, fasste sie mit beiden Händen am Kopf, küsste sie auf den Mund, ging einen Schritt zurück, suchte ihre Hände, hielt beide ganz fest und sagte: „Du bist die Beste von uns allen. Danke, Hildegard, danke, danke für alles. So, und jetzt betrinken wir uns im Gipfelrestaurant gegen die Schmerzen. Du bist eingeladen!"

Emilie Reber hatte noch drei Tage mit den Nachwehen der Säntisbesteigung zu kämpfen. Die heiße Badewanne wurde ihr bevorzugter Aufenthaltsort, und in der Buchhandlung vermied sie, sich möglichst viel zu bewegen.

Am dritten Tag, einem Donnerstag, stürmte eine

braun gebrannte Ilse in die Buchhandlung, fragte nach „Felchen und Chablis heute Abend, Cara?“ und war schon wieder draußen. „Muss mich ums Geschäft kümmern“, rief sie noch nach. Emilie Reber konnte nur kurz nicken und nuschelte für sich: „Ja, dringend nötig, warst ja beinahe zwei Monate weg.“

„Ihre Mädels machen das gut, da braucht sie sich keine Sorgen zu machen“, sprach Maria mit lauter Stimme aus der Taschenbuchabteilung. „Machen Sie sich keine Sorgen, Frau Reber, die Ilse hat das alles im Griff.“

„Ich mache mir immer Sorgen um sie, schließlich ist sie wie eine Tochter für mich.“

*

Zwei Monate früher, Ende Juli 1956, fuhr Ilse mit ihrem Goggo-Roller, eng anliegenden Jeans, einem weißen, über dem Bund zusammengeknöpften Herrenhemd, einer schwarzen Harro-Motorradrennweste, einer großen schwarzen Sonnenbrille mit weißen Tupfen, einem übergroßen, mit Hanfseilen auf dem Sitz festgezurrten Koffer und offenen Haaren über den San-Bernardino-Pass ins Tessin und von dort weiter an die ligurische Küste nach Noli.

Als sie oberhalb Savonas das erste Mal das Meer sah, musste sie stoppen, schaute auf die blau glitzernde Wassermasse und war derart überwältigt von diesem Anblick, dass sie lange auf einem Stein saß, aufs Meer blickte und ihre Welt, die sie hinter sich gelassen hatte, der Weite überließ.

Ein alter Bauer, einen Leiterwagen voll Gemüse ziehend, blieb stehen und wollte wissen, wohin sie wolle. Der Mann hatte einen starken Akzent, sodass Ilse trotz ihres dreimonatigen Italienischkurses, den sie nach ihrem Entschluss, nach Italien zu fahren, genommen hatte, praktisch fast nichts verstand.

Sie antwortete ihm, so gut sie konnte, und er erklärte ihr, so gut er konnte, dass sein Italienisch wohl nicht viel besser sei als ihres. Ob sie eine Tomate wolle?

Ilse nickte. Der Mann zog ein Messer und einen Salzstreuer aus einem Beutel, teilte die Tomate, streute Salz auf jede Hälfte und reichte sie Ilse. Die Tomate war wunderbar süß. Sie hatte noch nie eine solche Tomate gekostet. Der Mann lächelte und meinte verschmitzt, so gehe es vielen Fremden. Ob sie Französin sei?

Ilse verneinte und gab ihm zu verstehen, dass sie aus Deutschland komme. Der Mann packte Messer und Salz in seinen Beutel und wollte aufstehen, schaute Ilse fest in die Augen, gab ihr zu verstehen, dass sie noch sehr jung sei, doch es trotzdem schwer für ihn sei, ihrem Volk zu verzeihen, das so viel Leid über dieses Land und seine Familie gebracht habe, aber er hoffe trotzdem, dass er einst verzeihen könne.

Er gab Ilse noch eine Tomate, stand auf und verabschiedete sich.

Als er hinter der Wegbeugung verschwand, äugte Ilse auf die Tomate, sie hatte große Lust, sie den Abhang hinunterzuwerfen, besann sich ihrer Süße, steckte sie in eine Seitentasche des Rollers, startete den Motor und fuhr nach Savona und von dort der kurvigen Küstenstraße entlang nach Noli.

Ja, sie war Deutsche. Aber sie hatte verdammt noch mal nichts mit diesem elenden Krieg zu tun gehabt. Sie war ein Kind gewesen und hatte gelitten, hatte ihren Vater verloren, ihre Mutter, und hatte dafür Dämonen erhalten: Taggeister, Nachtgespenster, Winkelalben und Seelenlemuren. Sie wollte sie loswerden, mit Glück sogar verscheuchen. Nur einen Sommer lang, wenigstens einen Sommer lang.

Als in Noli in drei Pensionen plötzlich alle Zimmer belegt waren, nachdem sie ihren Pass gezeigt hatte, kaufte sie sich ein Eis und setzte sich unter die mittelalterlichen Lauben neben die aus Stein gehauenen Becken, welche die Maße für Wein und Olivenöl angaben. An den Wänden waren die Längen von Elle und Fuß eingekerbt, und die Mauern waren geschmückt mit großen Tafeln, die in Latein vom Ruhm der Stadt, die bis 1797 eine selbstständige Republik gewesen war, berichteten. Sie schaute auf den von Millionen Schritten geglätteten Marmorboden und überlegte sich, gleich wieder nach Hause zu fahren, allenfalls noch ein paar Tage in der Schweiz zu verbringen, vielleicht bekamen Deutsche dort Zimmer. Wo in Europa konnten Deutsche überhaupt noch ein Zimmer bekommen? Es würde wohl noch lange dauern, bis sie mit „Herzlich Willkommen" begrüßt werden würden.

Sie war so tief in ihrer Enttäuschung versunken, dass sie den jungen Mann nicht bemerkte, der sich neben sie setzte. Erst als er sie fragte, ob alles in Ordnung sei, ob er ihr helfen könne, schaute sie zu ihm hoch.

Sie wolle hier Urlaub machen, brauche ein Zimmer, aber niemand wolle ihr eines vermieten, da sie Deutsche sei.

Der Mann pfiff leise.

Pfeif du nur, dachte sich Ilse und stand auf. Er hielt sie an der Hand zurück, er könne ihr helfen, und brachte sie zu einer Tante, die ihr auf sein Zureden hin ein Zimmer vermietete.

Das war für Ilse der Beginn zauberhafter Wochen am Meer.

Maurizio, so hieß der junge Mann, war Fischer, fuhr jeden Morgen zur See und verkaufte seinen Fang in der Gasse zwischen der Via Aurelia und der Stadtmauer. Bereits am zweiten Tag bestieg sie sein Fischerboot und hievte mit ihm ein Netz voll Cicciarelli, ungefähr 15 cm lange, schmale Fettfische, an Bord. Ilse war klatschnass, obwohl ihr Maurizio ein viel zu weites Ölzeug und viel zu große Gummistiefel gegeben hatte.

Zurück an Land zog sie sich um, ging zum Verkaufsstand und half ihm, den Fisch zu verkaufen.

Es sprach sich rasch herum, dass eine wunderschöne Ragazza bei Maurizio Fisch verkaufte.

Als die Kisten leerverkauft waren, die Katzen sich an Fischköpfen und -schwänzen gütlich taten, drängte sie Maurizio dazu, mit ihr passendes Ölzeug, Stiefel und eine Ladenschürze zu kaufen. Sie wolle ab jetzt jeden Morgen mit zur See fahren, sie könne sich gar nichts Schöneres vorstellen.

Der Besitzer des Fischereibedarfsladen sorgte dafür, dass bereits um die Mittagszeit ganz Noli, am Nachmittag Savona, Imperia, Sanremo, und abends die ganze Riviera di Ponente von Maurizios neuer Gehilfin wusste.

Der Tagesfang war im Nu verkauft. Lag Ilse nachmittags in einem der ersten Bikinis am Strand, sorgte sie unter den jungen Burschen, gestandenen Männern und älteren Herren für einen Massenauflauf, und in den Restaurants wurden ihr literweise Pigato und Grappa offeriert.

Maurizio war stolz auf seine *Ilse Tedesca*, stellte sie allen Verwandten, Freunden und Bekannten vor. Mit ihrer offenen Art eroberte Ilse deren Herzen im Sturm, wobei Maurizio stets hinterherschob, dass sie während der Nazizeit ein Kind gewesen sei und nichts dafürkönne, worauf die Verwandten, Freunde und Bekannte der Gastfreundschaft entsprechend auftischten, was Land und Meer hergaben: Zwiebel- und Artischocken-Torten, Meeresfrüchte, Pulpo, Brassen, Sardinen und Thunfisch einfach mit Salz,

Pfeffer, Olivenöl und Zitrone, Trofie und Trenette mit Pesto Genovese, Kaninchen, Schmorgerichte, Farinata, die Pizza Liguriens aus Kichererbsenmehl und frittierte Süßgerichte sowie Eis in tausend köstlichen Geschmacksrichtungen.

Ilse war die Königin der Blumenriviera und des Meeres. Und damit sie es auch auf der Straße war, tauschte sie ihren Goggo-Roller 125 gegen eine nigelnagelneue 150er Vespa Grand Sport in Azzurro Metallic, der Farbe des Meeres im Golf von Noli, knapp nach fünf Uhr morgens, wenn die ersten Sonnenstrahlen über die sanft kräuselnden Wellenkäme strichen.

Die Vespa war schneller, schlanker, wendiger, und das Graublau gefiel ihr weit besser als das eierschalenweiße Chassis des Goggo-Rollers. Sie kaufte sich zwei leichte Sommerkleider, eines in einem Zartrosa und das andere in einem hellen Gelb, welche die Farbe der Vespa wunderbar kontrastierten.

*

All dies erzählte sie Emilie Reber und Hildegard Zahnlaub, ohne Luft zu holen, an diesem Donnerstagabend zu Felchen und Chablis. Es hätte kein Licht, keine Kerze in Emilie Rebers Wohnzimmer gebraucht, derart strahlte Ilse.

„Ihr könnt euch nicht vorstellen, wie einen das

Meer morgens um halb fünf Uhr umarmt; Ruhe, Weite, ab und zu ein Fisch, der aus dem Wasser springt, spielende Delfine, die Konturen des Küstengebirges, das sich im gelben Licht der sich noch knapp hinter dem Horizont befindenden Sonne abzuzeichnen beginnt, und wenn das Licht weiß wird, flirren die Blätter der Olivenbäume silbern. Es ist einmalig, Ragazze."

Emilie Reber und Hildegard Zahnlaub blickten sich wie ein über eine plötzliche Wandlung ihrer Tochter erstauntes Ehepaar an.

„Und ihr so?", fuhr Ilse fort und nahm sich ein weiteres Felchenfilet von der Platte.

„Wir waren auf dem Säntis", preschte Emilie Reber vor. „Zu Fuß. In etwa das Gegenteil von Bötchenfahren."

„So anstrengend?"

„Nicht für alle", antwortete Hildegard Zahnlaub.

„Verstehe. Emi war am Anschlag. Kein Wunder, wenn du nur Taxi fährst."

„He, ich habe trainiert! Ich bin eine Woche zu Fuß von der Buchhandlung nach Hause."

„Am Anschlag ist ein wenig übertrieben, Ilse, aber sagen wir es mal so, es war fordernd für beide."

„Musstest du sie anseilen, Hildi?"

„Man seilt sich dort immer an, das ist einfach sicherer."

„Man darf sich nichts beweisen auf so einer Tour", fügte Emilie Reber hinzu.

„Die Weise vom Berg. Verstehe. Aber ihr habt es gut gehabt die ganze Zeit?"

„Wir hätten uns über eine Karte von dir gefreut."

„Ach, Emi, komm jetzt, ich hatte doch keine Zeit. Fischen und Fische verkaufen ist eine Tagesbeschäftigung. Es war einfach zu viel los mit Maurizio, seiner ganzen Verwandtschaft, all den Cuginas und Cuginos, zahllosen Freunden und Bekannten. Wir haben viele Ausflüge gemacht, Sanremo, Savona, ja, wir waren sogar in Genua. Aber ich habe euch dafür etwas mitgebracht: bitte, Carissime."

Sie gab jeder ein filigranes Kordelarmband aus Silber.

„Oh wunderbar, das lege ich gleich an", freute sich Hildegard Zahnlaub.

„Du hast ja auch eins", bemerkte Emilie Reber und hielt Ilse ihre Hand hin. „Kannst du mir bitte den Verschluss zumachen."

„Ja, auf unsere Freundschaft, die ja ein wenig mehr ist als Freundschaft, fast schon eine Familie. Ich kann davon noch mehr besorgen, eine Cousine von Maurizio macht die. Wir könnten mal in den Karteikarten schauen, wem wir die verkaufen könnten. Der Familie von Maurizio wäre damit sicher geholfen."

„Die genau Gleichen?"

„Nein, die sind nur für uns. Was meint ihr?"

„Accessoires kann ich immer gebrauchen, sie passen gut zu Leder- und Jeansjacken."

„Wo ist eigentlich dein Igi, Emi?"

„*Meinem* Igi geht's sichtlich gut. Er schreibt mehrere Karten pro Woche, mal aus Chicago, San Francisco, Los Angeles oder Las Vegas, kündigt an, dass in nächster Zeit zwei Lastwagen mit Ware für ihn selbst und Hildegard ankommen würden, derweil ich den dritten Transporter, gefüllt mit amerikanischen Short Storys im Taschenbuchformat für eine Englischabteilung dankend ablehnte."

„Unser Importeur. Und wann kommt mein Lastwagen? Brillantine, Trockenhauben, Filmplakate?"

„Schreibe ihm eine Karte. Oder noch besser ein Telegramm."

„Du musst dich aber beeilen, denn, ich glaube, er steht kurz vor der Heimreise", sagte Hildegard Zahnlaub.

„Soll ich jetzt solche Armbänder bestellen?"

„Ich nehme zehn. Mal sehen, wie sie gehen."

„Nein, ich habe schon Postkarten abgelehnt. Eine Buchhandlung mit Armbändchen, nein, das geht wirklich nicht."

„Du bist immer so konservativ, Emi. Eine Buchhandlung könnte doch viel mehr als Bücher verkaufen. Gib dir einen Ruck – kleine Geschenke, Accessoires, Fotoalben, Füllfedern, Poesiealben und so weiter. Du siehst ja, wie gut es bei uns läuft."

„Ich verkaufe Literatur. Es reicht, dass ein Ständer mit Tageszeitungen draußen stehen muss."

„Ilse", ging Hildegard Zahnlaub dazwischen,

„du scheinst ja schwer verliebt zu sein. Ist es so, wie du dir es vorgestellt hast? Ist Maurizio der Mann deiner Träume?“

„Klar, aber so ein Fischer ist nicht ganz ohne, stürmisch, launisch, still – wie die See halt. In zwei Wochen fahre ich wieder hin. Frühmorgens geht's los, dann bin ich abends dort, ein Glas Pigato, ein Stück Farinata und das Meer. Mädels, was will man mehr!“

„Noch mehr Felchen? Es gibt noch drei, ich könnte sie schnell machen?“

„Ja, bitte!“

„Willst du meinen auch gleich?“

„Falls du nicht magst. Ich könnte Berge essen.“

„Hildegard, teilst du den Letzten mit mir? Mir wäre das gerade recht.“

„Gut, dass Ilse für zwei isst. Da kommen wir auf unsere halben Portionen. Ja, einen halben mag ich noch.“

„Seid ihr auf Diät? Ihr seht so toll aus, ihr könnt doch reinhauen?“

„Ab einer gewissen Reife muss man zusehen, dass man nicht zu reif wird. Aber du bist ja über beide Ohren verknallt.“

„Ach, Hildi …“

„Hier der Fisch.“

„Du willst immer alles so genau wissen.“

„Verliebt zu sein, ist etwas Schönes. Ich gönne es dir von Herzen. Und bin froh, dass du wieder da bist und dich entschieden hast, den Rest deines Lebens nicht auf einem Fischerboot zu verbringen."

„Das könnte durchaus noch werden. Weißt du, er ist wirklich ein guter Mann. Und küsst gut. Zufrieden?"

Sie aßen die Felchen, prosteten sich zu, auf sich, das Leben und das ligurische Meer.

„Sagt mal, Cari, sind der alte Zängler und seine Kameraden nochmals aus den Schützengräben gestiegen?"

„Nein. Ich denke, die warten wohl, bis der junge Zängler wieder freikommt", antwortete Emilie Reber und schenkte allen nach.

„Mein Informant bei der Post hat auch nichts Neues."

„Hat er den Sommer genutzt? Hat er jetzt ein Mädchen?"

„Also Ilse, ich mag ja neugierig sein, aber ich frag den Jungen doch nicht aus."

„Hat er was gekauft?"

„Er hat sich ein Aufklärungsbuch gekauft."

„Aha, das ist ja ein Zeichen. Und warum nicht bei dir, Emi?"

„Ach, Ilse!"

„Hildi, hast du noch Beate-Uhse-Kataloge?"

„Klar! Warum?"

„Ja, weißt du, mit dem Maurizio und so, ich denke, da wäre es klug, ein wenig mehr zu wissen."

„Ilse?", fragte Hildegard Zahnlaub eindringlich.

„Erst ein paar Tage drüber. Das kommt öfter vor bei mir. Ich mache mir keine Sorgen, und ihr müsst es auch nicht."

Ilses Regel blieb auch am nächsten Tag aus, auch nach der nächsten Woche und auch nach einem Monat.

Es nagte an ihr, und als sie einem jungen Mann sein dichtes schwarzes Haar zu Ende frisierte, Brillantine hineinstrich, da wusste sie schlagartig, dass sie schwanger war. Nachdem der Kunde gegangen war, lief sie zu Emilie Rebers Buchhandlung, warf ihr Cape auf einen Stuhl, fragte nach Tee, seufzte kurz und konnte die Tränen nicht länger zurückhalten. Sie verbarg ihr Gesicht in ihren Händen, Weinkrämpfe schüttelten sie und sie schluchzte mehrmals: „Nein, nein, nein."

Emilie Reber rückte einen Stuhl neben sie, hielt ihr eine Tasse Tee und ein Taschentuch hin und fragte: „Wie lange?"

„Ich weiß es nicht … zwei Monate … vielleicht mehr … ach, Emi, ich weiß es nicht."

„Trink, Kind."

Ilse nahm einen Schluck Tee, stellte die Tasse ab, warf die Arme um Emilie Reber und heulte. Zwischen unzähligen Schluchzern fragte sie: „Was soll ich jetzt machen? Sag! Was soll ich jetzt machen? Ich habe doch meinen Salon!"

„Komm, wir setzen uns in die Freiheitsbibliothek, ich hole Hildegard, und dann gehen wir das Ganze durch."

Hildegard Zahnlaub besorgte drei Stück Käsekuchen, Emilie Reber kochte nochmals Tee, und Ilse brach immer wieder in Tränen aus.

Zuerst wurde schweigend Kuchen gegessen, wobei Ilse nach dem ersten Bissen den Teller von sich schob, und Hildegard Zahnlaub sich den Spruch „Aber Mädchen, du musst jetzt für zwei essen" nicht verkneifen konnte.

Emilie Reber holte tief Luft und sagte: „So, ordnen wir mal die Gedanken."

„Du bist dir ganz sicher?", fragte Hildegard Zahnlaub Ilse, die schluchzend nickte.

„Es gibt natürlich Möglichkeiten, das weißt du, oder?"

„Sich die Treppe hinunterstürzen? Vom Baum springen?", fragte Ilse, sich die Augen trocknend.

„Nicht zwingend. Ich kenne eine Engelmacherin."

„Hildegard!", warf Emilie Reber empört ein.

„Lass sie bitte weiterreden."

„Das Geld wäre nicht das Problem. Ich möchte nur sagen, wenn du dich so entscheidest, dann habe ich eine gute und vor allem sichere Adresse."

„Ich weiß es nicht, Hildi, ich müsste das mit Maurizio besprechen, oder?"

„Würdest du ihn denn heiraten?"

„Ja."

„Und er dich?“

„Ja sicher!“

„Meinst du, er würde das Meer für dich aufgeben?“

„Muss er das?“

„Würdest du den Friseursalon für ihn aufgeben?“

„Denk schon … wobei …“

„Ilse, als du am Meer warst, waren wir auf dem Säntis. Wir haben darüber gesprochen, was der Krieg mir, die Scheidung Hildegard gegeben haben.“

„Aber was hat das mit meiner Situation zu tun?“

„Der Krieg hat mich auf eigene Beine gestellt, ich konnte stets selbst entscheiden, musste niemandem Rechenschaft ablegen, konnte eine Buchhandlung eröffnen, niemand fragte nach einem Mann und ich schon gar nicht.“

„Für mich war es die Scheidung. Ich habe seither Dinge an mir entdeckt, die vorher nie möglich gewesen wären: dass ich einen Geschäftssinn habe, dass ich mich auflehnen muss, dass ich meinen Weg gehe und dass ich keinen Mann brauche. Hätte ich den, würde ich wieder Stullen streichen, kochen und nach dem Abendessen Asbach Uralt servieren. Wäre ein Mann es wert, mein Leben in seinen Dienst zu stellen? Nein, entschieden nein!“

„Aber … ja, ich verstehe euch, aber Maurizio ist anders … ihr kennt ihn gar nicht … er ist anders, ich weiß es, ich spüre es.“

„Dann schreibe ihm. Frag ihn, was er darüber denkt? Ob er sich vorstellen könnte, an der Seite einer selbstständigen Frau durchs Leben zu gehen und im Bodensee zu fischen?“

„Ich könnte ja auch einen Friseursalon in Noli aufmachen.“

„Ja? Frauen und Männer?“

„Warum nicht?! Maurizio hätte sicher nichts dagegen.“

„Ilse“, mischte sich Emilie Reber wieder ein, „du musst da runterfahren und mit ihm reden. Nur wenn du weißt, wie er dazu steht – nicht nur zu einem Kind, sondern zu deinem Leben –, kannst du eine Entscheidung treffen. Steig auf deine Vespa, der Winter kommt bald.“

„Emilie hat recht, du solltest zu ihm fahren. Blende das Meer aus, stelle deine Fragen, bleibe hartnäckig. Dein Leben, deine Unabhängigkeit stehen auf dem Spiel.“

Ilse brach erneut in Tränen aus. Emilie Reber und Hildegard Zahnlaub legten ihre Arme um Ilse. Eine Weile hielten sich die Frauen fest, bis zwei Lastwagen vorfuhren, Ignaz Franck aus einer der Führerkabinen sprang, die Türe zur Freiheitsbibliothek schwungvoll öffnete, stehen blieb, die drei Frauen erblickte und erstaunt fragte: „Was ist denn hier los?“

Die drei Frauen lösten sich voneinander, und Hildegard Zahnlaub antwortete: „Das ist unsere tägliche Wir-haben-uns-alle-lieb-Runde. Willst du gleich mitmachen?“

Ignaz Franck stürzte sich auf die drei Frauen,

umarmte und küsste sie, ging hinaus und wies die vor den Lkws wartenden Fahrer an, die Kisten mit den Schallplatten in seinen „Music Store" zu tragen. Als die Platten, zwei Jukeboxes, eine Kiste mit Plakaten und Werbematerial, zwei Gitarren, ein Verstärker sowie ein Schlagzeug ausgeladen waren, ging er wieder in die Freiheitsbibliothek und rief Hildegard Zahnlaub zu: „Komm, ich habe dir einiges mitgebracht, und Ilse, nachher habe ich noch eine Kiste für dich, und für dich, Emilie, auch. Kommt, hockt euch hinten drauf!"

So sahen die Kleinstädter die drei Frauen nicht, wie gewohnt, im Fonds eines Taxis, sondern keck die Beine baumelnd auf der Ladepritsche eines Opel Blitz durch die Gassen fahrend. Bei Hildegard Zahnlaub luden sie Jeans, Jeans- und Lederjacken, College-Shirts und -Lumber, Gürtel und Hosenträger im Sternenbannerdesign, Cowboystiefel und Converse-All-Star-Sportschuhe ab. Für Ilse hatte er zwei Kartons mit Brillantine und zwei Trockenhauben mit Leopardenmuster.

„Die Filmplakate sind bei mir", sagte Ignaz Franck und sprang auf den Laster, mit dem sie zur Buchhandlung fuhren.

Als sie von der Ladefläche stiegen, blieben noch zwei große Kartons übrig.

„Aber keine amerikanischen Storyschreiber, bitte Ignaz", sagte Emilie Reber, während sie einen der Fahrer anwies, wo er die Kartons hinstellen sollte.

„Nein, ich bringe dir nichts als Geschenk, was du nicht willst."

Sie öffnete eine Kiste, sie war voller Bücher, zuoberst die Erstausgabe von Goethes „Die Leiden des jungen Werthers", Leipzig in der Weygandschen Buchhandlung, 1774, im marmorierten Kalbsledereinband, mit der gestochenen Titelvignette, dem Lesealtar mit Kerze und Spiegel, daneben Schiller, „Die Räuber. Ein Schauspiel", Frankfurt und Leipzig, 1781, mit gestochener Titel- und Schlussvignette, Erstausgabe, darunter „Die Welt als Wille und Vorstellung" von Arthur Schopenhauer, Erstauflage, Brockhaus 1819, und unter Schiller Alexander von Humboldts „Ansichten der Natur", 1. Auflage, Cotta'sche Verlagsbuchhandlung, Tübingen 1808.

„Das ist ein Geschenk?"

„Sagte ich doch!"

„Das ist ein Schatz, das ist ein Vermögen! Wie kommst du dazu?"

„San Francisco, Haushaltsauflösung, ein paar Kisten standen auf der Straße. Ich habe reingeschaut, eine Erstausgabe von Novalis gesehen, ein wenig gewühlt, eine Erstausgabe von Hegel gefunden, die Besitzer ausfindig gemacht, per Anzeige die Erben gefunden, habe ihnen angeboten, ich würde alles kostenlos entsorgen, dann haben sie mir die Bibliothek gezeigt, ich sage dir, Wahnsinn, sie meinten, sie wollten nichts mehr damit zu tun haben, die wussten nicht einmal, wer Goethe ist. Sie hätten es schon der

Quartiersbibliothek angeboten, aber denen war das zu viel Aufwand. Ich sagte, ich würde es sortieren und den Rest einer Universitätsbibliothek anbieten, habe die wertvollsten Stücke in diese zwei Kisten gepackt und die Restbestände der Berkeley Universität angeboten. Die haben die dann genommen."

„Wirklich wahr? Oder nimmst du mich auf den Arm?"

„Das große Los, gefunden auf dem Gehsteig. Jetzt gehört es dir."

„Wer hat das gesammelt?"

„Ein entfernter Onkel, deutscher Einwanderer, Jude, aber schon um 1900 ausgewandert, hat ein großes Vermögen mit Kurzwaren gemacht, mehr wussten sie nicht."

„Unfassbar, welche Leidenschaft, was für eine Klugheit!"

„Wäre es jetzt nicht mal an der Zeit, sich für das Geschenk zu bedanken?"

Emilie Reber stürzte auf Ignaz Franck zu, umarmte ihn fest und drückte ihm einen Kuss auf den Mund.

„Danke, danke, danke. Das ist das wertvollste und wunderbarste Geschenk, das ich je in meinem Leben bekommen habe."

„Hat sich gelohnt: eine Tausende Kilometer lange Reise, Schiffsladungen voll Jeans, Platten, Brillantine und vergilbte Bücher für einen Kuss auf den Mund. Ja, es hat sich gelohnt!"

Emilie Reber küsste ihn nochmals sanft auf den Mund und sagte: „Zwei."

„Ha", lachte Ignaz Franck, „pro Kiste einen."

„Und noch einen umsonst", schmunzelte sie, stellte sich auf die Zehenspitzen und küsste ihn auf die Stirn.

„Ich weiß das zu schätzen, Emilie", grinste Ignaz Franck. „Tee? Bücher begutachten? Du kommentierst?", löste er sich von ihr und kochte Wasser auf.

Emilie Reber streifte ihre weißen Handschuhe über, packte aus und inspizierte die Erstausgaben. „Der Werther hat sogar die Presskorrektur auf Seite 16 und die falsche Seitenzahl auf Seite 39."

„Und die Räuber?"

„Auch falsch paginiert. Und die fehlerhafte Nummerierung bei der 2. Szene, der 4. Akt unkorrigiert. Ignaz, das ist von unfassbarem Wert, das sind unglaubliche Raritäten, Juwelen!"

„Was machst du damit?"

„Das weiß ich doch noch nicht. Das ist zu viel."

„Geh um die Häuser. Dann gibt's Tee."

Emilie Reber stürzte aus der Buchhandlung, ging zur Seepromenade, gegen Norden bis zum Wehrturm, kehrte um, nach Süden bis zum Landungsplatz, wo der Pflasterer gerade seine Werkzeuge in eine Holzkiste packte.

„Fertig?", fragte sie im Vorbeigehen.

„Hitler ist unter dem Boden, jetzt fehlen noch Himmler und Göring. Schönen Tag noch, Frau Reber."

Sie ging weiter, sah, dass Ilse eine ganze Schachtel Brillantine ins Schaufenster gestellt hatte, kehrte um, kaufte im Café Walch zwei Stück Käsekuchen, winkte Hildegard Zahnlaub zu, welche die Büsten mit College- und Lederjacken kleidete, ging nochmals bis zum Wehrturm, kehrte um, betrat die Buchhandlung und stellte je einen Teller mit Kuchen neben die Tassen.

Ignaz Franck goss den Earl Grey ein, setzte sich daneben und fragte: „Und?"

„Sie kommen ins Museum. In einen Giftschrank, gesichert, einsehbar nur auf Verlangen und sowieso nicht für Hinz und Kunz."

„Das würde ich anders machen: Ich würde regelmäßig ein paar Werke zu einem Thema zusammenstellen, sie eine Zeit lang ausstellen, wieder verräumen und so den Wert steigern. Das würde ihren und deinen Bekanntheitsgrad steigern, andere Ausstellungsmacher kämen auf dich zu, du könntest sie ihnen gegen gutes Geld als Leihgabe geben und mit diesem Geld könntest du die Sammlung erweitern, fehlende Erstausgaben dazukaufen, einen lukrativen Handel aufziehen und gleichzeitig den Grundstock für eine der bedeutendsten Sammlungen aufbauen. Das würde ich machen, Emilie. Und keine Angst, das sind keine amerikanischen Taschenbücher!"

„Für dich ist einfach alles Ware. Schrecklich!"

„Stimmt nicht. Diese Bücher sind nicht nur Ware. Erinnerst du dich, warum ich vor bald neun Jahren zu dir in die Leihbibliothek zum Schreiben gekommen bin? Weil es mich an meine eigene Bibliothek erinnert hat – es war fast alles da. Ich hatte eine tiefe Verbindung zu diesen Büchern. Sie waren in irgendeiner Form in all meinen Drehbüchern und Geschichten gegenwärtig. Darunter waren auch ein paar Erstausgaben, zwar nicht so wertvolle wie diese, aber immerhin. Und es waren Geschenke darunter, von meiner Familie. Von den Schenkenden lebt niemand mehr, und die Bücher haben die Nazis wohl verbrannt. Darum bin ich bei dir in der Leihbibliothek gesessen, um zu schreiben. Weil es das Letzte war, was ich von meiner Familie, von meinem alten Leben hatte."

Emilie Reber nahm einen Schluck Tee, stellte die Tasse wieder behutsam hin und sagte leise: „Tut mir leid."

„Es muss dir nicht leidtun. Dank dir habe ich meine neue Bestimmung gefunden: Musik! Zwei Lastwagen voll neuester Platten aus den USA – Elvis Presley, Buddy Holly, Bill Haley, Chuck Berry, Little Richard, Carl Perkins –, da gibt es keinen Platz mehr für Bücher. Die Platten sind meine neue Bibliothek."

„Wie ich dich kenne, wird es nicht dabei bleiben, oder?"

„Irgendwo in San Francisco an einem Straßenrand hat ein Jude einem Juden aus heiterem Himmel ein Geschenk gemacht. Der beschenkte Jude bringt die Gabe in sein Heimatland und schenkt sie weiter an eine kluge Freundin, die mit Mut und Entschlossenheit dieses Land befreite und ganz genau wusste, dass die Arbeit am Tag der Kapitulation begann. Dass die Bewohner dieses Landes schweigen werden, um ihre Schuld von sich weisen zu können und damit ihren Opfern zum zweiten Mal das Leben zu stehlen. Aber ich lasse mir mein Leben nicht nochmals nehmen. Darum werde ich tanzen, ich werde einen Tanzclub eröffnen, gleich hier, über deinem Kopf, im alten Nazilokal."

„Hmm, was soll ich sagen … ist das nicht zu laut? Werden sie es nicht gleich wieder schließen, weil die Nachbarn es reklamieren?"

„Ja sicher, darum musst du es ja mieten, bei dir denken sie nicht gleich an Rock 'n' Roll und Hillbilly. Aber sie werden es trotzdem ablehnen, also wirst du ihnen die alte Kapuzinerkirche vorschlagen, die war ja schon alles, Badeanstalt, Wirtshaus, Theater- und Konzertsaal, du würdest einfach ein paar Tanz- und Literaturabende veranstalten. Dafür bringst du die Bruchbude wieder auf Vordermann. Die werden sie dir sicher geben, und du vermietest sie dann an mich."

„Warum mietest du sie nicht gleich selbst?"

„Meinst du, die vermieten eine ehemalige Kirche an einen Juden? Nein, in so einem Fall bleibt Kirche Kirche, auch wenn nichts mehr daran erinnert."

„Gut, Ignaz, ich versuche es. Aber jetzt lass uns die Schätze heben", sagte sie und klassierte Buch um Buch aus den Kisten von einem Gehsteig aus San Francisco.

Zwei Tage später kam eine dick eingepackte Ilse in ihre Buchhandlung, verabschiedete sich rasch, sagte, die Tränen zuvorderst, „Noli", schwang sich auf ihre Vespa, und Emilie Reber blieb nichts anderes übrig, als „Pass auf dich auf" in sich hineinzumurmeln.

Ilse fror, trotz Strümpfe, Jeans, Stiefel, Pullover und Lederjacke. Es war doch schon Mitte Oktober. Auf der Passhöhe San Bernardino lag ein Hauch Schnee, doch die Poebene zeigte sich in strahlendem Sonnenschein. Die Reisfelder waren bereits abgeerntet, die Alpen gaben im Herbstlicht den Anschein, als wären sie aufgeklappte Pappkulissen, auf der Autobahn zwischen Mailand und Turin kam sie zügig voran, bog Richtung Asti, Alba ab, fuhr auf einer alten Salzstraße über die Hügel und durch die Täler der Alta Langhe nach Savona. Als sie das Meer sah, hielt sie an, blieb auf der Vespa sitzen, sah sich mit Maurizio unter den Arkaden ein Stück Farinata essen, sah sich auf dem offenen Meer nackt auf dem Boot in der Sonne rekeln, Maurizio küssen, die vollen Netze einbringen, mit weißer Schürze am Verkaufsstand stehen, Fische entschuppen, auf Eis legen, verkaufen, Cappuccino trinken, sie sah sich mit Maurizios Freunden in der Bar und spürte förmlich, wie der feine Kiesel am Strand zwischen ihren Zehen rieselte, sie dachte an Trofie mit Pesto, Acciughe sott'olio – sie verdrückte eine Träne, sog das Meer nochmals tief in sich ein, startete die Vespa und fuhr zurück, bis es dunkel wurde, kehrte in einem Albergo ein, aß, schlief, machte sich frühmorgens auf den Weg und schaffte es gerade noch am Abend zu Felchen und Chablis in vertrauter Runde. Zu ihrer Überraschung war auch Ignaz Franck da.

„Aha, da bin ich kurz mal weg und mein Gedeck ist schon vergeben?", scherzte sie und warf sich auf die Corbusier-Liege.

„Das war aber eine kurze Aussprache", sagte Emilie Reber, ging zu ihr und küsste sie auf die Stirn.

„Bist in der Mitte umgekehrt?", fragte Hildegard Zahnlaub und küsste sie ebenfalls auf die Stirn.

Ignaz Franck tat es ihr gleich: „Auch von mir noch die Absolution."

„Weit nach der Mitte, aber kurz vor dem Meer."

„Du hast gar nicht mit ihm gesprochen?", wollte Emilie Reber wissen.

„Nein! Seid ihr schwer von Begriff!"

Ignaz Franck sah, dass ihr jeden Moment die Tränen kommen würden und reichte ihr ein Taschentuch.

Sofort brach es aus Ilse hervor: „Ich konnte nicht. Ich hatte Angst, ich wollte nichts anrühren, nichts verändern, es sollte alles so bleiben, wie es war. Ich musste umkehren, damit es so bleibt, einfach so bleibt, wie es ist. Versteht ihr?!"

Hildegard Zahnlaub stand auf, ging in die Küche, schenkte Chablis in ein Glas und brachte es Ilse. „Hat noch niemandem geschadet."

„Ich bin schwanger! Hast du das vergessen?", schluchzte sie.

„Nein.“

„Sag jetzt einfach nichts. Und du auch nicht, und du schon gar nicht.“

Emilie Reber servierte die Felchen und die Pellkartoffeln, Hildegard Zahnlaub schenkte allen nach und Ignaz Franck schwieg.

„Ich habe aufs Meer geschaut und gesehen, was ich dort machen würde.“ Ilse stand auf und setzte sich an den Tisch.

„Nämlich?“, fragte Ignaz Franck.

„Fische fangen, Fische putzen, Fische verkaufen, Fische pökeln, Stand abbauen, Netze flicken, Kind auf die Welt bringen, für Kind und Mann kochen, putzen, Wäsche waschen – während er in der Bar sitzt und mit Freunden Karten spielt. Das war der entscheidende Punkt: Die Männer sitzen in der Bar, und die Frauen schuften. Da habe ich meine Vespa gestartet, um nach Hause zu fahren. Ich habe in einer kleinen Pension übernachtet. Nachts konnte ich nicht schlafen. Es gab einen kleinen Balkon am Ende des Flurs. Dort habe ich den Mond gesehen, gelb, dunkelgelb. Er lag auf dem Rücken, als müsste er die Last des ganzen Himmels tragen. Dann versank er hinter den Hügeln mit den Weinbergen, den Haselnusshainen und Kastanienwäldern. Ich wurde unsicher, aber plötzlich kam mir der Gedanke, dass der Mond am nächsten Tag ja wiederkäme. Damit war die Entscheidung gefallen. So, und jetzt gib mal ein Felchen rüber, ich muss schließlich für zwei essen.“

„Dann behältst du das Kind?“, fragte Hildegard Zahnlaub.

„Ja. Ich verdiene ja genug und kann mir eine Kinderfrau leisten.“

„Und du bist dir sicher?“, fragte Emilie Reber.

„Ja. Ich bin ich und ich bin hier.“

„Hier gibt es ja auch Fischer“, scherzte Ignaz Franck.

„Blödmann!“

„Wir sind im Notfall auch noch da“, sagte Hildegard Zahnlaub. „Das wird schon werden. Eine mutige Entscheidung, ich bin stolz auf dich, Ilse, hoch das Glas.“

„Friseursalon, Buchhandlung, Kleiderladen, Musikladen – der perfekte Bildungsweg; besser kann es mein Kind gar nicht haben.“

„Und Tanzschuppen“, sagte Ignaz Franck. „Es lernt auch gleich die Hüfte zu schwingen wie Elvis!“

„Machst du ein Tanzlokal auf?“

„Yesss, Darling, mit dir als Dancing Queen!“

„In der Freiheitsbibliothek?“

„Sicher nicht!“, mischte sich Emilie Reber ein.

„In der alten Kapuzinerkirche, wenn alles nach Plan läuft.“

„Wahnsinn, großartig, Igi!“

„Ich habe gedacht, ich stelle dir eine Jukebox in den Friseursalon, quasi als Werbung. Und für dich, Hildegard, bestelle ich auch noch eine. Wir werden das Städtchen rocken, sage ich euch. Die Jukeboxes werden die neuen Kirchenglocken der Stadt!“

„Das Kind wird in einer komischen Familie aufwachsen, ha“, lachte Ilse.

„Sagen wir ungewöhnlich“, meinte Emilie Reber, „aber es wird ein Kind der Liebe. Da bin ich mir bei uns vieren ganz sicher.“

„Und wir werden es auch schützen“, ergänzte Hildegard Zahnlaub, „vor all den Anfeindungen, die kommen werden. Der junge Zängler kommt in ein bis zwei Jahren raus.“

„Was?“, rief Emilie Reber.

„Scheiße!“ Ignaz Franck senkte den Kopf.

„Mein Informant hat einen Brief von ihm an seinen Vater geöffnet. Gute Führung, da kann man nichts machen, oder Emilie?“

„Nein, damit kann ich nun wirklich nicht zu den Franzosen gehen.“

„Was machen wir? Ich lasse mir von diesen Knallchargen nicht nochmals mein Leben nehmen“, hieb Ignaz Franck mit der Faust auf den Tisch.

„Igi!“

„Ist doch wahr.“

„Wir müssen rasch handeln. Bevor der Alte wieder seinen Kettenhund loslassen kann. Ich werde morgen den Antrag für die Kapuzinerkirche formulieren“, sagte Hildegard Zahnlaub.

„Du? Wir haben gedacht, Emilie würde das machen?“, zeigte sich Ignaz Franck erstaunt.

„Das ist eine gute Idee“, sagte Emilie Reber, „am besten noch mit jemand anderem zusammen, der nicht im Verdacht steht, dort ein Rock 'n' Roll-Lokal eröffnen zu wollen."

„Ha, am besten ein Pfarrer, der es dann als Zentrum für Jugendarbeit ausgibt", lachte Ilse.

„Gar keine schlechte Idee. Gibt es einen Pfarrer, der mitmachen würde?", meinte Emilie Reber.

„Ich will keine Kirche in meiner Kirche", warf Ignaz Franck ein.

„Gehen wir doch wieder einmal unsere Karteikarten durch. Eine Parteigängerin wird sich wohl finden", schloss Hildegard Zahnlaub die Diskussion.

*

Am 11. Mai 1957 erblickte Eugenie Krechter das Licht der Welt. Vater unbekannt. Das Mädchen maß 50 cm und wog 3,1 kg und war kerngesund. Ilse, Emilie Reber, Hildegard Zahnlaub und Ignaz Franck sprachen den Namen konsequent französisch aus.

Emilie Reber stellte in der Freiheitsbibliothek zehn Originalausgaben, darunter die „Leiden des jungen Werthers" und „Die Räuber", aus. Die Resonanz war groß und die Gerüchteküche brodelte ob der Frage, woher diese Kostbarkeiten wohl stammten. Martin Walser besuchte erstmals ihre Buchhandlung, gefolgt von Max Frisch sowie Ernst Jünger, den sie aber nicht begrüßte, sondern sich ins Lager verzog.

Ignaz Franck eröffnete sein Tanzlokal mithilfe einer Freundin von Hildegard Zahnlaub, der Vorsitzenden des katholischen Frauenvereins der Kleinstadt. Zahnlaubs Freundin befand, Rock 'n' Roll könnte durchaus zur Linie des neuen Papstes Johannes XXIII. passen.

Hildegard Zahnlaub wurde von Levi Strauss zu „Deutschlands Verkäuferin des Jahres" gewählt. Als Belohnung erhielt sie eine Signierstunde mit Peter Kraus, der anschließend ein Konzert in Ignaz Francks „Rock 'n' Shop" gab. Es zerbrach kein Mobiliar, aber nach „Wenn Teenager träumen" wusste man, wer wen nach dem Konzert im Seepark küssen würde.

*

1958 machte Eugenie ihre ersten selbstständigen Schritte von Friseurstuhl zu Friseurstuhl.

Fritz Zängler wurde am 19. Mai desselben Jahres aus der Strafanstalt entlassen.

Zwei Tage später betrat der alte Zängler Emilie Rebers Buchhandlung.

„Wie kann ich Ihnen behilflich sein?", ging Emilie Reber gleich auf ihn zu. „Alfred Anderschs ‚Die Kirschen der Freiheit'? Oder Zenon Rozanskis ‚Mützen ab ... Eine Reportage aus der Strafkompanie des KZ Auschwitz'? Hannah Arendts ‚Elemente und Ursprünge totaler Herrschaft' vielleicht? Mit oder ohne Kugel? Oder etwas Beschaulicheres? Hermann Hesses ‚Siddhartha' oder gleich ‚Der Steppenwolf'? Wohl besser, der spielt in Basel, das ist nahe an Deutschland. Dort reden sie auch so eine Art Deutsch. ‚Mein Kampf' hatten wir noch nie im Sortiment, tut mir leid, aber den haben sie wohl bereits gelesen."

„Frau Reber", wurde der vom Alter gebeugte Mann laut, „ich kaufe keine Bücher von Ihnen. Ich sage Ihnen nur: Lassen Sie meinen Jungen in Ruhe! Und die anderen auch!" Er drehte sich um und verließ die Buchhandlung.

*

An der Zänglerfront herrschte für eine gute Weile Ruhe.

Hildegard Zahnlaub bekam 1959 nicht mehr genügend Beate-Uhse-Kataloge, da ein Gericht befand, dass „eingehende Ausführungen über Sexualität" nicht mehr per Postwurfsendung versandt werden durften, dafür verteilte sie für die Kataloge Gutscheine, die man aber gleich wieder bei ihr einlösen und die „Ausführungen" an ihre Adresse bestellen konnte.

Ignaz Franck veranstaltete ein Buddy-Holly-Gedächtnis-Konzert mit dem blutjungen Elvis-Adepten Ted Herold. Als er seinen Hit „Ich bin ein Mann" anstimmte, flogen die Biergläser, worauf sich die Vorsitzende des katholischen Frauenvereins aus dem „Rock 'n' Shop“ zurückzog, da diese Ausrichtung wohl doch nicht ganz den Vorstellungen von Papst Johannes XXIII. entsprach.

Emilie Reber konnte Hermann Hesse für eine Lesung in der Freiheitsbibliothek gewinnen. Die Bibliothek war an diesem Abend brechend voll. Zu Emilie Rebers Freude erschienen viele junge Leserinnen und Leser, die vom Autor vor allem erfahren wollten, welche Drogen Harry Haller im „Steppenwolf“ zu sich genommen habe, worauf Hesse meinte, das sei egal, es gehe um die innere Erfahrung.

*

Im Mai 1960 entführte der israelische Geheimdienst den NS-Verbrecher Adolf Eichmann nach Israel, wo ihm der Prozess gemacht werden sollte.

Im August desselben Jahres kam die Antibabypille auf den amerikanischen Markt und bereitete der sexuellen Revolution den Boden.

Emilie Reber ordnete die Neuerscheinungen von Alfred Andersch, „Die Rote“, Arno Schmidt, „KAFF auch Mare Crisium“ und Günter Grass, „Gleisdreieck“ an den dafür vorgesehenen Stellen in den Verkaufsregalen ein. Von Michael Endes „Jim Knopf und

Lukas der Lokomotivführer" legte sie vorsorglich ein Exemplar für Eugenie auf die Seite.

Bei der Lesung von Günter Grass kam es im Vorfeld zu Protesten wegen der freizügigen Sexszenen und während der Veranstaltung zu tumultartigen Szenen. Manche meinten auch, Fritz Zängler unter den Störenfrieden erkannt zu haben.

Der Informant der Post fing einen Brief ab, in dem der alte Zängler aufforderte, wieder zu agieren, „aber zurückhaltend und im Dienst der Sache". Als Postskriptum schrieb er, dass er seinen Sohn Fritz noch nicht auf die Straße lasse. Der Informant erhielt ein schickes, rotes Tuch mit weißen Punkten, das man als Hals- wie auch als Kopftuch tragen konnte, für seine Verlobte.

Hildegard Zahnlaub wurde es langweilig. Ihr Laden lief wie geschmiert. Es war absehbar, dass sie zum zweiten Mal „Germanys Levi-Strauss-Store of the year" werden würde. Im Umkreis von 150 km kaufte jede und jeder, der dazugehören wollte, seine Kleidung bei ihr, die Jukebox schepperte von frühmorgens bis Geschäftsschluss, die Songs summte sie im Schlaf mit, das ganze Teenagergetue ging ihr mehr und mehr auf die Nerven, und sie war sich sicher, sie wollte wieder einmal etwas anderes sehen als Denim, Nieten, Collegejacken und Beate-Uhse-Gutscheine.

Als Erstes stellte sie die Katalogbestellungen ein. Die Kleinstadtweiber sollten mittlerweile so weit sein, die Gutscheine auf die eigene Adresse einzulösen und ihren Männern gegenüber dazu stehen zu können, was in ihren Briefkasten flatterte. Und vor allem sollten sie so weit sein, ihren Männern klarmachen zu können, dass es auch ihnen zugutekäme.

Ihre Angestellte Monika war damit einverstanden, ebenso mit der Umbenennung des Ladens in „Hosen-Saloon". Hildegard Zahnlaub kaufte sich ein Auto, einen Citroën DS 19, machte den Führerschein, entschied, den Laden im Sommer zwei Monate zu schließen und mit ihrem DS Europas Süden zu erkunden.

Monika schloss sich ihr an, und die beiden Frauen erlebten zwei aufregende Wochen in Biarritz, suchten drei Tage am Rand der Pyrenäen nach dem Bauernhof, dessen Bewohner Emilie Reber aufgenommen hatten, übergaben ihnen Geschenke von ihr – zwei Zola „Thérèse Raquin", „Lourdes" und zwei Flaschen Chablis – und fuhren die Küste entlang nach Monte-Carlo.

Dort nahm Monika den Zug nach Hause, drei Stunden später traf Ignaz Franck ein. Hildegard Zahnlaub nahm ihn mit nach Sanary-sur-Mer, das sie auf Geheiß von Emilie Reber – „Alle waren dort, die Manns, die Zweigs, Werfel, Feuchtwanger, einfach alle" – besuchen musste, fand aber den Geist der Deutschen Literaturgeschichte vom Mistral zerzaust. Ignaz Franck blieb, und Hildegard Zahnlaub machte sich auf in Richtung italienischer Grenze, verbrachte ein paar Tage in Noli, ging frühmorgens auf den Fischmarkt, schaute sich die jungen Männer an und fragte sich, welcher wohl Maurizio sei, entschied sich für keinen und fuhr über Rom, Florenz, Mantua und Venedig zurück in die Kleinstadt am Bodensee.

Derweil schossen Ilse die Tränen in die Augen, als Eugenie zum ersten Mal „Mama“ sagte. Als sie „Mama lieb“ sagte oder Ilse das zu hören glaubte, gab sie ihren Angestellten drei Tage frei, schloss den Salon für die Dauer und planschte mit Eugenie im See, aß mit ihr Eis und träumte davon, mit einem Fischer aufs Meer zu fahren.

*

1961 versuchte Ignaz Franck für seinen „Rock ’n’ Shop“ eine britische Gruppe namens „The Beatles“, die in Hamburg Furore machte, zu engagieren. Und er staunte, als seine Geschichte von den Hunden durch Walt Disney unter dem Titel „101 Dalmatiner“ in die Kinos kam.

Emilie Rebers Lieblingsbuch in diesem Jahr war „Das dreißigste Jahr“ von Ingeborg Bachmann. Seit Beginn des Eichmann-Prozesses am 11. April in Jerusalem hängte sie jeden relevanten Zeitungsartikel zum Thema an ihre Schaufensterscheiben, die regelmäßig von Unbekannt mit weißen Blättern überklebt wurden. In der Freiheitsbibliothek veranstaltete sie mit Ignaz Franck einen Abend mit Überlebenden des Frauen-KZ Ravensbrück. Während der Veranstaltung hörte man lautes Klopfen, das vom Schlagen von Blechtöpfen gegen Mauern stammte.

Zwei Tage später wurde ein anonymer Antrag bei der Gewerbeaufsicht auf Entzug der Lizenz zur Führung einer Buchhandlung gestellt, dem aber nicht stattgegeben wurde.

Auch bei der Gastgewerbeaufsicht wurde versucht, Ignaz Franck die Lizenz zu entziehen. Doch das leitende Gremium fürchtete sich vor einem allfälligen Gerichtsverfahren und ließ den Antrag fallen.

Eugenie erhielt von Emilie Reber „Jim Knopf und Lukas der Lokomotivführer“ zum dritten Geburtstag, von Hildegard Zahnlaub einen großen Käsekuchen, von Ignaz Franck ein Sparbuch mit 20 Mark und von Mami ein kleines Kätzchen, in das sie sich beim Besuch eines Bauernhofes verliebt hatte. Ilse dachte oft daran, sich selbst wieder einmal zu verlieben, wusste aber nicht, in wen.

Hildegard Zahnlaub machte einen Monat Urlaub. Diesmal kam Monika sogar drei Wochen mit, und beide bestaunten den David in der Accademia di Belle Arti in Florenz, scherzten über den Schiefen Turm von Pisa, schauderten vor dem „Triumph des Todes“ im Camposanto Monumentale und genossen das Meer bei Viareggio.

Zum ersten Mal seit seiner Freilassung vor drei

Jahren sah man Fritz Zängler auf dem See in seinem Segelboot auf und ab kreuzen, und der Pflasterer machte sich auf, den Hermann-Göring-Platz zu überbauen.

*

Als am 1. Juni 1962 Adolf Eichmann gehängt wurde, wurde zu Felchen und Pellkartoffeln eine dritte Flasche Chablis entkorkt und gleichzeitig das Schaufenster von Emilie Rebers Buchhandlung eingeschlagen und das von Hand geschriebene Plakat „Eichmann gehängt: Der Anfang der Gerechtigkeit“ mit Kot beschmiert und über die Bücherauslage gelegt.

Emilie Reber erstattete Anzeige gegen Unbekannt. Viele Kundinnen und Kunden drückten ihr gegenüber ihre Empörung aus, aber bei vielen wurde sie den Verdacht nicht los, dass sie mit Eichmanns Tod ihre eigene Schuld nun als getilgt empfanden.

„Als wäre er ihr Messias“, hielt ihr Ignaz Franck seine Packung Zigaretten hin. „Eine nette Geste von Gott, so ein Messias, den man ans Kreuz nagelt oder an einen Galgen hängt und schon ist die Sache ein für alle weiteren Male erledigt. Wir Juden sind da ernsthafter unterwegs, wir haben einen Vertrag mit Gott, das ist ein Geschäft. Darum denken viele von uns auch, dass die Katastrophe der Nationalsozialisten über uns hereingebrochen ist, weil wir es über Jahrhunderte versäumt haben, alle Rechnungen zu bezahlen."

„Aber der Vertrag ist doch verhandelbar? Sonst kämt ihr ja nicht durchs Leben."

„Ja schon, da zeigt sich Gottes Gnade. Sie gibt dem Menschen Selbstständigkeit und Würde. Aber vielleicht haben wir die Verhandlungen zu arg strapaziert und er hat die Geduld verloren."

Der See war aufgewühlt, Wolken schoben von Westen her über den Himmel. Riss ein Sonnenfenster auf, sah man den Schnee bis weit in die unteren Lagen des Säntis. Der Wind war bissig, es war ungewöhnlich kalt für diese Jahreszeit, doch für zwei, drei Zigaretten sollte es reichen, meinte Ignaz Franck.

„Mein Glaube an einen Messias ist bös angeschlagen, Emilie. Sterbe ich, und gäbe es wirklich eine Himmelfahrt, dann müsste er mir auf halbem Weg ein frisches Paar Flügel bereithalten. Anders wäre das Vertrauen wohl nicht wiederherzustellen."

Emilie Reber drehte sich vom Wind weg, um an ihrer Zigarette ziehen zu können.

„Vergessen, verdrängen, nach vorne schauen, für viele die einzige Lösung, sich vom Albdruck der Geschichte zu befreien", sagte Emilie Reber in den Wind. „Darum nennt man es Nachkriegszeit und nicht Nach-Nazi-Zeit." Sie klaubte eine weitere Zigarette aus der Schachtel.

„Ja, so ist es für sie erträglicher."

„Letztlich ist es ihr Kampf um Heimat. Ein Kampf

der Überlebenden. Nicht nur der Deutschen, in allen Ländern des Krieges. Hat man keine Heimat, ist alles verloren. Ich habe viele gesehen, die daran gestorben sind. Was meinst du, warum ich zurückgekommen bin? Es ist und bleibt meine Heimat, trotz allem, was geschehen ist. Es ist meine Sprache."

„Deine Heimat ist die Musik, meine die Literatur. Dieses Land hat die Literatur verstümmelt, hat unzählige Talente zum Verstummen gebracht, ins Exil, in den Selbstmord getrieben, hat die Verlage zerschlagen und die Steigbügelhalter des Schunds in den Ritterstand erhoben. So ein Land kann mir keine Heimat sein."

„Aber du bist zurückgekommen."

„Ja, du siehst ja, wie viel Arbeit es hier zu tun gibt."

„Eben. In Frankreich würdest du das niemals auf dich nehmen."

Eine Windböe spritzte ihnen Gischtwasser einer an den Uferkai klatschenden Welle ins Gesicht.

„Lass uns einen Tee trinken. Es wird immer kälter", sagte Emilie Reber und stand auf. Kaum hatten sie die Buchhandlung erreicht, setzte starker Regen ein.

Die Fahrten im Taxi von der Buchhandlung zu Emilie Rebers Zuhause waren meist schweigsam. Doch kaum saß sie an diesem Tag im Fonds des Wagens, sagte der Taxifahrer: „Der junge Zängler war das nicht."

„So! Kaum ist er draußen, geht es wieder los."

„Der ist schon seit vier Jahren wieder draußen, und es geht erst jetzt wieder los!"

„Aber es geht wieder los!"

„Der hat sich seine Gedanken darüber, wieso es so weit kommen konnte, im Gefängnis und in den drei Jahren Ausgangssperre, die ihm der Alte aufgedrückt hat, schon gemacht. Ich meine, der Alte hält ihn ja wie einen Kettenhund."

„Und jetzt hat er ihn wieder losgelassen."

„Ich meine, als er die Frauenführerin totgefahren hat, da war er noch ein junger Trottel, den der Vater in die Partei geschmissen hatte und mit dem er machen konnte, was er wollte. Aber jetzt, ich meine, der geht auf die fünfzig zu, der wird sich, wie gesagt, schon ein paar Gedanken über seinen alten Herrn machen."

„Die Frage ist, ob er sich die richtigen macht."

„Er ist ziemlich anders geworden. Der hat ja alles auf Feindpropaganda, die Filme über die KZ und all das Zeugs abgetan, aber mit dem Eichmann – jetzt dämmert es so manchem. Nicht nur ihm."

„Es hätte allen viel früher dämmern müssen."

„Schon. Aber Deutschland war groß, mächtig, die Schmach von Versailles durch Hitler ausradiert, alles war möglich, und jetzt wird uns wieder von allen auf den Kopf geschissen. So sehen die das."

„Zu Recht!"

„Ja, zu Recht. Und es dämmert, aber das wollen hier viele noch nicht. Vielleicht ist es zu früh, vielleicht wollen sie es nie. Die Erinnerung soll wohl das Vergessen werden."

„Ich kenne Sie ja gar nicht so."

„Sie haben auch nur ganz selten geredet. Jetzt dachte ich, jetzt fange ich mal an. Aber jetzt sind wir schon da."

„Denken Sie, es sind noch viele?"

„Ich denke schon. Aber hoffen wir, dass es weniger werden. Gute Nacht, Frau Reber, bis morgen um halb sieben."

Der Taxifahrer stand am nächsten Tag pünktlich vor der Tür und brachte Emilie Reber sicher die achthundert Meter den Hügel zur Post hinunter. Sie leerte ihr Postfach, und das wartende Taxi brachte sie die weiteren hundertfünfzig Meter zu ihrer Buchhandlung.

Emilie Reber goss Tee auf, schaute die Post an, kreuzte in den Verlagsvorschauen Neuerscheinungen und nachzubestellende Titel an, streifte die weißen Handschuhe über, ging die Regale durch, ob noch weitere Titel nachzubestellen seien.

Maria traf um viertel vor acht ein. Emilie Reber reichte ihr eine heiße Tasse Tee und übergab ihr die Vorschauen, damit sie die Bestellungen von Reise-, Koch- und Ratgeber-Literatur, „die buchstabierten Krücken", wie Emilie Reber diese Gattungen nannte, sowie von Taschenbüchern aufgeben wären.

Punkt halb neun wurde geöffnet, und kurz vor neun betrat der Taxifahrer, gefolgt von Fritz Zängler, die Buchhandlung. Als Emilie Reber Fritz Zängler erkannte, rief sie in Richtung Maria: „Maria, kannst du bitte die Fenster öffnen. Es stinkt hier."

Zängler drehte auf der Stelle um. Als er die Türklinke drücken wollte, schaute er nochmals zu Emilie Reber: „Sie können es glauben oder nicht: Ich habe das nicht getan."

„Wer dann?"

„Ich weiß es nicht."

„Soll ich Ihren Vater fragen?"

„Ja, tun Sie das. Aber er weiß es auch nicht."

„Ach, es ist doch sein Ungeist, der in Ihnen steckt!"

„Sie sind der Ungeist, der Unruhe und Zwietracht stiftet."

„Welche Ruhe hätten Sie denn gerne? Die, die alle Eichmanns in diesem Land ungeschoren davonkommen lässt?"

„Die, welche die Gemeinschaft zur Besinnung kommen lässt!"

„Ha, haben Sie das von Ihrem Gefängnispfarrer?"

Zängler drückte die Klinke und verließ die Buchhandlung.

Die Blicke vom Taxifahrer und von Emilie Reber kreuzten sich, er stieß einen leisen Seufzer aus, sagte, „Bis heute Abend", und machte sich daran, das Geschäft ebenfalls zu verlassen. Vor der Türe drehte er sich nochmals um: „Er hat es gut gemeint, Frau Reber, glauben Sie mir."

„Er trägt die Schuld am Tod eines Menschen und

ist mitschuldig am Tod von Millionen weiteren. Da gibt es keine Ruhe! Da muss er sich bei jemand anderem rechtfertigen, nicht bei mir."

„Aber er war es nicht."

„Aber seine Brüder im Geiste."

In ihrer Rauchpause erzählte sie Ignaz Franck von dem Vorfall mit dem jungen Zängler.

„Ich denke auch, dass er es nicht war. Der kommt wahrscheinlich nach und nach dahinter, was sein Alter ihm alles angetan hat."

„Meinst du, der kann wirklich so weit denken?"

„Er brauchte bislang einfach viel Zeit. Und ein bisschen Nachhilfe hinter Gittern beispielsweise. Vielleicht kommt er zu dir, weil er einen weiteren Denkanstoß braucht."

„Das habe ich noch nie so gesehen. Der Alte hat dem Jungen sein ganzes Leben versaut."

„Der Junge ist weit über fünfzig, aufgewachsen im Kaiser- und im Dritten Reich. Der Alte hat ihm wohl stets eingebläut, er sei ein Herr, obwohl er nur dessen Knecht war."

„In diesem Alter scheut man sich vor so einer Erkenntnis."

„Sag ich ja, er braucht einen weiteren Schubs."

„Aber warum von mir?"

„Schwierig. Vielleicht fühlt er ja irgendwie, dass du seine Verbündete sein könntest."

„Verbündete?!"

„Eben, schwierig. Noch eine?“ Er hielt ihr die Zigarettenschachtel hin. „Übrigens, hast du schon von einer Band namens The Beatles gehört? Die sollen in Hamburg für mächtig Radau sorgen.“

„Wie das? Hermann Hesse liegt im Sterben. Das weiß ich. Und der neue Grass verkauft sich schlechter als gedacht.“

„Du musst jetzt Hesse kaufen, Hesse, Hesse, Hesse.“

Hildegard Zahnlaub kam mit der kleinen Eugenie zur Bank spaziert, die sich sofort zuerst auf Emilie Rebers Schoß setzte, sie auf die Backe küsste, um gleich danach auf Ignaz Francks Schoß hinüberzukraxeln und ihn ebenfalls zu küssen.

„Tante Hildaa hat mir einen Lutscher gekauft. Kaufst du mir ein Eis, Igaa? Oder du, Eemaa?“

„Da müssen wir zuerst die Mama fragen“, antwortete Ignaz Franck streng.

„Eemaa?“, drehte sie sich zu Emilie Reber.

„Auch ich muss deine Mama fragen.“

„Mama sagt jaaaaa!“

„Da bin ich mir aber nicht so sicher.“

„Der Postjunge hat eine Schutzwacht zusammengestellt“, sagte Hildegard Zahnlaub.

„Was ist eine Schmutzmacht, Tante Hildaa?“

„Schutzwacht, Schätzchen, die sollen uns beschützen.“

„Warum sagst du eigentlich nur zu Hildaa Tante?“, fragte Emilie Reber.

„Ist Tante, du bist auch Tante. Muss man aber nicht sagen."

„Was machen die?", fragte Ignaz Franck.

„Sie wollen nächtens vor unseren Geschäften wachen. Der Postjunge hat genug. Er will sich mit seinen Jungs wehren, er wolle mit seiner Verlobten nicht in einer solchen Welt leben."

„Ah, die Verlobte", sagte Ignaz Franck spitz.

„Sie heißt Doris", antwortete Hildegard Zahnlaub, „sehr nett, sehr attraktiv."

„Kein Wunder bei dieser Ankleide, dieser Frisur", meinte Ignaz Franck.

„Haare von Mama?"

„Ja, Eugenie, die Haare sind von deiner Mama."

„Das ist ja nett", meinte Emilie Reber, „aber brauchen wir das?"

„Ja, das ist gut. Das ist was für die Presse!", sagte Ignaz Franck.

„*Du meine Fresse* sagt auch Mama manchmal, Emaa."

„Presse, Zeitungen, Kind. Ja, warum nicht, wenn du meinst."

„Ich werde es ihnen zustecken. Hildegard, hast du schon von einer Band namens The Beatles gehört?"

„Sind das die, die sich in Hamburg die Haare wachsen lassen?"

„Sind die bei Mama?"

„Könnte passen, was man über den Radau dort hört."

„Bring sie!"

„Aber bei Mama sind sie doch schon."

„Nein, noch nicht, aber sie müssten mal zu deiner Mama. Falls das so ist mit den Haaren."

„Gibt es jetzt Eis, Emaa?", fragte Eugenie und rutschte vom Schoß von Ignaz Franck.

Emilie Reber machte es sich im Fonds des Taxis bequem, und der Chauffeur wendete den Wagen und fuhr den Hügel hoch. Sie schwiegen. Beim Aussteigen gab sich Emilie Reber einen Ruck, hieß den Taxifahrer an, die Scheibe hinunterzukurbeln, und sagte: „Bitte richten Sie Fritz Zängler aus, ich erwarte ihn zu einer Tasse Tee. Morgen um 11 Uhr in meiner Buchhandlung."

Fritz Zängler erschien pünktlich. Emilie Reber kochte zwei Tassen Tee, servierte sie schweigend, setzte sich zu ihm und zog ihre weißen Handschuhe aus.

„Ich war es nicht, glauben Sie mir, Frau Reber", begann der junge Zängler das Gespräch leise, zögerlich.

„Stellen Sie sich vor, ich glaube Ihnen. Aber wer war es dann?"

„Ich weiß es wirklich nicht. Wirklich."

„Das hingegen glaube ich Ihnen nicht."

„Ich weiß es wirklich nicht!"

„Die Täter müssen doch aus der Gefolgschaft Ihres Vaters stammen, nicht?"

„Ich weiß es wirklich nicht."

„Vielleicht war es ja Ihr Vater selbst."

„Das kann er nicht mehr."

„Aber Ihr Vater steckt dahinter. Wir kennen die Briefe Ihres Vaters, wir kennen die Adressaten der Schreiben. Er fordert sie darin auf, wieder zu agieren, aber zurückhaltend und im Dienst der Sache."

„Das muss wohl während meiner Zeit im Gefängnis gewesen sein."

„Nein, war es nicht. Es war, als Sie längst wieder draußen waren."

„Ich habe nichts davon gewusst. Ich war eingesperrt. Im Gesindegefängnis unseres Schlosses. Ich musste für die Schande, die ich der Familie zugefügt habe, noch weitere drei Jahre büßen. Einzig, mit ihm zu Abend essen durfte ich."

„Wie groß ist denn Ihre Familie?"

„Nur noch er und ich. Mama ist an der Spanischen Grippe gestorben. Von da an waren nur noch er und ich da. Er hat nicht mehr geheiratet."

„Und Sie? Sie sind doch eine stattliche Partie?"

„Ach, wissen Sie ... ich wollte segeln. Und da war ja die Verwaltungs... und die Partei ... da war die Arbeit."

„Ihnen ist schon bewusst, dass Sie mit Ihrer *Arbeit* mitschuldig am Tod von Millionen Menschen sind, dass Sie einem verbrecherischen Staat gedient haben und dass Sie mit Ihren Anschlägen auf mein Geschäft die Denk- und Handlungsweise dieser abscheulichen Despotie einfach weitergeführt haben, als wäre all dies noch rechtens?"

„Ich wusste nichts von den Verbrechen. Ich bin entnazifiziert."

„Jetzt hören Sie aber auf", Emilie Reber stand auf, „es spielte sich ja alles vor Ihrer Haustüre ab. Jeden Tag sahen Sie die KZ-Häftlinge und haben mit ihnen Ihren Spott getrieben. Und die verscharrten Toten im Wald Ihres Vaters, davon haben Sie nichts gewusst, Herr Zängler?", herrschte sie ihn an, wandte sich ab und zog ihre weißen Handschuhe wieder an.

Fritz Zängler schmiss seinen Löffel in die Teetasse, stand auf und wollte die Buchhandlung verlassen.

„Ich habe bereits eine Anzeige gegen Unbekannt erstattet", rief ihm Emilie Reber zu, „das könnte nochmals unliebsam für Sie enden. Fragen Sie doch Ihren Vater, ob das gut für die *Familie* ist. Guten Tag!"

Die Taxifahrt war schweigsam. Als der Wagen vor Emilie Rebers Haus anhielt, stellte der Fahrer den Motor ab, drehte sich um und fragte sie: „Falls er das nochmals aufnehmen möchte, wären Sie bereit dazu?"

„Entschuldigung, Herr, Herr …?"

„Rast."

„Herr Rast, jetzt weiß ich nach so vielen Jahren erstmals Ihren Namen, seltsam, dass mir das nie aufgefallen ist."

„Wir haben geschwiegen. Ist auch nicht so wichtig."

„Dafür gebe ich Ihnen ein schönes Trinkgeld zur Monatsrechnung."

„Das ist nicht nötig."

„Doch. Aber zu Zängler: Der hat überhaupt nicht verstanden, wofür er da einsteht ..."

„Eingestanden ist, Frau Reber."

„Ach was, so wie er sich mir gegenüber geäußert hat."

„Er hatte Angst."

„Vor mir?"

„Ja. Vor dem, was Sie ihm gesagt haben. Er getraut sich nicht, dies zu denken, es sich einzugestehen."

„Ja braucht er denn die Erlaubnis seines Vaters, Herrgott?"

„Ja."

„Dann soll er sie einholen!"

„Wie immer, morgen? Übrigens seine Einladung zu einer Segelpartie bestünde immer noch."

„Ja, auf Wiedersehen, Herr Rast."

„Es ist, als halte man ein Brennglas auf die Bundesrepublik Deutschland und die Vergrößerung ergibt die verträumte Kleinstadt am Bodensee. Der hauptsächlich vom Tourismus lebende Ort ist bereits in der Vergangenheit mehrmals durch wüste Anschläge auf Geschäfte, die den gesellschaftlichen Fortschritt verkörpern, aufgefallen: Schmierereien, Stinkbombenanschläge, Schüsse in Schaufenster. Und jetzt wurden erneut Scheiben eingeschlagen, Bücher mit Kot bestrichen – alles erinnert an Deutschlands dunkle Zeit zwischen 1933 und 1945. Doch diesmal stand die Jugend auf. Sie hat Schutzwachen vor den betroffenen Geschäften aufgestellt sowie vor einem Tanzlokal, welches sich der neuen Musik verschrieben hat. Ein Demonstrationszug der Jugendlichen mit der Forderung ‚Zeigt euch, ihr Feiglinge' steht in zwei Wochen bevor. Ein paar Betriebe und Geschäfte scheinbar kleinstadtbekannter Altnazis wurden mit der Parole ‚Deutsche kauft nicht bei Nazis' beschmiert. Eine jugendliche Entgleisung, aber sie zeigt, wie ernst es den jungen Menschen ist, die das Schweigen ihrer Väter und Mütter nicht mehr aushalten. Ein Frankfurter Philosoph führte das auch in anderen Orten beobachtete Erwachen der Jugend auf den Eichmann-Prozess zurück, es sei vergleichbar wie gefrorener See, der von den Zuflüssen mit wärmerem Wasser gespeist würde, das nach und nach an die Oberfläche dränge und letztlich das Eis sprengen würde. Und so weiter und so fort …", schloss Emilie Reber und legte das Hamburger Nachrichtenmagazin zur Seite.

„Die Felchen sind fertig", rief Ilse aus der Küche. „Und … psst … Eugenie schläft."

Ilse servierte die Felchen, Emilie Reber nahm eine Flasche Chablis aus dem Kühlschrank und Hildegard Zahnlaub verteilte die Pellkartoffeln auf den Tellern.

„Das hat Ignaz gut hinbekommen", meinte Hildegard Zahnlaub, „das ‚Südblatt' wird dem wohl in nichts nachstehen."

„Der ‚Stadtanzeiger' wird sich wohl moderater geben", fügte Emilie Reber hinzu.

„Ich werde dem Heini sagen, sie sollen keinen Mist bauen bei der Demonstration, keine Parolen schmieren und nichts zerschlagen", schlug Hildegard Zahnlaub vor.

„Wir müssen die Kundgebung in den Griff bekommen, so gut es geht. Gehen wir die Karteikarten durch und überlegen wir, wen wir beeinflussen können."

„Es geht nichts über Bodenseefelchen."

„Ja, hast du gut gemacht, Ilse. Mit dem Olivenöl, vermischt mit Zitrone, wirklich", nickte Emilie Reber anerkennend.

„La Cucina Italiana eben, schmeckt auch wunderbar mit Süßwasserfischen. Ein paar geröstete Pinienkerne wären jetzt noch das Tüpfelchen auf dem i."

In den nächsten Tagen bearbeiteten die drei Frauen, ihren Karteikarten folgend, ihre Kundschaft: Politisch Neutralen empfahlen sie, zur Demonstration zu gehen, denn je mehr mitmachten, desto geringer sei das Risiko einer Eskalation. Den Jungen trichterten sie ein, ja keinen Radau zu machen, vielmehr schweigend durch die Straßen zu ziehen, sei Schweigen doch viel eindrücklicher und genau das, was ihre Väter und Mütter täten. Und denen vom Nazi-Lager rieten sie, endlich die alten Zeiten zu begraben, ihrer Lebenslügen zu entsagen und zu den begangenen Verbrechen zu stehen.

Ignaz Franck nahm sich in seinem „Rock 'n' Shop" seine Jungs zur Brust und schwor sie darauf ein, sich auf keine allfälligen Provokationen einzulassen, ganz still zu demonstrieren, aber mit Transparenten, auf denen Parolen wie „Euer Schweigen verbaut unsere Zukunft", „Eure Verbrechen sind die Last unseres Lebens" oder „Eure Lügen können uns nicht aufhalten" zu lesen seien.

Ilse sagte für den kommenden Donnerstag zu Felchen und Chablis ab, fragte dafür Hildegard Zahnlaub, ob Eugenie bei ihr übernachten dürfe, sie müsse sehr früh raus, sei aber so gegen zehn Uhr zurück und würde sie dann bei ihr abholen.

Hildegard Zahnlaub sah ihre Vermutung bestätigt, als Eugenie eine Zeichnung aus ihrem Täschchen zog, auf der ein dunkelblauer See und ein hellblauer Fisch zu sehen waren. Mit krakeliger Schrift stand unter der Wasserlinie: *Mama fishenn.*

„Wer hat dir denn schreiben gelernt?"

„Emaaa. Emaa sagt, ohne Schreiben kann man nicht lesen."

Kaum hatte das Boot in der Dunkelheit eines lauwarmen Sommermorgens den Hafen hinter sich gelassen, zog sich Ilse aus und sprang in den See. Der verdutzte Bodenseefischer stoppte das Boot, und Ilse rief: „So herrlich. Komm auch!"

Der Bodenseeschiffer rief zurück: „Nein, wir verlieren sonst das Boot. Komm wieder an Bord."

Ilse schwamm zurück zum Boot und entschloss sich, sich endlich wieder einmal als Frau zu fühlen.

Der Bodenseefischer wusste nicht, wie ihm geschah, und dass ihm Ilse nachher zu verstehen gab, dass sie ihn mochte, dass er sich aber eine normale Beziehung oder gar eine Heirat gleich aus dem Kopf schlagen könne, da sie sich sonst nie mehr treffen würden, überforderte ihn vollends. „So, und jetzt zeigst du mir, wo die Felchen sind", lachte sie, zog Slip und Unterhemd an und darüber das Ölzeug, das sie in einer Tasche mitgebracht hatte.

„Und das hast du ihm so gesagt?", fragte Hildegard Zahnlaub Ilse bei einer Tasse Kaffee, derweil Eugenie im Nebenzimmer für Emilie Reber den See mit einem Berg zeichnete.

„Ja, genau so und ganz bestimmt. Ich habe mir genommen, was ich wollte. Kein schlechtes Gewissen, keine Reue – ich bin stolz auf mich!"

„Und wenn er es herumerzählt? Sie werden dich als Hure abstempeln."

„Das habe ich ihm auch gesagt. Und dass es mir so was von egal ist. Und ich würde überall erzählen, was für ein übler Freier er ist. So ein Friseursalon ist mächtiger als jede Zeitung, jedes Radio, jedes Fernsehen."

„Pessar?"

„Ja. Es war wunderbar. Ich glaube, ich finde die Erfüllung nur auf Gewässern. Ich muss mir wohl ein Boot kaufen", lachte sie.

„Meinst du, ich sollte es auch probieren?"

„Vielleicht. Wusstest du, dass ein Aal ein Stück Würfelzucker im ganzen Bodensee riechen kann?"

„Wirklich?"

„Hat mir mein Fischer erzählt. Und nur damit es klar ist: Die Fischer sind meine Sache!"

Hildegard Zahnlaub lachte. „Was meinst du, schaffen wir es, dass es am Samstag ruhig bleibt?"

„Ich habe es allen gesagt, wenn es gesittet zu- und hergeht, gibt es zehn Prozent Rabatt auf den nächsten Haarschnitt."

„Kluge Idee, das mache ich auch."

„Und Igi soll eine oder zwei Runden Freibier schmeißen und Emi Hesse zum halben Preis verhökern. So kriegen wir die Halbstarken in den Griff."

„Ilse, hast du schon mal etwas von den Beatles gehört?"

„Ja klar. Warum?"

„Ignaz meint, die würden unsere Kleinstadt zum Kochen bringen."

„Aber nicht diesen Samstag, oder?"

„Nein, irgendwann im Herbst."

„‚My Bonnie' ist recht gut."

„Woher kennst du die?", fragte Hildegard Zahnlaub Ilse.

„Ein Junge hat mir die Single für meine Jukebox mitgebracht. Und manchmal läuft sie eben. Aber Elvis ist viel besser."

„Ignaz will sie herbringen."

„Ich werde da sein und ihnen die Haare schneiden. Da müssen wir Friseurinnen dagegenhalten."
„Sie würden sicher zusammen lesen."

Die Demonstration verlief friedlich. Schweigend zogen knapp tausend Menschen durch die Straßen der Kleinstadt. An der Spitze die Jugend, überraschend geschlechtergemischt, Transparente tragend wie „Nie wieder Nazis, nie wieder Krieg!", „Wir leben auch ohne euch" oder „Redet, bereut, büßt", dahinter ältere Semester, die geschlossenen Reihen der Kreisfraktion der Sozialistischen Partei Deutschlands, weitere linke Gruppierungen, die „Reber-Sekte", bestehend aus Literaten, Künstlern und Intellektuellen der Region, ein paar von Zängler unabhängige Handwerker sowie einige Frauen, von denen Hildegard Zahnlaub wusste, dass sie mittlerweile die Beate-Uhse-Kataloge zu sich nach Hause bestellten. Zur Freude von Ilse war auch der Bodenseefischer im Demonstrationszug dabei.

Das Schweigen erschütterte die Kleinstadt. Schaulustige auf den Gehsteigen trauten sich kaum in normaler Lautstärke zu sprechen. Hinter vorgehaltener Hand flüsterten sie den Nachbarn ihre Meinung zu den Geschehnissen zu oder wen sie gerade gesehen hatten, der oder die auch mitlief.

Die Ruhe schlich sich in die Geschäfte, geisterte durch die Gaststuben, senkte sich über die Dächer mit den Staffelgiebeln und legte sich auf den See.

Die Enten, Schwäne und Blesshühner trauten sich nicht mehr, in die Lüfte zu schwingen, die Fische tauchten tiefer und der Rhein sank bei seinem Eintreten gleich bis zum Seeboden hinab.

Am Abend, als in Ignaz Francks „Rock 'n' Shop" eine national bekannte Band „The Rattles" zur Zusage ansetzte, wurde eine Rauchpetarde in das Lokal geworfen. Es war der Geistesgegenwart des Sängers der Band zu verdanken, dass keine Panik ausbrach. Er sah die Petarde in den Saal fliegen, rief sofort „Rauchpetarde!", schnappte eine Lederjacke von einem Stuhl, warf sie über die Petarde, trug diese aus dem Lokal und schmiss sie in den See.

Unterdessen war draußen schon eine Rangelei im Gange, zwischen Heini und einem der Angreifer, dem der Pflasterer, der vor der Tür mit einer jungen Dame rauchte, ein Bein stellen konnte.

Der Pflasterer kam Heini gleich zu Hilfe und gemeinsam hielten sie den Jungen fest. Der Pflasterer wollte ihm gleich eine Tracht Prügel verpassen, doch Ignaz Franck konnte gerade noch dazwischengehen.

„Warum hast du das gemacht?", schrie ihn Ignaz Franck an. „Weil ich Jude bin?"

„Frag ihn doch auf der Bühne", kam der Sänger der Rattles dazu.

„Ja", stimmte ihm der Pflasterer zu, und ehe es Ignaz Franck verhindern konnte, schleiften der Pflasterer und der Sänger den entgeisterten Jungen unter lautstarkem Gejohle auf die Bühne, setzten ihn auf einen Stuhl und der Sänger fragte den Jungen, ob er den Anschlag verübt hätte, weil der Lokalbetreiber Jude sei.

„Nein“, hauchte der verdatterte Junge ins vorgehaltene Mikrofon.

„Lauter, du Schwein!“, rief jemand aus dem Publikum, und eine Gruppe begann „Lauter, lauter, lauter“ zu skandieren.

Der Sänger hielt ihm auffordernd das Mikrofon näher an den Mund.

„Nein.“

„Warum denn?“

„Weil … weil … weil …“

„Sag schon“, hörte man wieder jemanden aus dem Publikum.

„Wir haben Geld bekommen … meine Mutter ist krank … wir brauchen …“, stotterte der Junge, bevor er zu heulen begann.

Der Sänger fragte die Zuschauer: „Kann jemand bestätigen, dass seine Mutter krank ist?“

„Ja“, rief eine junge Frau. „Sie hat Krebs, sie sind arm, sie klauben für Medikamente jeden Pfennig zusammen.“

Ein paar buhten.

Ignaz Franck sprang auf die Bühne und rief: „Es gibt keinen Grund zu buhen. Er wollte seiner Mutter helfen, ein eherner Grund. Er nahm in seiner Verzweiflung das Geld. Geld von den alten Nazis. Stimmt’s?“

Der Junge nickte.

„Die meisten eurer Väter haben Geld von den Nazis bekommen, das sie oft uns Juden weggenommen haben. Aus keinem einzigen anderen Grund, als dass wir Juden waren."

„Wer unschuldig ist, werfe den ersten Stein", sagte der Gitarrist in sein Mikrofon.

„Jetzt sag uns, von wem das Geld gekommen ist, und dann lassen wir dich gehen. Und niemand krümmt dem Jungen ein Haar. Also, von wem habt ihr das Geld bekommen?"

„Vom Schreiner."

„Ist das wahr?"

Der Junge schwieg.

„Vom Zängler?"

Der Junge weinte wieder.

„Alt oder jung?"

„Er würde nie mehr etwas für meine Mutter geben, hat er gesagt, und auch niemand anderer, dafür würde er sorgen …"

Der Junge weinte wie ein Schlosshund.

„Der Alte?"

Der Junge nickte und wandte sein Gesicht vom Publikum ab.

Es war still im Saal, ein paar flüsterten sich etwas zu, andere nickten sich wissend zu, und wieder andere schauten gebannt auf den Jungen.

„Wenn niemand dem Jungen etwas tut, spielen wir das ganze Set noch einmal. Wollt ihr das?", schrie der Sänger und hob die Arme hoch. Er wiederholte es, bis der ganze Saal „Ja“ schrie.

Die Band legte los. Ignaz Franck führte den Jungen hinter die Bühne, hieß ihn zu warten und brachte ihm eine Coca-Cola. Der Junge stürzte sie hinunter, wischte sich die Tränen ab.

„War der junge Zängler auch dabei?“, fragte Ignaz Franck.

„Nein“, sagte der Junge, „der Alte hat ihn wieder eingesperrt, weil er mit Frau Reber gesprochen hatte.“

„Nun gut.“

„Herr Franck, warum machen Sie das?“

„Weil es nie mehr so werden darf, wie es war. Geh jetzt, und wenn du Geld für Medikamente brauchst, komm zu mir.“

Das „Südblatt“ berichtete von einer eindrücklichen Manifestation der Jugend. „Das Schweigen, diese wütende Stille, muss den Altnazis der Kleinstadt unter die Haut gefahren sein, war es doch ein unmissverständliches Zeichen, dass sie und ihre Ansichten keinen Platz mehr haben und dass man diese jederzeit und an jedem Ort auf das Schärfste verurteilen und zurückweisen werde.“

Der Journalist hoffte, der Rauchbombenanschlag am Abend während des Konzerts, der dank des beherzten Eingreifens einer jungen Frau und des bedachten Umgangs des Sängers mit der Situation äußerst glimpflich ausgegangen sei, sei nun wirklich

„das letzte Aufflackern des Widerstandes gegen das neue Deutschland gewesen“.

Beim nächsten Felchen-und-Chablis-Abend war Ignaz Franck wieder dabei und schilderte nochmals die Ereignisse dieses denkwürdigen Abends. Eugenie schlief im Nebenzimmer, nachdem sie eine Zeichnung von drei Strichmännchen auf einer Parkbank angefertigt hatte, die mit Tante Emaa, Tante Igaa und Tante Hildaa beschriftet waren. Dabei kriegte sie sich vor Kichern fast nicht mehr ein, als sie Ignaz Franck das Bild zeigte. Dieser lachte mit und sagte grinsend: „So, Eugaa, bin ich froh, auch zu einer Tante aufgestiegen zu sein.“

„Meinst du, der Junge würde vor Gericht aussagen?“, fragte Emilie Reber Ignaz Franck.

„Möglich, aber ich möchte ihm das nicht zumuten. Ich denke, der hat seine Lektion fürs Leben gelernt.“

„Ja, aber wir könnten so den alten Zängler drankriegen“, hakte Hildegard Zahnlaub nach.

„Was ist die Aussage eines eingeschüchterten Jungen, der um seine Mutter bangt, wert? Und welche Konsequenzen hätte es im Falle einer Verurteilung für Zängler? Eine geringe Buße, die er, ohne mit der Wimper zu zucken, aus seiner Portokasse bezahlen würde.“

„Ich denke auch, da würden wir dem Jungen nur schaden. Aber hat er nicht gesagt, der Alte hätte seinen Sohn wieder eingesperrt?“, fragte Emilie Reber.

„Ja, hat er."

„Wenn der junge Züngler seinen Vater wegen Freiheitsberaubung anzeigen würde, das wäre doch eine Geschichte."

„Ein klassischer Vatermord. Große Literatur, nicht Emilie?", mischte sich Hildegard Zahnlaub ein.

„Ja, ein großes Motiv."

„Aber der würde das nie tun. Das wäre eine Nummer zu groß für den Flachwindsegler", meinte Ignaz Franck.

„Ich glaube, bei dem tickt es da oben ganz gehörig", sagte Emilie Reber und tippte sich an den Kopf. „Das letzte Mal, als ich mit ihm gesprochen habe, schwang in seinen Worten schon so etwas mit, als käme er allmählich drauf, wer ihm das alles eingebrockt hat."

„Aber bis dahin können wir lange warten."

„Ich fürchte, Igi hat recht", meldete sich jetzt auch Ilse zu Wort.

„Vielleicht könnten wir anhand unserer Karteikarten ein wenig nachstoßen. Über die üblichen Verdächtigen", sagte Hildegard Zahnlaub.

„Zuerst müssen wir ihn aus dem Gesindeverlies holen."

„Haben die ein Gesindeverlies, Igi?"

„Scheinbar. So ein Gutshof wird sicher irgendwo einen Kerker haben, in dem sie Apfel- und Hühnerdiebe zur Räson gebracht haben."

„Ich könnte dem Taxifahrer stecken, dass wir den alten Zängler anzeigen, wenn er seinen Sohn nicht unverzüglich freilässt. So hätten wir etwas für den jungen Zängler getan, er wäre uns zu Dank verpflichtet. Und wenn er sich wieder meldet, lade ich ihn auf eine Tasse Tee ein und helfe ihm endgültig auf die Sprünge. Was meint ihr?“

„Guter Plan, Emilie“, nickte Hildegard Zahnlaub anerkennend.

„Ich verbreite über den Friseursalon, dass der alte Zängler seinen Jungen in einem Kerker hält, was doch eine Riesensauerei ist!“

„Ja, bauen wir so viel Druck wie möglich auf den Alten auf. Ich schau mal, ob Heini Neuigkeiten hat. Die Zängler-Rotte wartet wohl auf neue Befehle aus dem Hauptquartier.“

„So und jetzt gibt es noch Wein“, sagte Ilse und holte eine weitere Flasche. Vom Kühlschrank wandte sie sich an Ignaz Franck: „Holst du jetzt diese Langhaarigen zu uns?“

Rund zwei Wochen später kündigte der Taxifahrer Emilie Reber auf der Fahrt von ihrem Zuhause in die Buchhandlung einen Besuch des jungen Zänglers an.

„Sagen Sie mal, Herr Rast, wieso halten Sie eigentlich noch zu ihm?“

Herr Rast fuhr mit zwei Rädern auf den Gehsteig, hielt den Wagen an, schaltete den Motor aus und drehte sich zu Emilie Reber um: „Er ist seit der

Kindheit mein Freund. Er wurde von seinem Vater in gleicher Weise gedemütigt wie Friedrich der Große von seinem Vater. Hat dem Alten etwas nicht gepasst, hat er ihn von seinem Knecht mit dem Stock verprügeln lassen. Einmal sind wir ausgebüxt und mit dem Segelboot nach Bregenz geskippert. Weil ein Sturm aufgezogen ist, haben wir erst am nächsten Tag zurückkönnen. Er hat uns mit seinem Knecht am Hafen abgeholt. Im Gutshof haben wir uns vor allen Mägden und Knechten und sonstigen Bediensteten nackt ausziehen müssen. Die haben dann nach alter preußischer Schule eine Gasse gebildet, jeder und jede mit einer Haselrute in der Hand. Wir mussten da durch, und wenn welche zu wenig hart geschlagen haben, hat er ihnen gedroht, sie müssten auch durch die Gasse. Nach dem Spießrutenlauf hat er ihn in den Kerker geworfen, und der Knecht hat mich splitternackt nach Hause begleitet. So etwas verbindet, Frau Reber, glauben Sie mir."

„Warum hat er sich nie gewehrt? Aus Angst?"

„Der Alte hat ihm gedroht, er würde nirgends eine Anstellung finden, falls er aufbegehre. Wissen Sie, die ganze Chose reicht halt immer weiter hinunter, als an der Oberfläche sichtbar ist."

„Ja, das ist für gute Literatur unverzichtbar. Waren Sie eigentlich auch in der Partei?"

„Ja. Es blieb uns nichts anderes übrig. Wir wollten zur Olympiade in Berlin. Wir waren gut, richtig gut, trainierten jeden Tag. Die ganze Kleinstadt stand hinter uns, half, dass wir uns optimal dafür vorbereiten konnten. Es waren die besten Tage meines Lebens, immer auf dem See, bei Sturm und Regen, bei Flaute und Sonne, baden, sich nackt von der Hitze trocknen lassen, die vielen Aufmunterungen, die Mädels, die am Hafen auf uns warteten. Wir waren Kleinstadthelden und daher überzeugte und dankbare Nationalsozialisten, da sie uns in unseren Augen diese Möglichkeit eröffnet hatten. Aber es sollte nicht sein."

„Ich hörte, es wurde bei der Ausscheidung manipuliert?"

„Der Bischoff und der Weise waren Berliner, vom Verein Seglerhaus am Wannsee, da wurde schon geschaut, dass die in der Qualifikation den einen oder anderen Vorteil hatten. Es kann auch sein, dass der alte Zängler etwas manipuliert hat. Er wollte nicht, dass wir zu den olympischen Spielen fahren konnten. Stellen Sie sich vor, wir hätten Gold gewonnen. In der Starklasse waren wir sicher gleich gut wie die nachmaligen Goldgewinner Bischoff/Weise – es wäre möglich gewesen. Aber das hätte dem Alten sicher nicht gepasst. Da hätte er die Kontrolle über Fritz verloren."

„Und nachher hat er die Schraube angezogen?"

„Er hat ihn in die Verwaltung gesetzt und ihm vorgeschrieben, wen er in der Kleinstadt wie zu behandeln hatte."

„Er hat im NS-Regime die Chance gesehen, sich dem Vater zu entziehen."

„Ja, er wollte in der Partei aufsteigen und sich versetzen lassen. Aber der Vater hatte den Kreisleiter über seine Geschäfte im Griff und konnte dies verhindern."

„Mein Gott ist das alles krank."

„Soll ich jetzt fahren?"

„Ja."

Der Taxifahrer drehte sich zum Lenkrad um, startete den Motor und fuhr zu Emilie Rebers Buchhandlung. Als er ihr die Wagentür öffnete, bat er sie, sie möge Fritz Zängler noch eine letzte Chance geben.

Sie hatte noch nicht einmal die weißen Handschuhe angezogen, da klopfte es an der noch geschlossenen Ladentüre. Emilie Reber öffnete die Tür.

„Guten Morgen, Frau Reber, darf ich reinkommen?"

„Ja, wollen Sie einen Tee, Herr Zängler?", fragte sie. Sie dachte daran, was sie beim letzten Felchenessen ausgemacht hatten, und beherrschte sich, freundlich zu bleiben.

„Nehmen Sie da Platz", wies sie ihm einen Stuhl zu. Sie selbst setzte sich hinter das Verzeichnis der lieferbaren Bücher.

„Nun, dass Sie mit dem Rauchbombenanschlag nichts zu tun gehabt haben, wissen wir. Wir wissen auch, dass Ihr Vater den Bengeln Geld gegeben hat, damit sie das tun. Den einen hat er erpresst. Und Sie waren eingesperrt im Gesindeverlies wie so oft."

„Ja, er hat mich weggesperrt. Er wollte mich aus der Schusslinie nehmen."

„Sie waren eine lange Zeit Ihres Lebens in diesem Gesindeverlies eingesperrt. Wie sieht so ein altes Verlies eigentlich aus?"

„Es ist alt. Das ganze Gut ist alt. Wie so ein Verlies eben aussieht: dunkel, feucht, schmutzige Wände, Schimmel, gestampfter Boden, dreckiges Stroh."

„Sehr unangenehm."

„Ja."

„Hegen Sie keinen Groll gegen Ihren Vater?"

„Doch, manchmal, aber was hätte ich machen sollen?"

„Sie sind doch jetzt über fünfzig und lassen sich so etwas noch von Ihrem Vater gefallen?!"

„Ich kann nichts tun. Ich kann nichts. Ich lande auf der Straße."

„Und das Segeln hat er Ihnen auch noch weggenommen."

„Manchmal gehe ich heimlich. An einem anderen Ort, wo man mich nicht kennt."

Zängler trank einen Schluck Tee, schaute sich um, konnte seinen Blick aber nirgends festmachen. Seine Augen waren so flüchtig wie seine Seele.

„Warum sind Sie zu mir gekommen?"

„Ich möchte einfach, dass Sie meine Entschuldigung annehmen."

„Einfach?"

„Es ist mir wirklich ein wichtiges Anliegen."

„Warum?"

„Ich habe so viele Fehler gemacht in meinem Leben, ich möchte mich wenigstens von diesem befreien. Beim anderen ist es nicht mehr möglich."

„Sie meinen den Tod der Frau?"

„Ja."

„Aber dafür saßen Sie ja auch im Gefängnis. Das war ja strafverschärfend. Hat Sie Ihr Vater nach dem Unfall auch ins Verlies gesteckt?"

„Nein. Ich saß ja noch in der Verwaltung."

„Ja klar, da konnte er Sie noch gebrauchen."

Zängler nahm einen weiteren Schluck Tee. Dann senkte er den Kopf, blickte auf seine Schuhe und sagte leise: „Es ging ihm immer nur darum, ob ich zu gebrauchen war."

„Warum waren Sie denn so wichtig für seine Zwecke?"

„Er bewegt sich kaum vom Hof. Er macht alles von seinem Schreibtisch aus. Schon sein Vater und sein Großvater haben das so gemacht. Dazu braucht man verlässliche Informanten, am besten solche, die in Abhängigkeit zu einem stehen, die anderen auch drohen können. In der Verwaltung wusste ich fast alles und konnte auch Druck ausüben."

Zängler stand auf und schaute zum Fenster hinaus. Er hoffte, den See zu sehen, aber Mauern und Häuser versperrten den Blick.

„Der Großherzog von Baden holte die Preußen,

um den Aufstand von 1849 niederzuschlagen. Nach dem Sieg übernahm Preußen die Kontrolle Badens. Dazu brauchten sie loyale Statthalter. Mein Urgroßvater war einer davon. Er wurde für seine Verdienste während des Gefechts von Gernsbach mit dem Landgut eines Revolutionärs beschenkt. Er regierte mit harter Hand und kaufte sich mit preußischem Geld in verschiedenste Betriebe ein: Schreinereien, Zimmereien, Sägereien, Steinbrüche, und baute ein Baugeschäft auf. Dazu erweiterte er das Gut nach und nach um Obst und Reben, züchtete Pferde und stockte den Viehbestand auf. Sein Sohn, mein Großvater, war ein Schöngeist und litt unter seinem Vater. Auch er wurde von diesem oft ins Gesindeverlies gesteckt. Dessen Sohn, mein Vater, wurde zum Nachfolger meines Großvaters erzogen. Mit vierzehn musste er beim vom Großvater angeordneten Spießrutenlauf seines Vaters mitmachen und ihn danach einsperren. Als mein Urgroßvater mit fünfundachtzig starb, gehörte das Gut meinem Vater. Dem eigenen Vater hatte er eine Rente ausbezahlt. Dieser ging nach Freiburg und irgendwann starb er. Mein Vater hat alles weiterausgebaut und behandelte mich, wie er mit seinem Vater umging und wie dessen Vater mit seinem Sohn verfuhr. Das sind die Zänglers."

„Wollen Sie noch eine Tasse?"

„Ja gerne." Fritz Zängler ging weg vom Fenster und setzte sich wieder an seinen Platz.

Emilie Reber schenkte ihm nach. „Aber Ihnen ist schon bewusst, dass Sie hätten weggehen können?"

„Wie denn? Womit denn?"

„Einfach gehen. Doch Sie haben Ihr Heil in der Partei gesucht."

„Das war auch gut so. Dort war ich jemand, auch abseits meines Vaters. Und hätten wir zur Olympiade fahren können und wären Olympiasieger geworden, ich wäre aufgestiegen und weg gewesen."

„Stattdessen haben Sie sich in den Dienst dieses verbrecherischen Regimes gestellt und schutzlosen, abgemagerten KZ-Insassen auf ihrem Weg zu *Tod durch Arbeit* in den Hintern getreten. Das ist so jämmerlich, so beschämend."

Zängler schaute auf seine Schuhe. Ein Tropfen fiel, einen dunklen Kreis bildend, auf den alten Parkettboden.

„Herr Zängler", fuhr Emilie Reber fort, „wenn Sie so weitermachen, finden Sie nie aus Ihren Lebenslügen heraus."

„Sie meinen aus meinem Leben."

„Ja, aber um zu leben, müssen Sie sich zuerst Ihren Lügen stellen."

Fritz Zängler stand auf, achtete darauf, dass Emilie Reber sein Gesicht nicht sehen konnte und fragte: „Werden Sie meine Entschuldigung annehmen?"

„Ich werde es mir überlegen und Ihnen durch Herrn Rast Bescheid geben. Lesen Sie das unterdessen." Sie drehte sich um, nahm ein Exemplar der

„Kirschen der Freiheit“ aus einem Regal und gab es ihm. „Und, Herr Zängler, Sie müssen sich Ihrer Tränen nicht schämen.“

*

Die Sonne brannte Mitte Oktober 1962 nochmals vom Himmel. Ilse nutzte die Gelegenheit und fuhr mit dem Bodenseefischer auf das Wasser, um die Netze einzuholen, im doch schon kühlen See zu baden und sich nochmals unter den Decken zu wärmen. Um zehn holte sie Eugenie bei Hildegard Zahnlaub ab, die trotz der zu Erwartenden gleich ein Schild an die Türe hängte: „Wegen Krankheitsfall zwei Tage geschlossen“, Monika fragte, ob sie ihre Tasche packen wolle, nahm mit ihr die Autofähre nach Romanshorn und fuhr über Chur und Julierpass nach Sils-Maria.

Die Nadeln der Lärchenwälder glänzten golden in der Abendsonne, überragt von den schneebedeckten Gipfeln, die sich mit schwindendem Licht von Rosa in Dunkelviolett verfärbten.

Emilie Reber legte eine Pause ein, ging zu Ignaz Francks Plattenladen. Er war rappelvoll, der Rock ’n’ Roll dröhnte aus den Boxen, die Kundschaft riss sich um die fünf Kopfhörerstationen, bei denen man ausgewählte Platten allein hören konnte, und hinter der Kasse stand Ignaz Franck, kassierte, gab Auskunft und wechselte Kleingeld für den Coca-Cola-Automaten.

Emilie Reber stellte sich neben Ignaz Franck und fragte ihn: „Soll ich kassieren, dann kannst du beraten?"

Ignaz Franck lächelte sie an: „Danke."

Nach Ladenschluss setzten sie sich auf die Parkbank, Ignaz Franck hatte eine Flasche Weißburgunder und zwei Gläser mitgebracht. Sie tranken Wein, rauchten, plauderten und genossen die letzten wärmenden Strahlen der untergehenden Sonne.

In den darauffolgenden Tagen verlor die Herbstsonne ihre Kraft, es wurde, bis auf ein paar Tage unter Föhneinfluss, merklich kühler. Die für diese Jahreszeit üblichen Herbststürme blieben aus. Es wurde ruhiger und ruhiger. Die Blätter blieben länger an den Bäumen hängen, und der Hafenboden zeigte eine stärkere Veralgung als in Jahren mit normaler Wasserbewegung.

Der See begann zu schweigen, nur die Linienschiffe, die Fischerboote, die letzten Segler, die Blesshühner, Möwen, Enten und Schwäne mit ihren Starts und Landungen sorgten für ein wenig Seegang, der aber kaum mehr gischtwerfend an den Wellenbrechern vor Häfen, Kais und Uferböschungen aufschlug.

Der Frost zog wie ein Fremdkörper für diese Jahreszeit ein. Die Menschen der Kleinstadt konnten sich nicht erinnern, dass sich der Frost bereits im Spätnovember derart hartnäckig festsetzte, auch nicht im Winter 1929, als er die Bodenseeregion im Januar und Februar erstarren hatte lassen.

Da und dort bildeten sich erste kleine Eisflächen. In manchen Nächten wuchsen sie, stieg die Temperatur tagsüber über den Gefrierpunkt, zogen sie sich wieder zusammen. Doch sie vergrößerten sich stetig, sank doch die Temperatur der umgebenden Wassermassen Grad um Grad. Bei vier Grad hatte das Wasser seine höchste Dichte erreicht und machte sich auf seinen Weg in tiefere Schichten des Sees, wo es auf wärmere Strömungen traf, sich mit dem wärmeren Wasser vermischte und wieder nach oben stieg.

Emilie Reber ließ sich Zeit mit Fritz Zängler. Zehn Tage vor Weihnachten gab sie sich einen Ruck und bestellte ihn zu sich. Zu ihrer Überraschung brachte er ihr eine Büchse Earl Grey Tee mit. Sie legte Kohle und in feuchtes Zeitungspapier eingewickelte Briketts nach und kochte Wasser auf.

Zängler setzte sich auf den Stuhl und begann, auf den Tee wartend, zu reden: „Ich habe das Buch von Andersch gelesen. Ich denke, ich weiß, was Sie meinten, als Sie sagten, ich hätte einfach gehen können. Aber er hat auch geschworen und es hat lange gedauert, bis er gegangen ist.“

„Aber er ist gegangen. Das zählt“, sagte Emilie Reber und goss das kochende Wasser über das große Teeei in der schwarzen Kanne.

„Er hat den Schwur gebrochen. Ein Schwur ist ein Schwur."

„Aber nicht einer, der unter Zwang auf einen Verbrecher erfolgte. Der ist nichts wert."

„Aber das wusste man alles erst im Nachhinein."

„Das mag für einige gelten, aber auch die konnten es wissen, wenn sie es wissen wollten. Und Sie, Herr Zängler, wussten es ganz genau. Sie belügen sich wieder."

Zängler schwieg.

„Aber ich habe Ihnen das Buch nicht deshalb mitgegeben. Auf Ihren Vater haben Sie keinen Schwur geleistet, nicht?", fragte sie ihn und goss zwei Tassen Tee ein. „Zucker?"

„Danke. Haben Sie diesen Eindruck?"

„Ja. Und falls Sie wirklich wollen, dass ich Ihre Entschuldigung annehme, dann müssen Sie sich von ihm lossagen. Machen Sie das nicht, wird er nicht aufhören, Ihnen, anderen und denen, die ein ganz anderes Deutschland wollen, im Wege zu stehen. Er hat Ihnen das Leben versaut, Sie von einer in die andere falsche Entscheidung getrieben. Da sollte dies doch ein Leichtes sein."

„Das sagen Sie so einfach."

„Es ist erschöpfend mit Ihnen. Seit Generationen werden in diesem Land Menschen gedemütigt, gefügig gemacht, abgerichtet. Wie Sie. Weitergegeben von Vätern an Söhne, von Müttern an Töchter. Wie bei Ihnen. Das ist das Wesen dieses Landes, das Europa zweimal in den Abgrund geführt hat. Millionen und Abermillionen Tote wegen dieser Zucht: demütigen, gehorchen, die nächsten demütigen, zum Kadavergehorsam, zu Maschinen wie Sie erziehen, in den Krieg schicken und so weiter und so weiter. Sie haben, ohne nachzudenken, gehorcht – wie Eichmann und der hat die systematische Vernichtung von Millionen Menschen organisiert. Bitte, gehen Sie jetzt, ich mag nicht mehr."

„Aber, Frau Reber, ich meine, ich komme da nicht …"

„Bitte, gehen Sie!"

Zängler stand auf, versuchte nochmals etwas zu sagen, ließ es bleiben und ging grußlos aus der Buchhandlung.

*

„Ich habe die Beatles, ha, für die Silvesternacht."

„Großartig. Emi, nimmst du Eugenie?"

„Sie soll jetzt zuerst ihr Geschenk auspacken."

„Au ja, Geschenke auspacken!"

Von Hildegard Zahnlaub bekam sie Jeans und eine Jeansjacke.

„Wie hast du das gemacht?", fragte Ilse Hildegard Zahnlaub.

„Monika und ich haben sie aus unverkauften Hosen geschneidert."

„Mama, darf ich sie gleich anziehen?"

Ilse half ihrer Tochter, das Röckchen aus- und die Hose anzuziehen, und Eugenie lief um den Tisch, drehte sich tänzelnd um, rannte zu Hildegard Zahnlaub, küsste sie auf die Wange, „Danke, Tante Hildaa", drehte sich zu Ilse um und fragte: „Darf ich damit in den Kindergarten?"

„Das werden wir noch sehen", antwortete Ilse.

„Warum denn?"

„Ich glaube, die anderen Kinder wären vielleicht neidisch", mischte sich Emilie Reber ein.

„Wir tragen sie erst zu Hause", fügte Ilse an.

„Schau mal, Eugenie, das ist für dich." Ignaz Franck hielt ihr ein Paket hin.

Eugenie riss das Papier auf und sagte mit großen Augen: „Legooo!" Sie hüpfte auf und ab und rief: „Danke, danke, Legooo, Mama, Legooo!"

„Nachher darfst du gleich damit spielen. Mach noch das Geschenk von Emi auf."

Es war eine wunderschön bebilderte Ausgabe von „Pu der Bär".

„Das wird dir Emi vorlesen, wenn wir zu den Beatles tanzen", zwinkerte Ilse Emilie Reber zu. „Wie hast du das eigentlich geschafft, Igi?"

„Ich habe mit dem Manager geredet, ihm klargemacht, dass der Rock 'n' Shop der wichtigste Club in ganz Süddeutschland ist. Von da dauere die Reise weniger lang bis Liverpool, und das Bier und das Essen seien besser. Und das hat ihm mein Freund von

Radio AFN bestätigt. Ja, und jetzt habe ich sie!“

„Mama, was hast du für mich?“

Eugenie bekam einen Kinderhelm.

„Jetzt ist es sicherer auf der Vespa, Schatz.“

„Fahren wir jetzt nach Italien?“

„Nein, das ist zu weit.“

„Übrigens, Heini hat mir erzählt, dass etwa zwanzig Weihnachtsgrüße des alten Zänglers *unfrei zurück an Absender* zurückgesandt worden sind. Und: Ein Brief war adressiert an *Fritz Zängler, wohnhaft bei Hugo Rast*. Emilie, was hast du mit dem jungen Zängler gemacht, dass er ausgezogen ist?“

„Was?! Der ist ausgezogen?“

„Es sieht so aus.“

„Ha, es geschehen noch Zeichen und Wunder! Falls dem wirklich so ist.“

„Was hast du ihm gesagt?“, wollte nun auch Ignaz Franck wissen.

„Dass er einer der unzähligen Eichmanns ist, welche die Verbrechen der Nazis erst möglich gemacht haben. Und dass alle diese Eichmanns in diesem Land das Resultat einer Erziehung zum Kadavergehorsam durch Demütigung und Strafen sind, die seit Jahrhunderten von Generation zu Generation weitergegeben worden ist. Er sei genauso eine Ausgeburt deutscher Zucht, die stets gedankenlos den noch Schwächeren tritt.“

Ignaz Franck nickte anerkennend.

„Das Fürchterliche an Zänglers Denkweise ist, dass er sich als Opfer seines Vaters sieht und die ganze

Schuld seinem Vater gibt. Das ist zu verlockend, um sich damit auseinanderzusetzen, was er eigentlich hätte tun können und tun müssen. Stattdessen wird er sich jetzt darin suhlen, dass er die NS-Diktatur mitgetragen hat, weil er das Opfer seines Vaters war. Von diesen Zänglers laufen Millionen herum. Deutschland wird so eine Gesellschaft aus selbst gemachten Opfern, die mit einem ‚Ich kann nichts dafür, dass ich so geworden bin' die persönliche Schuld an der Katastrophe abschütteln."

„Das kennen wir Juden gut", meinte Ignaz Franck sarkastisch.

„Ich habe so eine Wut auf diesen Menschen, auf diese Menschen, deren unzählige Ausflüchte, um die Schuld von sich zu weisen. Es ist so ermattend, ich habe ihm die Entschuldigung verweigert. Ich habe einfach genug."

„Meinst du, es wird wieder etwas passieren?", fragte Ilse.

„Ich denke nicht", sagte Hildegard Zahnlaub und nahm noch eine Pellkartoffel aus der Schüssel. „Es sieht ja so aus, als wären die Treiber nach Hause gegangen und der alte Zängler würde auf seinem Hochsitz vereinsamen. Und sein Sklave ist ausgezogen. Alle sind müde, und es ist verdammt kalt draußen."

„Rast kann dem jungen Zängler vielleicht auf die Sprünge helfen. Rast hat wenigstens nachgedacht", meinte Emilie Reber.

„Ich hoffe, die Beatles schaffen es hierher. Viele

Straßen sind vereist und der Bahnverkehr hat auch schon Unterbrechungen", sagte Ignaz Franck.

„Habt ihr gehört, bei Radolfzell ist der See schon so stark gefroren, dass sie bald einen Spazierweg übers Eis nach Markelfingen ausstecken wollen?", fragte Hildegard Zahnlaub.

„Wenn der Frost anhält, sind dies wohl die letzten Felchen bis zum Frühling. Also schlagt zu. Wer will noch?", Emilie Reber reichte die Fischplatte herum.

Eugenie war derweil im Nebenzimmer damit beschäftigt, mit den Legosteinen ein Haus zu bauen.

„Wenn der See ganz friert, fahren wir auf Schlittschuhen in die Schweiz, abgemacht?", warf Ilse in die Runde.

„Ich kann nicht eislaufen", sagte Ignaz Franck.

„Ist das nicht ein bisschen weit? Ich bin nicht mehr geübt", meinte Emilie Reber.

„Ich war schon lange nicht mehr auf Kufen unterwegs, aber schauen wir mal. Bis dahin braucht es noch viel Eis", sagte Hildegard Zahnlaub.

Die Beatles schafften es nicht. Eisverkrustete Fahrbahnen, Schneeverwehungen und Nebel verunmöglichten eine Fahrt von Hamburg in die Kleinstadt. Die Insel Reichenau war ganz vom Eis eingeschlossen, der Untersee begann nach und nach flächendeckend zu gefrieren, bis er Mitte Januar eine geschlossene Eisdecke von zehn bis fünfundzwanzig Zentimetern aufwies. Tausende Menschen kamen von zum Teil weit her, um sich auf dem Eis zu verlustieren.

Ein Temperaturrückgang auf minus elf Grad verwandelte auch den Kleinstädter Seearm in einer Nacht in eine tragfähige Eisdecke. Am frühen Morgen schneite es, was zu einer Schneedecke führte, die ausreichte, die ganze Region des Kleinstadt-Sees in Stille zu hüllen. Einzig das Knirschen unter den Schuhen der wenigen Kleinstädter, die sich aus der Wärme der eigenen vier Wände gewagt hatten, war zu hören. Das Gezänk der Wasservögel, die um die letzten offenen Wasserstellen kämpften, war viel zu weit weg, als dass ihr Fauchen, Schreien und Geschnatter bis an die Ufer hätte dringen können. Die Tiere, die es nicht ins offene Wasser geschafft hatten, saßen mit eisbedecktem Gefieder um das lebenspendende Nass, und einige verloren den Kampf dagegen, am Eis festzufrieren.

Flugzeuge warfen Rindertalg über den Vögeln ab, die sich gierig auf das vom Himmel fallende Manna stürzten. Irgendwann half auch das nicht mehr und die Schwäne, Möwen, Wildenten und Blesshühner wurden eingesammelt und in Schlachthöfen und geschlossenen Lehrschwimmbädern untergebracht.

Schulen, Turnhallen, Heilbäder und weitere öffentliche Gebäude wurden geschlossen, da der Nachschub den Bedarf an Heizöl, Kohle und Holz nicht mehr decken konnte.

Als der ganze Bodensee von einer tragenden Eisdecke von 540 Quadratkilometern bedeckt war, gab es für die Menschen kein Halten mehr: Wanderungen über den See, von Deutschland hinüber in die Schweiz und umgekehrt, wurden unternommen, Eisläufer umrundeten auf ihren Kufen den ganzen See – eine Strecke von weit über hundert Kilometer. Eishockeyturniere wurden auf dem See abgehalten, professionelle und selbst gebastelte Segelschlitten kreuzten vor den Ufern, Autos transportierten Schmuggelware von einem Land ins andere, Motorradrennen wurden veranstaltet, Alte und Neugeborene wurden beim Sonntagspaziergang auf Schlitten übers Eis gezogen, Flugzeuge starteten und landeten, und man erinnerte sich an alte Traditionen der Seegfrörne: Eine Narrengesellschaft lieferte ihren „Zehnten", bestehend aus Speck, Rauchwürsten, Eiern, Wein und Schnaps, bei den Brüdern auf der anderen Seite des Sees ab, und die wichtigste Kleinstädter Fastnachtsfigur, der „Hänsele", vertrieb den Winter mit traditionellem Tanz auf dem Eis.

Seit 1573 wird bei jeder Seegfrörne die Büste des arg leidenden Apostel Johannes von Hagnau in Deutschland nach Münsterlingen in der Schweiz und bei der nächsten Seegfrörne wieder zurück über das Eis getragen. Die Prozession, die sich am 12. Februar 1963 in Münsterlingen in Bewegung setzte, um in Hagnau den heiligen Johannes zu holen und wieder zurück in das Thurgauer Dorf zu bringen, wurde von einem Reiter auf der geliehenen Stute *Monika* angeführt. Dahinter gingen Kreuze und Fahnen tragende Ministranten, hinter denen sich gemäß katholischer Hierarchie Pfarrer, Dekane, Mönche, Nonnen und weitere Messdiener einreihten. Mehrere Tausende Gläubige und Schaulustige schlossen sich dem Zug an. Aufgrund der beschränkten Tragfähigkeit des Eises waren sie verteilt auf einen lang gestreckten Zug, der fast über die ganze Seebreite von knapp acht Kilometern reichte. Schulkinder wurden sicherheitshalber mit Seilen aneinandergebunden, zwei Ärzte waren für Notfälle dabei, Feuerwehrmänner trugen Leitern, und mehrere Eisaufseher prüften fortwährend das Eis. Am Ende der Prozession wurden auf einem Schlitten drei Fässer „Seegfrörniwy" als Geschenk mitgenommen.

Nach zweieinhalb Stunden trafen die Münsterlinger in Hagnau ein und wurden mit Glockengeläut von Bürgermeister, Gemeinderat und Hagnauer Trachtenträgerinnen sowie Tausenden von Menschen in Empfang genommen. Und sogar Berthold Markgraf von Baden ließ es sich nicht nehmen, sich seinem ehemaligen Volk zu zeigen.

Nach Speis und Trank, befeuerten Reden über die Völkerverständigung und die Untrennbarkeit der gesamten Bodenseeregion sowie dem vierten Gottesdienst an diesem Tag übergab man den Heiligen Johannes, eine schlichte Holzbüste den Münsterlingern, die sich unter Glockengeläut und Böllerschüssen aufmachten, den Heiligen in die Schweiz zurückzubringen. Dort wurde sie im letzten Licht des Tages und unter kräftigem Gesang – *Großer Gott, wir loben dich* – in der Kirche des ehemaligen Benediktinerklosters an dem Ort aufgestellt, den sie 133 Jahre zuvor verlassen hatte.

Emilie Reber nahm weder an den Kleinstädter Fastnachtsveranstaltungen noch an der Prozession teil. Sie hatte die Buchhandlung geschlossen und benutzte das wenige Brennmaterial, um das eigene Haus zu heizen, wobei sie mehrheitlich in Decken gehüllt auf der Liege lag und las. Maria hatte sie bezahlten Urlaub gegeben, sie solle die einmalige Zeit genießen, sie käme in ihrem Leben wohl nie wieder.

Ilse hatte die Idee, dass sie all jene kostenlos frisierte, die im Gegenzug Kohle und Briketts mitbrachten. Eugenie war die meiste Zeit im Salon, da der Kindergarten wegen der Kälte geschlossen blieb. Wenn sie Zeit hatte, ging sie mit der Kleinen eislaufen, rodeln oder Wasservögel füttern. Und einmal setzte sie ihr ihren Helm auf und drehte unter Johlen und Jauchzen mit der Vespa eine Runde auf dem Eis.

Hildegard Zahnlaub wagte sich mit ihrem Citroën DS nicht aufs glatte Weiß. Zu fürchterlich war ihr die Vorstellung, in ihrem Göttlichen über eine dreißig Zentimeter dicke Eisdecke zu fahren, im Wissen darum, dass der Seegrund in zweihundertfünfzig Meter Tiefe nur darauf wartete, ein langsam niederschwebendes Automobil aufzufangen, um es nach einer Weile dem vorbeiströmenden Rheinwasser anheimzugeben, welches es über Jahrzehnte mühsam zum Rheinfall schieben würde, um es dort unter tosendem Krachen an den Felsen zerschellen zu lassen. Nein, da blieb sie lieber zu Hause, öffnete einmal in der Woche den Laden, hörte von Heini, dass der junge Zängler jetzt eine eigene Adresse in der Herrengasse habe, und verkroch sich sonst allein oder mit Monika unter der Bettdecke.

Ignaz Franck dagegen plante, um den Ausfall der Beatles zu kompensieren, ein gigantisches Rock 'n' Shop-Dreifachkonzert auf dem Eis. Zu den Rhythmen von The Rattles, Cisco and his Dynamites und den Skiffle Lords aus Berlin sollte auf Schlittschuhen getanzt werden. Die Bühne wurde hoch über dem Eis auf dem Uferweg aufgebaut. Er organisierte einen genügend starken Benzingenerator aus US-Armee-Beständen, auf dem Eis sollte es Bier, Punsch, Tee mit Rum, heiße Würstchen und Gulaschsuppe geben. Jede Gruppe würde nach dreißig Minuten von einer der anderen Bands abgelöst werden, um sich in der Freiheitsbibliothek wieder aufwärmen zu können. Das Gelände würde mit einem Bretterverschlag eingezäunt, damit die Eintritte kontrolliert werden konnten. Die Werbung lief bereits, auch in der Schweiz und in Österreich. Jetzt konnte ihm nur noch der See einen Strich durch die Rechnung machen.

Der See hatte sein Schweigen schon lange gebrochen. Klagend stöhnte er ob der Last des Eises, das sich unter den Temperaturunterschieden zwischen

Tag und Nacht zusammenzog und ausdehnte. Dumpf röhrte er, wenn unterschiedlich kalte Wasserströmungen einander begegneten und nach oben stiegen oder nach unten sanken. Sie setzten Eisplatten in Bewegung, die krachend aufeinanderstießen und mächtige Verwerfungen auftürmten, die von Sonne, Schnee, Tauwasser und Frost zu bizarren Eisgebirgen geformt wurden.

An manchen Stellen gestattete der See einen Blick durch das dunkle Eis hindurch bis auf den über zweihundert Meter darunterliegenden Seegrund. In Ufernähe nahm die glasige Eisdecke wegen der sich darunter sammelnden Rotalgen eine kupferne Farbe an. Aus dem Tauwasser bildeten sich Rinnsale und Bäche, die das Eis zu zerschneiden schienen, aber meist ungefährlich waren im Gegensatz zu den Rissen, die das Eis trennten und dem einen oder anderen Eisläufer zum Verhängnis wurden. An exponierten Stellen waren glucksende Gasblasen zu hören, die, einem unbekannten Rhythmus folgend, wärmeres Wasser durch kleine Löcher ausstießen.

Ab und zu verstummte der See wieder, hüllte sich in einen dicken Mantel aus Dunst, Frost und Schnee. Nicht einmal das Klappern der Hufe des Pferdes samt seinem Reiter, die eine bewegte Statue in das Gegenlicht über dem Bodennebel zeichneten, war zu hören. Den Menschen am Ufer kam es vor, als wiederholte der Geist des Bodenseereiters von 1573 seinen wilden Ritt. Als einsame Schemen wirkten die vereinzelten

Eislochfischer in der Weite des gefrorenen Sees, und an ganz klaren Tagen, schaute man von der Kleinstadt Richtung Süden, war auch die Erdkrümmung auszumachen.

Als Folge eines Temperaturanstiegs wurde das Eis im Kleinstädter-See unsicherer. Ignaz Franck bangte um seine geplante Veranstaltung, besuchte jeden Tag den Eismeister, erkundigte sich, wie es heute denn aussähe, und war erst beruhigt, als gegen Ende Februar die Temperaturen wieder markant fielen und das Dreifachkonzert wie geplant am Samstag, dem 2. März 1963, stattfinden konnte.

In der Nacht davor fiel das Thermometer auf minus siebzehn Grad, was die Behörden, den Eismeister, der eine Eisdecke von über vierzig Zentimetern maß, und besonders Ignaz Franck erleichtert aufatmen ließen.

Ilse zog Eugenie warm an, packte die Schlittschuhe ein und brachte sie gegen halb sieben Uhr morgens zu Emilie Reber. Vor dem Friseursalon hatte sich bereits eine Schlange von jungen Burschen und Mädchen gebildet, die sich für das einmalige Konzert noch den letzten Schliff verpassen lassen wollten. Angesichts der wartenden Schlange machte sie eine Tour mit ihrer Vespa und trommelte alle ihre Mitarbeiterinnen aus den Federn, denn es wurde jede Hand, die mit Schere und Brillantine umgehen konnte, gebraucht.

Hildegard Zahnlaub schlug die Bettdecke zurück, braute eine Kanne Kaffee, stürzte ihn hinunter, ließ noch zwei Tassen für Monika übrig, legte einen Zettel auf den Tisch: „Auf! Vorwärts! Der Laden wird gestürmt!“, suchte im Keller nach den alten Schlittschuhen, pustete den Staub weg, band die Schnürsenkel zusammen und warf sie sich über die Schulter. Dann stürmte sie nochmals in die Küche, ergänzte auf dem Zettel „Eislaufschuhe!“, zog Stiefel, Mantel und Schal an und machte sich auf den Weg in ihren Laden. Auch vor ihrer Tür hatte sich eine Schlange gebildet. Sie bat die jungen Menschen, einen Moment zu warten, schloss die Türe hinter sich und rief Emilie Reber an, sie müsse gleich die Buchhandlung öffnen, die Kleinstadt sei schon proppenvoll junger Menschen. Als sie die Türe öffnete, sah sie Heini und rief ihm zu: „Heini, bitte, kannst du mir helfen?!“

Emilie Reber zog Eugenie noch einen weiteren Pullover an, ließ das Taxi früher kommen als an einem gewöhnlichen Samstag, fuhr in die Buchhandlung, setzte Eugenie an den Ofen, gab ihr ein Malbuch und stellte noch zusätzliche Hesses in das Schaufenster. Dann rief sie Maria an: „Es geht jetzt schon los.“

Auch vor Ignaz Francks Plattenladen hatte sich bereits eine Menschentraube gebildet. Viele der Jugendlichen hatten die Anzeige gelesen, dass es nur an diesem Tag die Platten der Rattles, Lords und Dynamites mit dreißig Prozent Rabatt geben würde und dass man sie nach den Konzerten signieren lassen könne. Als er die Menge sah, machte er auf dem Absatz kehrt und klingelte bei den Frauen, die normalerweise in seiner Bar bedienten, und bat sie, so rasch wie möglich in den Plattenladen zu kommen, um zu helfen.

Es war ein wunderbarer Märztag. Die Sonne ließ die Temperatur rasch bis um den Gefrierpunkt steigen. Der See ächzte von Zeit zu Zeit ob der starken Temperaturschwankungen, geringe Mengen Tauwasser bildeten sich auf der Eisoberfläche, stellten aber keine Gefahr dar.

Auf den Parkbänken sonnten sich die Menschen, legten die Mäntel ab, und eine Gruppe Halbstarker posierte sogar mit nacktem Oberkörper und Bierflasche und skandierte: „Rattles, Rattles, Rattles."

Ignaz Franck übergab die Geschicke des Plattenladens in die Hände seiner Bardamen, die ihrerseits nochmals Verstärkung aufboten, ging zum Konzertgelände, schaute über den See und erblickte Tausende Menschen, die sich in die Kleinstadt aufmachten.

Von ihm unbemerkt, stand plötzlich der Bürgermeister neben ihm und sagte auf die Menschenmasse zeigend: „Das ist ja der Wahnsinn. Was machen wir jetzt, Herr Franck?"

„Den Bretterverschlag erweitern. Und Polizei."

„Polizei?"

„Ja, ein paar mit und viele ohne Uniform. So fühlen sich die Halbstarken nicht provoziert."

„Und für die Bretter die Handwerker?"

„Bitte, Herr Bürgermeister, machen Sie einen Aufruf, rasch."

„So etwas hat die Kleinstadt noch nie gesehen. Jetzt müssen wir alle zusammenhalten. Ich biete auf, wen ich aufbieten kann."

„Vergessen Sie die Vereine und Fastnachtsgesellschaften nicht. Die können Bier, heiße Getränke, Würste, belegte Brote und Kuchen verkaufen. Ich informiere unterdessen die Bäckereien und Metzgereien, rufe auch solche aus der Umgebung an und versuche jemanden bei den Brauereien zu erreichen."

„Es ist Samstag. Überlassen Sie das mir, ich kenne die Herren Direktoren."

„Gut, in einer Stunde wieder hier."

„In einer Stunde."

Eine halbe Stunde später erhielt der alte Zängler auf seinem Gutshof Kunde, was in der Kleinstadt los war. Woraufhin er all jene anrief, die ein Telefon hatten, um ihnen jegliche Hilfeleistung für den Juden und seine Weiberbande zu untersagen. Und falls sie seinen Sohn sähen, solle er sofort bei ihm antraben.

Der Schreiner legte einfach den Hörer auf, der Spenglermeister schrie Zängler an, er könne ihn mal für immer und ewig, und der Besitzer der Sägerei teilte ihm mit, dass die Bretter gerade ausgeliefert und zwei seiner Gesellen sie auch kostenlos zusammenzimmern würden. Und er würde ihm nie mehr Bauholz liefern. Guten Tag!

Zuletzt versuchte er es beim örtlichen Polizeivorsitzenden, der ihm vorhielt, was ihm eigentlich einfalle, so etwas Verantwortungsloses nur zu denken, geschweige denn von ihm zu verlangen. Und zuallerletzt rief er beim Eismeister an, der nach wenigen Augenblicken die Unterbrechergabel drückte.

Nach einer Stunde standen der Bürgermeister und Ignaz Franck wieder an derselben Stelle zusammen und schauten auf den eisbedeckten See und den nicht abreißenden Strom an Menschen, welcher auf die Kleinstadt zufloss.

Der Eismeister gesellte sich zu ihnen und sagte: „Ich schlage vor, das Konzertgelände so weiträumig wie möglich zu fassen. Ein Oval wäre doch gut. So können die Leute eislaufen, was die Belastung verteilen würde. Wobei sechzig Meter mehr als genug sind.“

„Sollen wir vor der Bühne Bretter hinlegen, das würde den Druck auch verteilen?“, fragte Ignaz Franck.

„Sicher ist sicher“, meinte der Bürgermeister.

„Machen wir vier Eingänge mit Kassen, das entlastet auch. Aber ich brauche mehr Leute.“

„Ich biete meine Männer von der Schützengesellschaft auf. Die sind solche Feste gewohnt“, bot der Eismeister an.

„In einer Stunde wieder hier?“, fragte der Bürgermeister.

„Ja, in einer Stunde“, antworteten die anderen beiden.

Als Ignaz Franck in seinen Plattenladen zurückging, traf er auf den jungen Zängler, der ihn fragte, ob er helfen könne.

Ignaz Franck schaute prüfend in seine Augen und sagte: „Ja."

Cisco and his Dynamites waren bereits angekommen und signierten im Plattenladen geduldig ihre Singles.

„Bringen Sie den Musikern Kaffee und kaufen Sie noch Brötchen, Butter und Leberkäse für zwölf Musiker. Bier gibt's genug." Ignaz Franck griff in die Kasse und gab ihm einen Zwanzigmarkschein. „Und bringen Sie die Gruppe nachher in die Freiheitsbibliothek, dort haben die Musiker ihre Ruhe."

Ilse schaute immer wieder auf die Schlange draußen, zählte nach und entschied, dass noch dreißig bedient werden würden. Sie war sich sicher, dass Ignaz jede Hilfe gebrauchen könnte.

Die meistgebrauchten Hosen- und Jacken-Größen waren nahezu ausverkauft. Hildegard Zahnlaub versuchte noch auf die Schnelle weitere Modelle aufzutreiben, was allerdings zwecklos war. In den Verteilerzentralen arbeitete niemand an einem Samstag, und die Lieferung hätte ohnehin zu lange gedauert. Monika und Heini schwindelten da und dort ein wenig: „Sie werden in die Jacke sicherlich noch hineinwachsen", „Legen Sie sich mit angezogener Hose in die Badewanne, sie wird sich perfekt anpassen", „Ein bisschen schlabberig wirkt extrem cool", und

Heinis Verlobte Doris, die er kurzerhand dazugeholt hatte, zeigte ein gutes Auge dafür, was zum jeweiligen Typ Frau passte und die individuelle Note des Kleidungsstils unterstrich. Sie fand sich im Sortiment der Accessoires rasch zurecht und verkaufte den jungen Frauen schicke Schals, geflochtene Gürtel, die man auch über der Bluse oder dem Pullover tragen konnte, sowie praktische Ledertaschen.

Hermann Hesse entpuppte sich als der von Ignaz Franck prophezeite Verkaufsschlager. Emilie Reber freute sich über die jungen Menschen, die ihr Hesses Entwicklungsroman und Erzählungen „Das Glasperlenspiel", „Siddhartha" oder „Narziß und Goldmund" förmlich aus den Händen rissen. Was auch für die Taschenbuchausgaben galt, über die Maria bestens Auskunft geben konnte, hatte sie doch fast alle der angesagten Amerikaner gelesen. Viele der jungen Menschen kamen aus der Schweiz, da in Deutschland die Preise günstiger waren. Am meisten freute Emilie Reber, dass sie einer jungen Frau auch Thomas Manns „Zauberberg" schmackhaft machen konnte. Sie war die Einzige, die an diesem Tag eine neue Karteikarte bekam. Der Eintrag lautete: „Vielversprechend."

Der Krisenstab, wie sich Ignaz Franck, der Bürgermeister und der Eismeister jetzt nannten, traf sich um 12 Uhr vor der Parkbank, auf der Emilie Reber und Ignaz Franck jahraus, jahrein zu rauchen pflegten. Der Park hinter ihnen war mit Motorrädern zugeparkt. Zu ihnen stieß nun auch der Polizeimeister.

„Ich habe zehn Mann in Uniform und vierzehn in Zivil. Der Rest hat beim Stollen und beim Campingplatz einen großen Parkplatz eingerichtet. Es kommen mehr und mehr Fahrzeuge. Das da“, zeigte er auf die Menschen auf dem Eis, „ist nicht alles. Falls wir mehr Beamte bräuchten, könnte ich bei der Bundeslanddienststelle noch etwa zehn bis fünfzehn anfordern. Die Feuerwehr habe ich vorsichtshalber in Bereitschaft gesetzt.“

„Danke“, sagte Ignaz Franck.

„Ich schlage vor, wir erweitern den Zuschauerraum etwa auf die Größe eines Fußballfeldes. Das dürfte groß genug sein“, sagte der Bürgermeister mit Blick auf die gigantische Eisfläche, auf der sich immer noch zahlreiche Menschen auf die Kleinstadt zu bewegten.

„Schaffen wir das bis 14 Uhr? Um 16 Uhr sollten die Konzerte beginnen?“, fragte Ignaz Franck.

„Ja, das schaffen wir“, nickte der Bürgermeister.

„Ich würde den Zuschauerraum jetzt schon schließen. Wir könnten Polizeibeamte hinstellen, die die Personenbewegung um die bereits aufgestellten Zäune leiten. Dann müssten wir nachher nicht räumen, was sicher den einen oder anderen Zwischenfall hervorrufen könnte“, schlug der Polizeimeister vor.

„Ja, machen wir das so“, sagte Ignaz Franck.

„Ich schlage auch je zwei Eingänge Ost und West vor. Das entlastet die Eisdecke ebenso“, meinte der Eismeister.

Ignaz Franck stimmte dem Vorgehen zu.

„Ich hätte noch eine Frage, Herr Franck", sagte der Bürgermeister. „Reicht die Lautstärke eigentlich für diese enorme Fläche?"

Ignaz Franck kraulte sein Kinn, zuckte mit den Schultern und sagte: „Hoffen wir auf guten Wind."

Um 13:30 Uhr war das Gelände mit dem Bretterverschlag umzäunt und die vier Eingänge mit Kassen und Tischen bestellt. Der Polizeimeister beorderte je zwei Uniformierte zu jedem Einlass.

Die Vereine der Kleinstadt begannen ihre Verpflegungsstände aufzubauen, Lastwagen der Brauereien lieferten Kiste um Kiste Flaschenbier, die Rattles kamen an und bestaunten ungläubig den riesigen Zuschauerraum und die mehrtausendköpfige Menschenmasse, die sich vor der Absperrung auf dem Eis vergnügte. Ein Hubschrauber der Bundeswehr kreiste über dem Veranstaltungsgelände und machte Aufnahmen, das Stadttheater brachte Scheinwerfer auf Stativen und einen weiteren Generator. Ignaz Franck telefonierte mit einem befreundeten Musikgeschäftsinhaber, er solle starke Membran-Lautsprecher für den Gesang bringen. Hildegard Zahnlaub schloss den Laden und lud Monika, Heini und Doris zu Kaffee und Kuchen ein, derweil sich der alte Zängler zum Mittagsschlaf hinlegte, um seine Kräfte zu sammeln.

Um 14 Uhr kamen auch die Skiffle Lords. Ihnen

fiel die Kinnlade herunter ob der Menschenmasse und des Besuchergeländes.

„Wie bekommen wir da die Lautstärke hin?“, fragte der Sänger der Band.

„Für den Gesang bekomme ich leistungsstarke Lautsprecher, für Gitarre und Bass – ich weiß es nicht, hoffe auf guten Ostwind.“

„Wir sind drei Gruppen?“, fragte der Gitarrist.

„Ja.“

„Wir türmen alle drei Gitarrenverstärker übereinander und koppeln sie. Das Gleiche machen wir mit den Bassverstärkern. So kriegen wir mehr Lautstärke hin. Ich habe das schon in Berlin gesehen. Kommt, wir probieren das gleich aus.“

Eine halbe Stunde später waren die Verstärker übereinandergestapelt. Die Gesangsanlage traf rechtzeitig ein, sodass die Anlage ausprobiert werden konnte.

Als der Gitarrist der Lords die ersten Akkorde von „Rock Around the Clock“ anstimmte, ging ein Aufschrei durch die Menge, die sich sofort zu den Eingängen aufmachte.

Ignaz Franck ergriff geistesgegenwärtig ein Mikrofon, drehte die Gesangsanlage auf und sagte zu den Wartenden: „Wir sind bald so weit. Wir öffnen in einer halben Stunde. Dafür mit mehr Lautstärke. Bitte habt noch ein wenig Geduld. Danke euch!“

Als Ilse die paar Akkorde hörte, schloss sie die Türe ab, frisierte fertig und ging mit ihren Mitarbeiterinnen zu Emilie Reber, die gerade die Buchhandlung zusperrte, nahm Eugenie an der Hand, und sie gingen alle gemeinsam in die Freiheitsbibliothek.

Der Schlagzeuger pfiff frivol, als Ilse zur Tür eintrat, die sich aber nicht beirren ließ und alle Anwesenden mit einem kecken „Hallo“ begrüßte. „Gut, dass ihr da seid“, empfing sie Ignaz Franck. „Hildegard ist mit ihren Leuten schon bei Eingang Eins-Ost und Zwei-Ost. Emilie, du und Maria übernehmt Eins-West und du Ilse mit deinen Frauen Zwei-West. So seid ihr dort genug und Eugenie hat immer jemanden zum Spielen. Vor jedem Eingang helfen euch zwei Polizisten. Die Konzerte beginnen um 16 Uhr, das Ende der Veranstaltung ist etwa um 18:30 Uhr, dann dunkelt es schon kräftig. Um 17 Uhr könnt ihr schließen und den Rock ’n’ Roll genießen. Leute, es wird abgehen, das schwör ich euch!“

„Und die Kassen, das Geld?“, fragte Ilse.

„Ich komme es immer wieder holen. Hier sind Kassen mit einem Noten- und Münzstock.“

„Und der Eintrittspreis?“

„Fünf Mark für alle. Das macht es einfach. Hier die Schilder.“

Die Sonne wärmte, die Menschen auf dem Eis waren gut gelaunt, der See gab ab und an einen freundlichen Rülpser von sich, und als die Rattles den unverwechselbaren Rhythmus von Bo Diddley „Who Do You Love?“ anschlugen, stürmte die Menschenmenge Richtung Bretterverschlag. Polizisten mit Megafonen wiesen die Menschen zu den vier verschiedenen Eingängen, wo sie von Ilse, Emilie Reber, Hildegard Zahnlaub, Heini und Doris begrüßt wurden. Alle staunten nicht schlecht, als ihnen Fritz Zängler belegte Brote, heißen Tee und Cola vorbeibrachte, derweil sich der alte Zängler aufmachte, sein Jagdgewehr aus dem Waffenschrank zu nehmen.

Es war eine friedliche Stimmung. Die Eisläufer kurvten in hoher Geschwindigkeit in dem großen Oval herum, ein paar geübte Eisläuferinnen zeigten Pirouetten und Sprünge, während die Fußgänger von Verpflegungsstand zu Verpflegungsstand gingen und die unterschiedlichen Angebote prüften.

Manche Vereine hatten Tische und Festbänke aufgestellt, welche rege genutzt wurden, waren doch die meisten schon lange auf den Beinen. Es roch nach Glühwein, Bratwürsten und Bier.

Ignaz Franck verfolgte aufgeregt, wie sich der Zuschauerbereich füllte, gab der Eröffnungsband ein Zeichen, noch fünf Minuten, als sich nur noch wenige Menschen zu den Eingängen bewegten, trat schließlich auf die Bühne, klopfte aufs Mikrofon und sagte zur Menge, welche die Polizei auf acht- bis neuntausend Besucher schätzte: „Hey, ihr! Willkommen, Grüezi, Welcome zu der heißesten, der größten Rock 'n' Roll-Show, die der Bodensee, die die Welt je gesehen hat."

Das Publikum applaudierte, ein paar skandierten „Rattles", andere „Lords".

Er machte eine kurze Pause, dann rief er: „Hey, geht es euch gut?“

Das Publikum schrie laut: „Ja.“

„Hey, sind wir die neue Generation, die alles hinter sich lässt?“

Die Menge pfiff und johlte und schrie: „Jaaaa.“

„Hey, wollt ihr die neue Musik? Laut, wild, frei?“

Aus Tausenden Kehlen schlug ihm ein erwartungsfrohes „Jaaa!“ entgegen.

„Dann gehört die Musik jetzt euch: Hier sind Cisco and his Dynamites!“

Ignaz Franck ging ab, machte sich gleich daran, die Einnahmen bei den Kassen einzusammeln, die er sogleich im Safe seines Plattenladens verwahrte.

Der Sänger von Cisco and his Dynamites zählte gleich an:

„One, two, three o'clock, four o'clock, rock
Five, six, seven o'clock, eight o'clock, rock
Nine, ten, eleven o'clock, twelve o'clock, rock
We're gonna rock around the clock tonight …“

Die Menge stürmte zum Bühnenrand, tobte, schrie, tanzte und sang mit. Hinter den ersten Reihen zauberten Eislaufpaare Rock 'n' Roll-Tanzfiguren aufs Eis. Die Jungs wirbelten ihre Partnerinnen durch die Luft, drehten Pirouetten, stießen sie von sich und zogen sie wieder ganz nahe an sich heran.

Ilse schnappte sich Eugenie und tanzte mit ihr übers Eis. Hildegard Zahnlaub, Monika, Heini und Doris konnten sich dem Sog der Musik nicht entziehen, zogen die Eislaufschuhe an und tauchten in der Masse unter. Emilie Reber setzte sich beim Turnverein auf eine leer gewordene Bank, trank einen heißen Tee mit Rum und bemerkte nicht, dass sie mit dem Fuß im Takt wippte. Ignaz Franck stand an der Seite der Bühne und war restlos glücklich und zufrieden wie noch nie in seinem Leben. Fritz Züngler stand neben ihm, genoss den Augenblick und dachte nicht mehr daran, wie viele Jahre lang er ein Idiot gewesen war, derweil sein Vater seinen Knecht rief und sich samt Gewehr und Munition zum See hinunterfahren ließ.

Nach dreißig Minuten lösten die Lords die Dynamites ab. Sie spielten auch ein paar ruhigere Songs, bei denen das Publikum durchschnaufen konnte, um gegen Ende nochmals richtig Gas zu geben und die Menge zum Kochen zu bringen.

Ignaz Franck ordnete den Rattles eine kurze Kunstpause an, damit sich alle ein wenig beruhigen konnten.

Doch es dauerte nicht lange, da skandierte die Menge „Rattles, Rattles, Rattles", und als dies nichts half, rief man: „We want Rattles, we want Rattles!"

Ignaz Franck schaute zur tiefer stehenden Sonne, die bereits lang gezogene Spiegelungen auf das Eis projizierte, und gab den Rattles das Zeichen aufzutreten.

Ilse brachte Eugenie sofort zu Emilie Reber, die ihr eine warme Gulaschsuppe holte, während Ilse sich ins Getümmel stürzte. Hildegard Zahnlaub und ihre Clique versuchten für eine bessere Sicht auf der Seite näher an die Bühne zu kommen, was angesichts der Menschenmasse aussichtslos war.

Der Bürgermeister stand am Bühnenrand, wippte im Takt und strahlte stolz über diese Pioniertat seiner Kleinstadt. So etwas hat es auf der ganzen Welt noch nie gegeben.

Die Schneekappe des Säntis verfärbte sich im schwächer werdenden Sonnenlicht rosaviolett, und der Eismeister versicherte sich im Minutentakt, dass eine Eisdecke von vierzig Zentimetern wirklich ausreichend war. Fritz Zängler bahnte sich trotz seiner Gehbehinderung mit ein paar nicht uniformierten Polizisten einen Weg vor die Bühne, um zu verhindern, dass die Bühne gestürmt würde, derweil sein Vater sich von seinem Knecht auf einem Drahtstuhl mit der Flinte unter dem Mantel übers Eis schieben ließ.

Am Ende des überzogenen, dreiviertelstündigen Auftritts der Rattles schrie die Menge „Zugabe, Zugabe, Zugabe".

Die Musiker der anderen Bands stießen hinter der Bühne zu den Rattles, und einer meinte, man könne doch gemeinsam „It's Now or Never" von Elvis spielen, das hätten ja alle im Repertoire und dies sei ein wunderbarer Abschluss.

Als die zwölf Musiker nochmals die Bühne betraten, ging ein Aufschrei durch die Menge. Der Rattles-Sänger kündigte ein letztes Lied an. Sie hätten dies nicht geübt und es sei auch das erste Mal, dass sie so etwas machten. Man möge es ihnen verzeihen, sollte der eine oder andere Ton nicht so ganz getroffen werden. Dann drehte er sich zu den anderen um und begann zu summen, worauf Bass, Schlaghölzer und Schlagzeug mit dem zurückhaltenden Rumba-Rhythmus einsetzten. Die Sänger wechselten bei den Strophen ab und die restlichen Musiker bildeten einen vielstimmigen Chor.

Das Publikum war hin und weg: Männer legten ihre Arme über die Schultern ihrer Frauen, Frauen lehnten ihre Köpfe an die Schultern ihrer Männer, einzelne küssten sich verstohlen und ganz wenige sogar offen. Monika griff nach Hildegards Hand, welche sich kurz zu ihr drehte und ihr einen Kuss zuwarf. Heini und Doris wiegten sich im Takt. Ilse zeichnete schwerelos Kreise und Ellipsen ins Eis und Eugenie kletterte auf Emilie Rebers Schoß, die sie ganz fest an sich drückte.

Der Bürgermeister bedankte sich mit festem Händedruck bei Ignaz Franck. Fritz Zängler setzte sich auf die Bühne, ließ die Beine baumeln, schaute über die Menge, als ihm die Idee, eine Segelschule zu eröffnen, zuflog, derweil sein Vater und dessen Knecht sich dem Eingang Ost-Zwei näherten.

Nach anhaltendem Schlussapplaus wünschte der Sänger der Rattles allen eine gute Heimreise. Ignaz Franck bedankte sich bei allen Freiwilligen, Helfern, Vereinen, der Polizei, den Behörden der Kleinstadt, den Bands und vor allem dem Publikum, einfach bei allen, die dieses epochale Jahrhundertereignis möglich gemacht hatten. Die Ordner drängten die Besucher sanft von der Bühne weg zu den Ausgängen, die Stände wurden abgebaut, dem Bretterverschlag die Nägel gezogen und das Holz wurde auf Lastwagen und Fuhrwerke verladen.

Nachdem schon fast alles abgebaut, die Nacht endgültig hereingebrochen, die Temperatur merklich zurückgegangen war und sich der Eisnebel auf dem Bodensee verteilte, saßen, beschienen vom Licht der Scheinwerfer, Emilie Reber, Ilse mit Eugenie, Hildegard Zahnlaub, Ignaz Franck und Monika, Heini und Doris sowie auch Fritz Zängler auf dem Bühnenboden, tranken Bier aus Flaschen, feierten ihr Werk, wechselten wenige Worte und überließen sich den Gefühlen, die ihnen der Tag und der gefrorene See geschenkt hatten, als sich im Dunst die Silhouette eines alten Mannes, der auf einem Stuhl saß und ein Gewehr im Anschlag hielt, abzeichnete.

„Ihr Ratten, ihr Schmeißfliegen, ihr stürzt alle ins Chaos, ihr macht alles kaputt", schrie der Alte mit krächzender Stimme und gab einen Schuss in Richtung der Feiernden ab.

Fritz Zängler sprang von der Bühne und ging auf seinen Vater zu, der wieder anlegte.

„Willst du mich erschießen? Willst du mich erschießen?", schrie Fritz Zängler seinen Vater an. „Das hättest du viel früher tun sollen, dann hätte ich nicht so gelitten wegen dir."

Er ging entschlossen auf den Alten zu, der immer noch auf ihn zielte, es aber nicht über sich brachte, abzudrücken. Fritz Zängler entriss dem Alten das Gewehr, schmiss es auf den Boden, drehte seinen Vater mitsamt dem Drahtstuhl um und schob ihn hinaus aufs Eis, bis sie im Nebel verschwanden.

*

Am ersten warmen Frühlingstag sahen die Kleinstädter ein Boot vor dem Ufer kreuzen, auf dem Fritz Zängler Emilie Reber die ersten Grundbegriffe des Segelns beibrachte.

Dank

Hansjörg Straub, für die vielen Hinweise zur sowie die Gespräche über die Kleinstadt und sowieso weit über den See hinaus.

Oswald Burger für die fachkundige, historische Beratung in Sachen Kleinstadt.

Peter Kern für sein psychiatrisches Fachwissen, das mancher Figur guttat.

Harald Knill für den Rausschmiss des Erzählers vor rund zehn Jahren. Sonst gäbe es dieses Buch nicht.

Patrick Tschan

Keller fehlt ein Wort

ISBN 978-3-99200-020-3
288 Seiten, Hardcover
(D) € 21,90

Ralph Keller, 46, Kommunikationsberater, stellt eines Tages fest, dass er Wörter verliert. Ganz normale Wörter wie „Tasse", „Engländer" oder „Klemme" sind plötzlich nicht mehr da. Er weiß zwar um ihre Begrifflichkeit, aber dem aktiven Wortschatz sind sie entflohen. Wenig später verliert er die Gabe zu sprechen ganz. Die Diagnose: Aphasie, Sprachverlust; Verständigungsschwierigkeiten machen den Alltag für Keller zum Spießrutenlauf – Einsamkeit, Scham, Wut und Verzweiflung sind die Folge. Doch Keller wäre nicht Keller, würde er den Kampf nicht aufnehmen … wenn nötig, auch mit ungewöhnlichen Mitteln.

Patrick Tschan

Eine Reise später

ISBN 978-3-99200-141-5
204 Seiten, Hardcover
(D) € 21,90

In der Jugend hatten sich Astrid und Schmied viermal leidenschaftlich ineinander verliebt und sich viermal getrennt. Dreißig Jahre haben sie sich aus den Augen verloren, bis Schmied ihre Stimme als Ansagerin der Bahn wahrnimmt. Er macht Astrid ausfindig und schlägt ihr vor, die Reise, die sie vor dreißig Jahren gemacht haben, zu wiederholen …

Patrick Tschan
Polarrot
Roman

ISBN 978-3-99200-069-2
348 Seiten, Hardcover
(D) € 21,90

1929: Jack Breiter ist alles andere als ein Glückskind. In eine arme Schweizer Bauernfamilie geboren, will er unbedingt nach oben. Erst als glückloser Heiratsschwindler im noblen Palace Hotel in St. Moritz, später als Handelsvertreter beim Chemiekonzern Gugy. Zunächst mit glänzendem Erfolg: Dank des Reichsbeflaggungsgesetzes von 1935 verkauft Breiter Hektoliter um Hektoliter der Farbe „Polarrot" für die Hakenkreuzfahne. Er wird rasch zum Starverkäufer der Firma. Doch dann verliebt er sich in die Frau seines Chefs, eine Halbjüdin, und lässt sich ihr zuliebe auf ein riskantes Goldschmuggel-Unterfangen ein. Prompt wird Breiter ertappt – und plötzlich ist es mit dem Spaß vorbei …

Bibliografische Information der Deutschen Nationalbibliothek
Die Deutsche Nationalbibliothek verzeichnet diese Publikation in der Deutschen Nationalbibliografie; detaillierte bibliografische Daten sind im Internet über http://dnb.d-nb.de abrufbar.

1. Auflage 2022

Servitengasse 5, A-1090 Wien
www.braumueller.at

Coverillustration: ShuttersTschtock/© RetroClipArt
Druck: FINIDR, s.r.o., Lípová 1965, 737 01 Český Těšín
ISBN 978-3-99200-330-3